블루덴 대륙
드래곤의 섬
류블라드
N
W
E
S
미도스
데인
드래곤의
칼라할 사막
노스 산맥
리틀라
그린젬 대륙
아돌
이스
훈트 반도
니아 섬
에니
엠파이어 산
알
슈켄트
자이르 강
에이스
이브
엠파이어
산맥
사카
다바드
빌
에덴
모르간
니아
베론
무아브
제논
라카스
훈트
연합국
로컬트
오브 강

미다가스 반도
스 산맥
드워프의 산
Ars Nova
Oma
디아스
포카트
포카트
토요
푸트라 강
빌로우 노스 산맥
브라마 강
모노 산
스 제국
마오
하이트론 성국
셀레베스 만
브레그마
헤이트
일리나 강
시피 강
비려진 땅
카이렌
미드 산맥
트라이어드 산
이스트 산맥
바스테르 산
라디칼
엘프의 숲
바스테르 산맥
타르
칼리
그람
마케인 제국
비스
로피탈
사우스 산맥
포스 산
레세프 호수
하쿠
케르마 사막
사프 강
라이어 강
알류 섬

케이

Kei

케이 8
신가 판타지 장편 소설

초판 1쇄 찍은 날 § 2004년 10월 6일
초판 1쇄 펴낸 날 § 2004년 10월 16일

지은이 § 신가
펴낸이 § 서경석

편집장 § 문혜영
편집책임 § 김민정
편집 § 장상수 · 최하나
마케팅 § 정필 · 강양원 · 이선구 · 김규진 · 홍현경

펴낸곳 § 도서출판 청어람
등록번호 § 제1081-1-89호
등록일자 § 1999. 5. 31
어람번호 § 제1-0547호

주소 § 경기도 부천시 원미구 심곡1동 350-1 남성B/D 3F (우) 420-011
전화 § 032-656-4452 팩스 § 032-656-4453
http://www.chungeoram.com
E-mail § eoram99@chollian.net

ⓒ 신가, 2004

ISBN 89-5831-259-9 04810
ISBN 89-5831-000-6 (SET)

The Page of Oracle

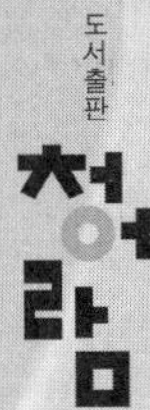

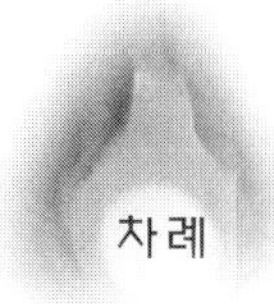

차례

제   55   식

깨달음의 실마리

"후우. 흑마법이라. 대체 누가 무슨 목적으로 흑마법을 내 궁에서 사용한 걸까?"

긴 시간 이어진 논의에도 아무런 결론이 나지 않자 지쳐 버린 자일론은 소파 깊숙이 몸을 누이며 한숨을 내쉬었다.

"뭐, 네가 원한을 많이 사긴 했지."

"그게 무슨 말이야? 내가 원한을 많이 사다니?"

케이의 숭얼거림에 자일론은 즉각 반응을 보였다.

"무슨 말이긴, 지난번 반란 진압 후 귀족들에 대한 대대적인 숙청 때문이지. 결국 그들의 비리가 알려진 것도 너 때문이었잖아. 그것에 원한을 품고 일을 벌였을 수도 있지."

케이의 대답에 자일론은 별다른 대꾸를 하지 않았다. 자일론 자신도 내심 그런 추측을 하고 있었기 때문이다.

"그런데 이상해요."

골똘히 생각에 잠겨 있던 바볼랏이 중얼거렸다.

"뭐가?"

케이가 바볼랏을 쳐다보며 물었다. 케이의 눈은 바볼랏의 대답을 재촉하고 있었다.

"자일론의 궁에서 느껴진 흑마법의 흔적이 너무 미약했어요. 궁 이곳저곳에서 느껴지기는 했지만 그다지 위력이 있는 흑마법은 아니었어요. 저주 따위도 아니었고요. 자일론에게 원한이 있는 자의 소행이라면 겨우 그런 흑마법만 사용할 리 없잖아요."

"하긴, 그것도 그렇군. 그렇게 넓은 지역에 흑마법을 사용할 수 있다면 차라리 자일론의 침실에만 강력한 저주를 거는 것이 훨씬 효과적이지."

케이의 그 말과 함께 다시 응접실은 침묵 속으로 빠져들었다. 결국 또다시 같은 결론에 도달한 것이다. 케이들이 모두 모여 머리를 맞대고 고민하였지만 이렇다 할 결론이 나오지 않았다. 계속 같은 의견의 반복일 뿐.

자일론의 서재에서 로이드가 게일의 손에 죽었다는 사실을 모른 채 다들 흑마법에 대한 고민으로 머리를 굴리고 있었다.

"아, 젠장. 난 도저히 모르겠어."

턱을 괸 채 한참을 고민하던 케이가 벌떡 일어나며 외쳤다. 같은 의견 같은 결론에 결국 짜증이 치민 것이다.

"이렇게 시간을 보내봤자 결국 계속 같은 소리만 할 거야. 뭐가 어찌 된 것인지도 모르는데, 이러고 있는다고 별수가 나는 것도 아니고, 차라리 나는 수련이나 할래. 그리고 자일론, 혹시 모르니까 당분간은 궁에 가지 말고 여기 머물러. 흑마법이라는 것이 아무리 약한 것이라 해도 기분 나쁜 것은 사실이니까. 상대에게 무슨 의도가 있는지도 모른 채 돌아갈 수는 없지. 몰랐다면 모르되 알았으니까 조심할 필요는 있어. 분명 넌 많은 원한을 사고 있으니까."

케이의 말에 자일론은 고개를 끄덕였다. 케이의 의견에 그도 전적으로 공감하고 있었다.

"알았어. 한 며칠 신세 좀 질게, 케이."

"그래. 그럼 난 간다."

자일론에게 웃음을 지어주고 케이는 응접실을 나섰다. 요즘 자연검의 완성에 대한 작은 실마리가 보이고 있었기에, 케이는 하루의 대부분을 명상으로 보내고 있었다.

실버레이 덕에 한동안 정신이 없었지만, 이제 그 일도 일단락되었기에 다시금 명상을 통한 참오에 들려는 찰나 자일론 일이 일어났다. 하지만 별수없었기에 케이는 차라리 명상이나 하자는 생각으로 응접실을 나선 것이다.

"텔레포트."

응접실을 나선 케이는 텔레포트를 사용해 자신의 영구성에서 사라졌다.

케이가 다시 나타난 곳은 미드 산맥이었다. 일라나와의 두 번의 전투로 처음의 모습은 찾아볼 수 없는 고원, 그곳이었다.

“흠. 이상하게 이곳에 오면 마음이 차분히 가라앉는단 말이야. 별로 기분 좋은 곳은 아닌데. 뭐, 어쨌든 이제 서서히 뭔가 보이는 것 같으니 명상이나 계속 해볼까?”

주변을 둘러보며 중얼거리던 케이는 적당한 곳에 자리를 잡아 가부좌를 틀고 앉았다. 어느새 두 눈은 감겨 있었고 케이 주변으로 엄정하고 고요한 기운이 흐르기 시작했다.

‘자연검, 일순의 영감으로 한 번 떨침으로써 얻은 검. 죽음을 목전에 두고, 아니, 죽음이 온 그 순간 얻었지. 당시의 나는 분명 한 줌의 내력도 없었는데 자연검을 펼쳤지. 그저 머리에 떠오른 영감대로 검을 휘둘렀을 뿐인데 자연검을 펼칠 수 있었어. 아마도 지금껏 내가 펼친 자연검 중 진정한 자연검이라 부를 수 있는 건 그때의 그것뿐일 거야. 펼치고 나서야 깨달았지만 이미 그건 완전한 깨달음이 아닌 거지.’

케이는 명상에 잠긴 채 전생에서 죽기 직전의 그 순간을 떠올렸다. 마교 교주의 목을 자연검을 사용해 베어냈던 그때, 분명 케이는 무아지경에서 검을 휘둘렀다. 그저 느끼는 대로. 그리고 그 결과로 깨달음을 얻었지만 이미 그건 반쪽짜리 깨달음이었다.

일수유의 시간에 이미 완전한 깨달음의 순간은 사라져 버렸기에.

‘어떻게 해야 자연검을 완전히 익힐 수 있을까? 그때는 분명 한 줌의 내력도 없는 상태에서 자연검을 펼쳤는데……. 그때의 그 검을 완전히 깨닫는다면…….’

죽기 직전을 기억한다면 그것은 꽤나 불쾌한 일일 수 있다. 생을 마치는 순간의 기억이라니. 아무리 평안한 죽음을 맞이하였다 해도 다시 떠올리기 싫은 것이 인지상정이다.

하지만 케이는 자연검에 대한 마지막 실마리를 얻기 위해 마교 교주의 검이 자신의 심장을 꿰뚫던 순간을 쉼없이 회상하고 회상했다.

그때 그 상황에 점점 몰입되어 가며 케이는 기억을 더듬었다. 그때와 완벽히 같아지면 무언가 작은 실마리라도 잡을 수 있을까 하는 심정으로 케이는 명상 속에서 유쾌하지만은 않은 죽음의 순간으로 돌아갔다.

"후우. 이 방법으로는 안 되려나……."

지그시 눈을 감은 채 한참을 고요히 앉아 있던 케이는 눈을 뜨고는 한숨을 내쉬었다. 유쾌하지 않은 기억만 더욱 선명해질 뿐 도저히 어떠한 실마리도 잡을 수 없었던 것이다.

"역시 편법으로는 얻지 못하겠지? 너무 막막해서 그때 일을 다시 떠올려 본 것인데… 후우."

현재 케이는 도무지 알 수 없는 벽 앞에 서 있는 것이나 다름없는 상황이다. 지금까지는 명상을 통해 점점 자연검의 경지를 높여왔고 며칠 전에는 어쩌면 완성을 위한 마지막 깨달음일지도 모르는 것에 대한 작은 실마리도 발견했다. 하지만 거기까지였다. 그때 이후로 어떠한 진척도 없었다.

급기야 케이는 자신이 죽을 당시를 떠올리는 방법까지 동원하게 된 것이다.

"자연검, 역시 자연을 담은 검이지. 자연을 담은 거야. 그런데 그 자연을 어떻게 담느냐가 문제지. 흐음."

눈을 뜬 후 케이는 가부좌를 풀고 몸을 일으켜 이리저리 거닐었다. 그러다가 적당한 크기의 돌에 엉덩이를 걸치고 앉아 턱을 괸 채 조용히 중얼거렸다. 지금까지 명상을 통해 깨달은 사실을 혼자 중얼거리며 다시 처음부터 자연검에 대한 것을 되짚고 있었다.

"처음 자연검을 펼쳤을 때, 그러니까 심장이 검에 관통당했을 때 난 분명 자연을 느꼈어. 하늘, 태양, 산, 바람, 바다, 그 모든 것이 나에게 빨려 들어왔고, 난 그 기운을 검에 담아서 펼쳤어. 자연을 검에 담아서. 하지만 내공을 사용하지 않고 자연검을 펼친 것은 그때가 처음이자 마지막이었지. 그 다음부터는 분명 그때와 똑같이 했는데도 막대한 양의 내공이 소모되었으니까. 왜 그런 걸까?"

결국 또다시 했던 생각의 반복이었다. 다만 다른 점은 이번에는 소리가 되어 케이의 입에서 나왔다는 것뿐. 이미 명상을 하며 수없이 자신에게 던졌던 물음이었다.

"자연, 자연, 자연……."

가만히 생각만 할 때와 말로 했을 때 무언가 다른 것을 느꼈음인가? 케이는 갑자기 한 가지 단어를 입속에서 굴리며 웅얼거리기 시작했다. 자연이라는 그 단 한 마디를.

"자연검. 결국 자연검이란 극히 단순히 말하자면 자연의 기운을 검에 담아 뿌리는 거야. 그렇다면 지금까지 내가 담은 자연의 기운은? 어디까지나 내가 느낀 자연의 기운이었어. 그래! 자연, 그 자체의 기운이 아니라 이미 나란 존재를 통해서 한 번 굴절된 기운이야!"

계속해서 자연이란 두 글자만 웅얼거리던 케이는 별안간 바위에서 벌떡 일어나며 큰 소리로 외쳤다. 명상을 하며 끝까지 집착하며 매달릴 때는 도무지 보이지 않던 실마리가 드디어 케이의 눈앞에 나타난 것이다.

케이의 얼굴은 흥분으로 물들어갔다. 결국 자신이 집착하고 집착하던 완벽한 자연검에 한 발짝 더 나아간 것이다. 케이는 즉시 바닥에 가부좌를 틀고 앉았다.

단서를 얻었으니 이제 남은 것은 참오를 통한 깨달음이었다.

'자연검, 자연의 기운을 검에 담아야 한다. 하지만 지금까지 나는 자연의 기운을 담는다며 어디까지나 내가 생각하는 자연의 기운을 검에 담았어. 결국 나란 존재를 통해 한 번 굴절되어 버린 기운이었기에 명백히 말하면 자연의 기운이 아니었어. 그랬기에 나의 내공이 그렇게 소모된 것이고. 그동안 자연검을 펼치는데 소모되는 내력이 줄었던 것은 명상을 하는 가운데 점점 자연지기(自然之氣)의 본질에 더 가까운 기운을 느꼈기 때문인 것이고.'

일단 한 부분이 풀리기 시작하자 나머지 부분은 일사천리였다. 가장 힘든 부분이 풀렸기 때문일까? 케이의 명상은 쉼없이 계속되었고, 그러는 동안 케이의 입가에 진한 미소가 걸렸다.

'결국 내가 검에 제대로 자연지기를 실어낸 것은 죽는 순간 그때뿐이었어. 검이 심장에 꿰뚫린 그 순간, 아마도 죽음을 인지하고 삶에 대한 집착을 버렸기에 진실한 자연지기의 본질을 그대로 검에 실을 수 있었던 것이겠지. 그리고 그 이후로 난 진정한 자연지기를 검에 싣지 못했어. 아니, 자연지기를 검에 싣는다는 생각부터가 틀렸어. 검 역시 자연에 존재하는 자연의 일부인 것을. 지금까지 나의 자연검은 완전히 잘못된 방향으로 가고 있었던 거야.'

고요한 명상 속에서 스스로의 길을 찾은 케이는 천천히 눈을 떴다. 그의 눈은 지극히 평안했고 입에 걸린 미소는 자애롭기까지 했다. 또 하나의 벽을 넘어선 자에게서 나오는 깨달음의 기운이라고 할까?

"후. 그럼 이제부터 내가 해야 할 수련은 자연지기를 느끼는 것인가? 진정한 자연지기를 느껴야 일단 검에 실을 수 있을 테니까. 그래야 비로소 완전히 검이 자연에 녹아들어 완전한 자연검을 펼칠 수 있게 되겠지. 알고 보면 간단한 길인 것을 자연검의 위력과 내공에만 얽매여 너무 멀리 돌아와 버렸군."

맑은 눈빛으로 주위를 둘러보는 케이는 더없이 편안한 자세였다. 한 단계 성장한 자의 여유로움이 온몸에서 은은히 배어 나왔다.

"그럼, 어디 가서 자연지기를 느끼는 수련을 한다? 이곳처럼 황량한 곳보다는 생생한 기운이 넘치는 곳이 좋을 텐데. 엘프의 숲으로 내려가 볼까? 아냐. 그곳에 갔다가 제나라도 만나면 골치 아프지. 뭐, 10년이 넘는 시간이 흐르긴 했지만 엘프에게는 그렇게 큰 변화를 줄 시간이 아니니. 일단 영지로 돌아갈까? 실버레이도 두고 왔으니."

실버레이가 자아를 가진 이후로 케이는 명상을 할 때 실버레이를 두고 움직였다. 허리에 차고 있을 때면 정신으로 쉼없이 말을 걸어오는 통에 도저히 명상에 집중할 수 없었기 때문이다. 아직 또 다른 수련이 남았지만 그래도 너무 멀리 떼어두는 건 찜찜했던지 케이는 일단 영주성으로 돌아가기로 했다.

같이 있으면 정신없게 만드는 실버레이였지만 자연검에 대한 큰 깨달음을 얻은 후였기에 그런 실버레이를 가지러 가면서도 케이의 얼굴은 밝기만 했다.

"텔레포트."

케이가 사라진 곳에는 황량한 바람만이 불고 있었다. 하지만 케이가 얻은 깨달음을 축하하기 위함인지 그런 바람마저도 훈훈한 기운을 풍기고 있었다.

케이가 자연검에 대해 깨달음을 얻고 기뻐할 때 라디칼의 왕궁, 그 곳에서는 음모의 씨앗이 싹을 틔우며 서서히 자라고 있었다.

*　　　*　　　*

"그럼 이것으로 오늘 회의는 마치도록 하겠소. 모두 수고하였소."

카류일 국왕은 대전에 모인 귀족들을 둘러보며 말했다. 곧 빈자리 하나가 눈에 띄었다. 평소에는 절대 이런 일이 없었기에 그런지 그 빈자리가 더욱 눈에 밟혔다.

그 모습에 콘티넌트 공작은 묵묵히 고개만 끄덕였다. 지금 국왕의 시선이 향하고 있는 곳이 어디인지 아는 까닭이다. 오늘 회의에서 유일하게 빈 단 한 자리, 로이드 왕세자의 자리를 그저 바라보고 있었기 때문이다.

로이드는 무척이나 성실한 인물이었다. 일국의 세자라는 것이 충분히 어울리는 그런 인물이었다. 그런 그가 회의에 빠지다니, 이런 일은 여태껏 없었다.

평소에 없던 일이기에 국왕의 시선이 머물러 있는 것이리라. 그만큼 걱정이 된다는 소리였다.

"폐하, 세자 저하께서 다른 중요한 일이 있으셨던 모양입니다."

레시페 공작 역시 그런 국왕의 기색을 눈치 챘는지 낮은 어조로 조심스레 말했다. 그의 말에 카류일 국왕은 그저 고개를 끄덕이기만

했다.

사실 레시페 공작의 말은 얼토당토 않는 소리였다. 일국의 세자에게 왕국 운영을 위한 회의보다 중요한 일이 있다니 있을 수 없는 일이었다. 아니, 그런 일이 있다면 그 나라의 운명은 다시 한 번 생각해 볼 문제였다.

로이드의 평소 모습이 워낙 곧고 바르기에 레시페 공작은 대충 그렇게 말한 것이고, 카류일 국왕도 가만히 고개만 끄덕인 것이다.

"제가 한번 세자궁에 가보도록 하겠습니다."

콘티넌트 공작이 국왕에게 고개를 조아리며 말했다. 시종을 보내 알아봐도 될 일이었지만 정말 처음 있는 일이라 공작이 직접 가겠다고 나선 것이다. 게다가 이 자리에 있는 귀족들 중 세자와 친분이 가장 두터운 이가 콘티넌트 공작이기도 했다.

"그럼 부탁하겠소."

콘티넌트 공작의 말에 카류일 국왕은 작게 대답했다. 그도 어지간히 로이드가 걱정이 된 모양이었다.

"회의는 마쳤으니 다들 일어나도록 하십시다."

그렇게 말하고는 카류일 국왕은 일어서서 대전을 빠져나갔다. 국왕이 대전을 나가자 귀족들도 하나 둘 자리에서 일어나 대전을 벗어나기 시작했다. 물론 대전을 나오는 순서는 작위가 높은 이들부터였다.

다들 대전을 나와 각자 자신의 자리로 바삐 걸음을 옮기고 있었는데, 몇몇은 다른 곳으로 발걸음을 옮겼다. 레시페 공작, 라이트 후작, 카나카인 후작, 프란시스카 백작이 그들이었다. 작위와는 상관없이 카이렌의 핵심을 이루는 이들이 무리를 지어 조용히 걸음을 옮기고 있었다.

그들이 향하는 곳을 곧장 따라가면 아마도 카류일 국왕의 개인 서재에 도착할 것이다.

그들 역시 로이드의 회의 불참이 걱정되어 바로 카류일 국왕을 찾아가는 것이다. 로이드에게는 콘티넌트 공작이 가본다고 했으니 그가 소식을 가지고 올 때까지 국왕의 곁을 지키려는 것이다.

"그나저나 정말 별일이에요. 그 로이드 세자 저하께서 회의에 불참하시다니……."

발자국 소리만 울리는 가운데 카나카인 후작이 중얼거렸다. 누군가에게 하는 말 같았지만 그녀는 딱히 대답을 원하고 한 말은 아니었다. 다만 가슴이 답답해 무어라 말이라도 해야 조금 나을 듯한 기분에 그저 중얼거린 것이다.

"정말이에요. 무슨 일이 있으신 건 아닌지……."

카나카인 후작이 입을 열자 곧 프란시스카 백작도 중얼거렸다. 그녀도 아마 카나카인 후작과 같은 답답함을 느낀 듯했다.

"그런 말은 함부로 하는 게 아니네, 프란시스카 백작."

묵묵히 앞으로 가는 것에만 열중하던 라이트 후작이 프란시스카 백작의 말에 조용히 중얼거렸다. 프란시스카 백작이라는 말만 없었으면 마치 혼잣말 같은 그런 말이었다.

"폐하, 레시페 공작, 라이트 후작, 카나카인 후작, 프란시스카 백작입니다."

이윽고 서재 입구에 도착하자 서재 문을 지키고 있던 근위기사 한 명이 안을 향해 외쳤다.

"들어들 오시오."

카류일 국왕의 목소리가 문을 통해 들려왔다. 국왕 자신이 직접 말한 것으로 보아 서재에 혼자 있는 듯했다. 누구라도 같이 있었으면 그 사람의 목소리가 들렸을 테니.

국왕의 대답이 떨어지자 근위기사 하나가 문을 열어주었다. 서재 문 안으로 넷은 천천히 걸어 들어갔다.

"웬일이오?"

네 사람이 서재 안으로 들어서자 카류일 국왕은 안락의자에 앉은 채 그들을 보며 물었다.

"아니, 그 전에 우선 앉으시오. 이렇게 서서 이야기하는 것도 뭣하구려."

레시페 공작이 무어라 대답하려 할 때 카류일 국왕은 네 사람에게 자리를 권했다. 넷은 국왕에게 고개를 숙인 후 국왕의 맞은편에 마련된 소파에 조심스럽게 앉았다.

"폐하께서 걱정이 크신 듯하여 찾아왔습니다."

자리에 앉은 후 레시페 공작이 국왕의 물음에 답했다.

"그게 무슨 말이오?"

"세자 저하께서 오늘 회의에 불참한 일로 폐하의 안색이 무척 어두운 듯하여……."

라이트 후작이 조심스레 말하며 말끝을 흐렸다.

"그렇게 보였소?"

라이트 후작의 말에 카류일 국왕은 피식 웃으며 물었다. 그런 국왕의 물음에 네 사람은 그저 묵묵히 있을 뿐이었다. 그 모습이 카류일 국왕에게는 무언의 긍정으로 다가왔다. 그리고 그것이 사실이었다.

“후. 그 정도 일도 감추지 못하고 경들이 이렇게 찾아오게 만들다니… 나도 아직은 멀었나 보오.”

한숨과 함께 카류일 국왕은 힘 빠진 어조로 중얼거렸다.

“아닙니다, 폐하. 오늘 자리에 모인 누구라 하더라도 세자 저하를 걱정하지 않은 사람은 없을 것입니다. 세자 저하께서 세자의 자리에 오르신 후 처음 있는 일이니 말입니다.”

국왕의 모습에 프란시스카 백작이 서둘러 입을 열었다. 그렇지 않아도 로이드 생각으로 마음이 편치 않을 텐데 저런 말까지 하다니 별로 좋지 않았다.

네 사람이 카류일 국왕의 서재에서 국왕을 위로하고 있을 때, 콘티넌트 공작은 근위기사 몇을 대동하고 세자궁을 향해 걸음을 옮기고 있었다. 걸음을 옮기는 가운데에도 그는 골똘히 생각에 잠겨 있었다.

‘대체 무슨 일이실까? 저하께서 회의에 빠지시다니. 정말 나쁜 일이 있는 것은……. 아니야, 그런 일이 있다면 가장 먼저 대전으로 소식이 왔을 테지.’

잠시 안 좋은 생각이 들자 콘티넌트 공작은 머리를 흔들며 그 생각을 지웠다. 절대 그런 일이 있을 리 없기 때문이다. 그런 일이 있었다면 그 소식은 가장 먼저 대전에 전해졌을 테니.

그사이 콘티넌트 공작은 세자궁 가까이에 이르러 있었다. 세자궁의 한쪽 울창한 나무로 인해 어둠이 드리워진 곳에서 그 모습을 보며 기분 나쁜 미소를 짓고 있는 그림자가 있었다.

‘훗. 이젠 너도 끝이구나, 자일론.’

콘티넌트 공작의 모습을 확인한 게일은 기분 나쁜 미소를 남기며 자신의 궁으로 발걸음을 옮겼다. 이제 자신이 안배한 모든 일은 끝났다. 앞으로는 그 안배에 따라 펼쳐지는 한 막의 연극을 기분 좋게 지켜보면 되는 것이다.

궁 입구를 지키고 있던 두 근위기사는 콘티넌트 공작이 나타나자 자세를 바로하고 경례를 했다.

"세자 저하께서는 안에 계신가? 내가 왔다고 전해주게."

"저하께서는 지금 외출 중이십니다."

근위기사의 대답에 콘티넌트 공작의 얼굴이 살짝 변했다. 뭔가 안 좋은 느낌이 든 것이다.

"그게 무슨 말인가?"

콘티넌트 공작의 물음에 다른 근위기사가 또렷한 목소리로 대답했다.

"네. 자일론 왕자님께서 시종을 보내서서 세자 저하께서 함께 가셨습니다. 저하께서는 자일론 왕자님의 궁으로 가신다 하셨습니다."

그 대답에 콘티넌트 공작은 발길을 돌렸다. 로이드가 자일론의 궁으로 갔다고 하니 그리로 가서 로이드의 모습을 확인해야 했기 때문이다.

'자일론 왕자님을 찾아가셨다라… 평소에도 있는 일이지만 회의가 시작하도록 오시지 않는다는 건……'

뭔가 심상치 않다는 생각을 하며 걸음을 옮기던 콘티넌트 공작은 갑작스레 걸음을 멈췄다. 그리고는 뒤돌아보며 예의 그 근위기사들에게 물었다.

"저하께서는 몇이나 대동하고 가셨는가?"

"혼자 가셨습니다."

돌아온 대답에 콘티넌트 공작의 가슴 한쪽을 무겁게 하던 불길한 예감의 농도는 더욱 짙어졌다. 자유로운 것을 좋아하는 세자가 궁 안에서 혼자 다닌 것은 평소에도 종종 있는 일이었지만 오늘은 무언가 느낌이 좋지 않았다.

사실 지금 로이드에게 일어난 일은 지극히 일상적인 것이었다. 자일론을 찾는다는 것이나, 혼자 궁을 떠났다는 것이나. 하지만 평소에는 절대 없던 회의 불참으로 인해 그 두 가지 사실이 기묘하게 불길하게 다가왔다.

"뭐, 혼자 가셨다고는 해도 실버 기사단에서 지키고 있으니……."

콘티넌트 공작은 자일론의 궁으로 향하며 거의 들리지 않는 소리로 중얼거렸다. 카이렌의 정보기관인 실버 기사단, 그곳에서 로이드의 호위도 맡고 있었다. 물론 왕족의 호위는 전적으로 근위기사단이 맡았다. 다만 로이드는 세자라는 신분을 가진 데다가 그 신분과는 달리 자유로운 것을 좋아하는 성격이었다. 그래서 실버 기사단의 기사 몇이 은밀히 로이드를 지키고 있었다. 근위기사가 모습을 드러내면 로이드가 별로 좋아하지 않았기에. 가끔씩 로이드는 궁의 정원에서 한가로이 홀로 사색에 잠길 때가 있는데, 그때는 주위에 누구도 두려 하지 않았다.

그런 그의 성격 때문에 어쩔 수 없이 실버 기사단에서 호위를 하게 된 것이다. 정보를 다루는 곳인 만큼 기척을 지우고 은밀히 숨어 있는 것에는 능한 기사들이었기에 로이드의 호위에는 더할 나위 없는 이들이었다. 물론 로이드는 그들이 자신을 호위한다는 사실을 모르고 있었다. 그가 안다면 절대 허락하지 않을 것이라는 건 뻔했기에 국왕의 명령으로 그에게 알리지 않은 것이다.

불길한 느낌에 바삐 걸음을 옮긴 덕일까? 어느새 콘티넌트 공작은 자일론의 궁 앞에 도달해 있었다. 한 기사가 그런 공작의 눈에 띄었다. 콘티넌트 공작은 그가 실버 기사단의 기사임을 알아보았다. 그의 몸에서 풍기는 기운이 그 사실을 알려주고 있었다.

이런 곳에 실버 기사단의 기사가 있다면 분명 로이드를 은밀히 호위하던 자들 중 하나일 것이다.

"자네, 이곳에는 어쩐 일인가?"

자일론의 궁으로 들어가는 대신 콘티넌트는 먼저 그에게 말을 걸었다.

"아, 콘티넌트 공작님."

정보기관인 실버 기사단의 기사답게 그는 즉시 공작을 알아봤다. 그리고는 정중하게 인사했다.

"자네의 임무는 세자 저하를 지키는 것이겠지?"

"예."

콘티넌트 공작의 물음에 그는 두말 않고 대답했다.

"그런데 왜 여기에 있는 것인가?"

콘티넌트 공작은 고개를 갸웃거리며 물었다. 호위자가 호위 대상을 벗어나 있다니 있을 수 없는 일이었다.

"저하께서 자일론 왕자님을 만나고 계시기 때문입니다."

기사의 대답에 콘티넌트 공작의 얼굴에 떠올랐던 의아함은 그 색이 더욱 짙어졌다.

"아시다시피 자일론 왕자님은 상급의 소드 마스터이십니다. 아무리

저희라 해도 자일론 왕자님의 이목은 속일 수 없는지라. 저하께서 자일론 왕자님을 만날 때면 항상 이렇게 했습니다. 혹시라도 저하를 따라 들어갔다가 자일론 왕자님께 들키는 날에는 이렇게 저하를 지키는 것도 불가능해지니까요."

기사의 대답에 콘티넌트 공작은 그제야 이해했다. 하긴 자신도 마음만 먹으면 실버 기사단 기사들의 기척을 읽을 수 있었다, 그들이 아무리 자신들의 기척을 지운다 하더라도. 상급의 소드 마스터란 그런 존재였다.

자일론에게 그들이 정체를 들킨다면 결국 로이드도 알게 될 것이다. 자신도 모르는 사이 은밀한 호위가 있었다는 사실을 로이드가 알게 된다면? 그 뒤는 뻔했다. 누구나 알 수 있는 결말. 그때는 정말로 왕궁 안에서 로이드를 호위하기가 힘들어진다.

아무리 왕궁 안이라도 로이드가 세자인 이상 절대 안심할 수 없었다. 반드시 호위들이 곁에 있어야 했다. 자고로 외부의 적보다는 내부의 적이 더 무서운 법이다. 물론 그럴 가능성은 무척이나 희박하지만, 만 가지 가능성이 있다면 그 만 가지를 모두 막는 것이 가장 좋은 방책인 것이다.

로이드의 비밀 호위기사에게서 로이드가 자일론이 보낸 시종과 함께 궁 안으로 들어갔다는 말을 들은 콘티넌트 공작은 궁 입구로 걸음을 옮겼다.

몇 가지 사실을 묻느라 약간 지체하기는 했지만 그의 말대로라면 지금까지의 불길한 느낌은 자신의 착각에 불과했기에 콘티넌트 공작의 발걸음은 가벼웠다. 자일론 왕자와 함께 있다면 세상 어떤 호위기사와 함께 있는 것보다 믿음이 가기 때문이다. 아, 물론 지니어스 후작이 함께라면 더 더욱 안심할 테지만 그는 지금 자신의 영지에 가 있다.

콘티넌트 공작이 다가오자 정문을 지키고 있던 기사들은 자세를 바로 하고 경례를 했다.

"자일론 왕자님은 안에 계신가?"

콘티넌트 공작의 물음에 한 기사가 대답했다.

"네."

"그럼, 세자 저하께서도 아직 계신가?"

"예. 한참 전에 오셔서 아직 계십니다."

자신이 원하는 대답을 들은 콘티넌트는 고개를 끄덕였다. 근위기사의 대답에 마지막까지 자신의 가슴 한쪽을 잡아끌던 불안감을 완전히 날려 버렸다.

"저하와 왕자님은 어디 계신가?"

콘티넌트 공작의 계속된 물음에 기사 둘은 뭔가 이상하다 생각했지만 그들과는 상관없는 일이었기에 공작의 물음에만 충실히 대답했다.

"시종장이 알고 있을 겁니다."

그 대답을 마지막으로 콘티넌트 공작은 궁 안으로 걸음을 옮겼다. 입구에 들어서자 이미 시종장이 그를 기다리고 있었다. 기사들에게 몇 가지를 묻는 사이 안으로 연락이 간 모양이었다.

"어서 오십시오, 콘티넌트 공작 각하."

"왕자님과 저하께서는?"

시종장이 자신을 맞이하자 콘티넌트 공작은 자신의 용건부터 꺼냈다. 그런 공작의 모습에 시종장은 의아함을 느꼈으나 자신은 단지 왕자궁의 시종장일 뿐이었다. 맡은 일에만 충실하면 그것으로 족했다.

"이리로 오시지요."

시종장은 자신이 앞장서며 콘티넌트 공작을 안내했다. 로이드가 자일론을 찾을 때면 가는 곳은 항상 일정했다. 자일론의 서재. 게다가 자일론의 심부름이라면서 로이드 세자에게 다녀온 이가 서재 청소를 맡고 있는 앤디였다. 그 사실을 잘 알기에 시종장은 일말의 망설임도 없이 서재로 걸음을 옮기는 것이었다.

서재 입구에는 아무도 없었다. 분명 시종인 앤디가 서재 앞을 지키고 있어야 할 텐데 그는 어디에도 없었다. 로이드가 찾아왔을 때는 별다른 경우를 빼고는 자일론과 로이드 둘만 서재에 있었다. 그러면 시종은 문 앞을 지켜야 하는 것이 당연한 이치. 그런데 앤디가 없다는 것은? 앤디가 서재 안에 있다는 것이거나 아니면 임무를 소홀히 하고 어디론가 가버렸다는 것이다.

'앤디, 이 녀석. 이딴 식으로 일을 하다니.'

후자일 거라 확신한 시종장은 속으로 가만히 앤디를 욕했다, 이미 이 세상에 없는 그를 향해.

"자일론 왕자님, 콘티넌트 공작께서 찾아오셨습니다."

앤디를 욕하되 그것은 어디까지나 마음속의 일이었다. 지금 자신은 자신의 일에 충실해야 했다. 철없는 시종에게 정신 팔려 자신의 일을 소홀히 할 수는 없는 노릇이다. 그 사실을 잘 아는 시종장은 서재 안을 향해 목청을 가다듬어 콘티넌트 공작이 왔음을 전했다.

고요.

시종장이 큰 소리로 외치고 얼마의 시간이 지났지만 주위는 고요했다. 다만 시종장과 콘티넌트 공작의 숨소리만 들릴 뿐. 서재에서 아무런 응답이 없자 시종장은 고개를 갸웃거렸다.

물론 서재에 방음 시설이 되어 있기는 하지만 자신이 궁에서 시종 노릇을 한두 해 한 것도 아니고, 그 정도는 충분히 감안해서 안에 소식을 전했다. 그런데도 아무런 반응이 없다니. 자신의 목소리가 좀 작았나 하는 생각에 시종장은 다시금 목소리를 가다듬고 외쳤다. 물론 좀 전보다 조금 더 큰 소리로.

"자일론 왕자님, 콘티넌트 공작께서 오셨습니다!"

묵묵부답(默默不答).

여전히 서재에서는 아무런 대답이 없었다. 이쯤 되자 시종장은 무언가 이상함을 느꼈다. 이건 평소와 달라도 너무 달랐다. 게다가 안에 있는 자일론은 소드 마스터. 사실 자신이 이곳에서 평소의 목소리로 말해도 자일론은 들을 수 있었다. 그런데도 대답이 없다니.

묘한 감각에 시종장은 콘티넌트 공작을 보고 고개를 숙여 양해를 구하고는 문의 손잡이로 손을 가져갔다. 손에 닿는 손잡이의 감촉으로 볼 때 문은 잠겨 있었다. 시종장의 얼굴이 딱딱하게 굳어갔다.

"잠겼습니다."

시종장이 무거운 목소리로 말했다. 그의 말에 콘티넌트 공작의 얼굴도 야릇하게 변했다. 그리고 궁으로 들어서며 완전히 떨쳐 버렸던 불길한 예감이 스멀스멀 온몸으로 돌아오고 있었다.

"비키게."

시종장을 옆으로 물린 후 콘티넌트 공작이 문 앞에 섰다. 그리고 목소리에 마나를 담아 말했다.

“세자 저하, 자일론 왕자님, 콘티넌트 공작입니다.”

시종장의 목소리에 비해 그다지 크지 않은 소리였지만 마나를 담았기 때문인지 또렷하게 멀리까지 목소리가 퍼져 나갔다. 그러나 여전히 서재에서는 아무런 대답이 없었다.

그러자 콘티넌트 공작은 가만히 눈을 감았다. 그리고는 곧 주위의 기척을 탐색하기 시작했다. 사방에 흩어져 있는 마나로부터 사람들의 기척을 읽는 기술, 그동안의 경험을 통해 스스로 체득한 것이었다.

잠시 후 눈을 뜬 콘티넌트 공작의 얼굴은 고목나무 껍질이나 다름없이 딱딱하게 굳어 있었다. 자신이 느낄 수 있는 기척은 곁에 있는 시종장의 그것뿐이었다. 아무리 주위를 훑어도, 아니, 정확히는 서재 안을 훑어도 사람의 기척을 느낄 수 없었다.

물론 자일론이 자신의 기척을 지우려 한다면 콘티넌트 공작이 못 느낄 수도 있었다. 비슷한 경지의 두 사람이었기에. 하지만 로이드의 기척만큼은 느껴져야 하는데 아무것도 느낄 수 없었다.

콘티넌트 공작은 문 앞에서 한 걸음 물러섰다. 가만히 문을 바라보던 콘티넌트 공작은 허리에 달린 검병에 손을 가져갔다. 검을 뽑는 그의 모습이 너무나 자연스러워 시종장은 콘티넌트 공작이 무엇을 하고 있는지조차 느끼지 못한 채 멍하니 그를 바라보고 있었다.

“공작님, 이게 무슨⋯⋯.”

잠시 후 공작이 지금 무슨 일을 하는지 깨달은 시종장은 떨리는 목소리로 말하며 공작의 앞을 막아섰다. 왕족의 궁에서 허락없이 검을 뽑다니⋯ 아무리 콘티넌트 공작이지만 있을 수 없는 일이었다. 왕족의 궁에서 왕족의 허락없이 검을 뽑을 수 있는 사람은 근위기사뿐이었다.

그들은 왕족의 안전을 책임지는 이들이었기에 만약의 사태에 대비하는 것이다.

그리고 콘티넌트 공작은 카이져 기사단의 단장이지 근위기사가 아니었다.

"비키게."

자신의 앞을 막아선 시종장을 향해 콘티넌트 공작은 나직이 그러나 엄숙하게 말했다. 그가 내뿜는 기세에 시종장은 다리가 후들후들 떨렸지만 그래도 꿋꿋이 공작의 앞을 막아섰다. 그는 자신의 임무를 잘 알고, 잘 행하는 충성스러운 시종장이었다.

"안에는 아무도 없네. 그런데 문이 잠겨 있다니. 필경 무슨 사단이 난 게 틀림없어. 왕자궁의 문을 부술 수는 없는 노릇이니 어서 물러서게."

콘티넌트 공작은 시종장에게 다시 한 번 말했다. 무작정 비키라고 해서는 꿈쩍도 하지 않을 것 같기에 간단히 사정을 설명해 주었다. 그의 말을 들은 시종장의 얼굴에 갈등의 빛이 떠올랐다. 과연 그 말을 믿어야 하는가 하는 고민에서 떠오른 갈등이었다.

콘티넌트 공작은 침착하게 그가 결정을 내리길 기다렸다. 만일 그가 비키길 거부한다면 완력으로라도 비키게 만들 작정이었다. 지금 그렇게 하지 않는 것은 모든 일은 순리대로 행하는 것이 가장 편했기 때문이다.

잠시 후 시종장은 한쪽으로 물러섰다. 그러나 그의 눈은 여전히 공작을 향하고 있었다, 공작의 동작을 하나도 놓치지 않겠다는 듯. 만일 그가 허튼짓이라도 한다면 온몸을 날려 저지하겠다는 그런 눈으로.

그런 시종장의 모습에 콘티넌트 공작은 가볍게 웃었다. 현재 상황이 무척이나 불길했지만 그래도 시종장의 저런 충성스러운 모습에 웃음 짓지 않을 수 없었다. 자신도 카이렌의 신하된 입장으로 시종장의 저런 충성심이 기특했던 것이다.

완전히 뽑힌 콘티넌트 공작의 검은 문과 문이 맞물려 조금의 틈도 없는 선위를 부드럽게 지나갔다. 그리고 검이 다시 검집으로 돌아오는 그 순간 문은 소리없이 열렸다. 마치 처음부터 열려 있었다는 듯 무척이나 부드러운 움직임이었다.

그 모습에 시종장의 두 눈은 휘둥그레졌다. 카이렌 최고의 기사라는 콘티넌트 공작의 실력을 직접 눈앞에서 본 것이다.

그런 시종장의 반응에는 아랑곳 않고 문이 열리자 공작은 황급히 서재 안으로 들어섰다. 서재의 문이 열리는 순간 자신의 코를 자극하는 냄새. 무척이나 익숙한 냄새였다. 그리고 그 냄새가 익숙한 만큼 가슴 속에 맴도는 불길함은 그 덩치를 키우고 있었다.

"이런……."

서재 안의 모습에 콘티넌트 공작은 허탈하게 중얼거렸다. 자신의 코를 간질이던 그 냄새, 바로 혈향(血香)이었다. 혈향은 눈앞에 피에 물든 채 쓰러져 있는 이의 몸에서 피어오르고 있었다. 정확히 심장이었다. 이미 상당히 시간이 지난 듯 몸 밖으로 나와 있는 피는 응고되어 색이 바래 있었다.

방 안에 가득 찬 혈향만이 그 바랜 붉은빛의 흔적이 피였다는 것을 말해 주고 있었다.

"저하!"

서재 안의 모습을 다시 한 번 확인한 콘티넌트 공작은 두 무릎을 꿇으며 침통한 목소리로 외쳤다. 그의 두 눈에서는 어느새 눈물이 흘러나오고 있었다.

엎드린 채 문을 향해 돌려진 얼굴은 분명 로이드였다. 무슨 한이 맺혀서인지 서재 문을 향하고 있는 간절한 눈. 눈조차 감지 못한 로이드의 모습에 콘티넌트는 복받쳐 오는 슬픔을 억누를 길이 없었다.

이것이었다. 자신의 가슴을 옥죄어오던 불길한 예감의 정체가 바로 이것이었다.

콘티넌트 공작의 오열에 놀란 시종장이 서둘러 서재 안으로 들어왔다가 딱딱하게 굳었다. 그도 발견한 것이다, 로이드의 주검을.

자일론의 궁은 금세 소란스러워졌다. 정신을 차린 시종장이 서둘러 시종들에게 지시를 내린 것이다. 시종장의 말은 근위기사들에게도 전해졌고, 대경한 그들은 급히 근위기사단 본부로 향했다.

터져도 너무 엄청난 일이 터졌다. 본부를 향해 달려가는 그들도 제 정신이 아니었다.

시종장이 이리 뛰고 저리 뛰는 동안 콘티넌트 공작은 무릎을 꿇은 채 하염없이 로이드의 주검을 바라보고 있었다. 서재에 들어온 이후 줄곧 그 자세 그대로.

로이드의 죽음은 즉시 궁 안 곳곳에 전해졌다. 가장 먼저 전해진 곳은 근위기사단의 본부였고, 믿을 수 없는 소식을 접한 릭본 라이트 백작은 황급히 국왕을 찾았다. 다른 근위기사들에게서 현재 국왕은 네 명의 귀족과 서재에 있다는 이야기를 들은 릭본은 다급한 걸음으로 서재로 향했다.

이토록 화급한 소식인데 궁중 예절 때문에 궁 안에서는 뛸 수 없다는 사실이 그의 가슴을 답답하게 했다. 마음에 비해 한없이 느린 걸음에 자신의 다리를 잘라내 버리고 싶은 분노마저 느꼈다.

릭본의 마음에 안 드는 속도였지만 그래도 빠른 걸음이었고, 곧 그는 서재 문 앞에 도달할 수 있었다. 그의 다급한 얼굴을 본 근위기사가 재빠르게 안에 릭본이 도착했음을 알렸다. 무척이나 눈치가 빠른 자였다.

근위기사단장이 저다지도 화급한 얼굴로 나타났는데 아무런 눈치도 못 챈다면 오히려 그게 이상한 일이다.

"폐하, 릭본 라이트 백작입니다."

기다리고 있는 콘티넌트 공작은 안 오고 갑작스레 릭본 라이트 백작이 왔다는 소리에 카류일 국왕은 알 수 없는 불안함을 느꼈지만 침착하게 대답했다.

"들어오시오."

국왕의 대답이 떨어지자마자 릭본은 황급히 서재의 문을 열어젖히고 안으로 들어가 카류일 국왕을 향해 무릎을 꿇었다. 아무리 급한 일이라 하더라도 신하가 국왕이 있는 방의 문을 저리 열어젖히고 들어오다니, 있을 수 없는 일이었다.

그런 아들의 모습에 국왕과 함께 있던 헤르만 라이트 후작은 절로 눈살이 찌푸려졌다.

"폐하!"

주위 상황에는 아랑곳 않고 릭본은 침중한 목소리로 카류일을 향해 입을 열었다. 주위 상황을 신경 쓰기에는 너무나 엄청난 일이 터져 버렸기 때문이다.

"왜 그러는가?"

그렇지 않아도 로이드의 일로 심기가 좋지 않은 상황에서 릭본의 경우없는 행동에 기분이 나빠진 카류일 국왕의 목소리는 낮게 가라앉아 있었다. 자신의 경호를 담당하는 근위기사단의 단장이라지만, 자신과 가장 가까이에서 가장 많은 시간을 보낸다지만 분명 이번 일은 잘못한 것이다.

"로이드 저하께서……."

그러나 뒤이어 나온 릭본의 말에 카류일 국왕은 생각을 고칠 수밖에 없었다. 릭본은 로이드의 소식을 가지고 온 것이다. 그의 입에서 로이드의 이름이 나오자마자 카류일 국왕은 어느새 자리에서 일어나 릭본을 바라보았다.

"로이드에게 무슨 일이 생긴 건가, 라이트 백작?"

릭본이 채 다음 말을 하기도 전에 카류일 국왕은 황급히 물었다. 국왕의 물음에 릭본의 눈은 붉게 물들어갔다.

그런 릭본의 모습에 카류일 국왕뿐 아니라 그 자리에 있던 다른 네 사람도 일이 심상치 않음을 알아차렸다.

"어서 말해 보게. 무슨 일인가?"

릭본의 모습에 불안을 느낀 카류일 국왕이 다그쳐 물었다. 그런 국왕의 모습에 결국 릭본은 주루룩 두 눈에서 눈물을 흘렸다.

"로이드 저하께서… 돌아가셨습니다. 크윽."

릭본은 마침내 낮은 울음을 터뜨렸다. 더 이상은 참을 수 없었던 것이다. 릭본의 말에 그 자리에 있는 다섯 사람은 아무 말도 못한 채 그저 릭본을 멍하니 바라보았다.

"뭐, 뭐라? 로이드가 뭐라?!"

똑똑히 그의 말을 들었건만 카류일 국왕은 믿을 수 없는지 다시 한 번 되물었다.

"돌아가셨습니다. 자일론 왕자님의 서재에서 돌아가신 채 있는 것을 콘티넌트 공작이 발견했다 합니다. 크윽."

침통한 릭본의 말에 카류일 국왕은 부들부들 떨더니 곧 의자에 쓰러지듯 앉았다. 온몸에 힘이 빠진 듯 의자에 앉아 있는 것이 아니라 쓰러지려는 국왕을 의자가 부축하고 있는 그런 모습이었다. 공허한 눈으로 천장을 바라보는 카류일 국왕, 그의 눈에서 서서히 눈물이 흘러내리기 시작했다.

아들을 잃은 슬픔에 그 역시 눈물을 참지 못했다. 하지만 신하들 앞이라는 것을 자각하고 있는지 끝내 울음을 터뜨리지는 않았다. 그저 조용히 눈물만 흘릴 뿐.

이미 레시페 공작, 라이트 후작, 카나카인 후작, 프란시스카 백작의 두 눈에서도 눈물이 흐르고 있었다. 그 자리에 모인 누구도 입을 열지 않았다. 다만 로이드의 죽음을 슬퍼하며 눈물을 흘릴 뿐.

어느 누구도 끼어들지 못할 침통하고도 엄숙한 분위기가 국왕의 서재를 감싸 안고 있었다.

"이러고 있을 때가 아니지. 어디 가봅시다. 아들의 마지막 모습을 봐두어야지."

가만히 의자에 기대어 눈물만 흘리고 있던 카류일 국왕이 몸을 일으키며 힘없는 목소리로 말했다. 그의 목소리에는 공허함이 가득했다.

앞장서서 걸음을 옮기는 국왕의 모습은 얼마 전까지 위엄이 가득했던 국왕의 풍모가 아니었다. 그저 아들을 잃고 슬퍼하는 아버지의 힘없는 걸음일 뿐. 카류일, 그도 일국의 국왕이기 전에 한 아이의 아버지였다.

카류일 국왕이 자일론의 궁으로 힘없는 걸음을 옮기던 그 시각. 리마 왕비에게도 로이드의 죽음은 전해졌다. 소식을 전하기 위해 찾아온 근위기사의 말이 끝나자 리마 왕비는 그저 공허한 눈으로 창밖을 바라보았다. 그런 그녀의 얼굴은 어느새 눈물로 덮여 있었다.

그 모습을 지켜본 근위기사와 시종들은 모두 왕비의 방을 빠져나갔다. 오랜 궁중 생활로 이럴 때는 어떻게 처신해야 하는지 다들 잘 알고 있었다. 방 안에 혼자 남게 된 리마 왕비, 그녀는 서서히 흐느끼기 시작했다. 지금껏 소리없이 눈물만을 흘리던 그녀의 입에서 서서히 어떤 소리가 새어 나오기 시작하더니 마침내 그것은 오열이 되었다.

"흑흑. 로이드, 어찌 네가… 이럴 수가… 흑흑, 로이드……."

무너지듯 의자에 몸을 기댄 리마 왕비는 두 손으로 얼굴을 가린 채 울고 또 울었다. 믿을 수 없는 아들의 죽음 소식. 그러나 믿을 수밖에 없는 소식. 궁중에 이런 일이 거짓으로 전해질 리는 없었다. 게다가 아들의 죽음을 확인한 사람이 콘티넌트 공작임에야… 지금 그녀가 할 수 있는 일은 그저 아들의 죽음을 슬퍼하며 우는 것뿐이었다.

젊은 나이에 죽어 억울하게 하늘을 떠돌 아들의 영혼을 위로하기 위해 슬프게 울어줄 수밖에 없었다.

제   56   식

누명

<h1 style="text-align:center">누명</h1>

얼마나 시간이 흘렀을까? 하염없이 울기만 하던 콘티넌트 공작은 곧 뒤에서 느껴지는 인기척에 정신을 차렸다. 지금까지 자일론의 궁에 있던 시종들과 근위기사들과는 사뭇 다른 기척이었기에 몸을 일으켜 뒤를 돌아보았다.

그곳에는 카류일 국왕이 공허한 눈으로 콘티넌트 공작 앞에 있는 로이드의 주검을 바라보고 있었다. 그 모습을 발견한 콘티넌트 공작은 다시 한 번 바닥에 허물어지듯 무릎을 꿇었다.

"폐하……."

그가 할 말은 그것 뿐, 다른 그 어떤 말도 할 수 없었다.

그런 콘티넌트 공작의 오열에 찬 부름에 아무런 대꾸도 없이 카류일 국왕은 떨리는 발걸음으로 한 발 한 발 앞으로 다가갔다. 싸늘하게 식어 있는 아들의 주검을 향해.

무엇이 그리도 억울하고 한이 맺혔기에 눈도 감지 못하고 그렇게 자신을 바라보고 있을까? 서재 문을 향한 채 감지 못한 로이드의 두 눈. 그 두 눈을 보며 카류일은 아들의 한을 온몸으로 느낄 수 있었다.

어느새 아들의 주검 앞에 도착한 카류일은 서서히 몸을 숙였다. 그리고 엎드린 상태로 있는 아들을 자신의 가슴에 안아 올렸다. 경악으로 물든 로이드의 얼굴, 가슴에 뻥 뚫린 구멍.

그 모든 것이 하나하나 카류일 국왕의 두 눈에 박혀 들어왔다. 차마 보고 싶지 않았지만, 차마 볼 수 없었지만 그런 카류일 국왕의 마음과는 달리 두 눈은 너무나 똑똑히 아들의 주검을 보고 있었다.

지금 이 순간 자신의 두 눈을 뽑아버리고 싶은 충동까지 치밀어 올랐다.

"로이드… 로이드… 대체 무슨 일이 있었기에… 눈도 감지 못하였느냐? 왜 이런 얼굴을 하고 있느냐? 아프지는 않았느냐? 로이드… 로이드… 나의 아들아……"

고통으로 가득 찬 목소리가 서재에 울렸다. 그의 뒤에 시립한 여섯 귀족은 아무 말도 못하고 그저 고개를 숙이고 있었다.

카류일 국왕은 하염없이 아들의 마지막 모습을 바라보았다. 손을 들어 얼굴을 찬찬히 쓸어보았다. 차가웠다. 싸늘하다 못해 차가웠다. 아들의 몸에서 느껴지는 차가움은 카류일 국왕 자신의 몸도 마음도 차갑게 만들었다. 서서히 가슴이 싸늘하게 식어가기 시작했다.

언제 진정한 것일까? 카류일 국왕의 눈은 스산한 빛을 뿌리며 차갑게 빛났다. 아니, 깊은 눈동자에는 차갑게 불타오르는 커다란 분노가 깃들어 있었다. 자식을 잃은 맹수의 분노와 다름없었다.

"카나카인 후작."

차갑게 울리는 카류일 국왕의 목소리. 조금 전의 그의 모습에 비추어 볼 때 절대 상상할 수도 없는 목소리였다.

"예, 폐하."

자신을 부르는 국왕의 목소리에 카나카인 후작은 즉시 대답했다. 이런 상황에서 저토록 빨리 진정하다니 역시 일국의 국왕답다는 생각을 하며. 이미 국왕이 자신을 왜 불렀는지는 예상하고 있었다. 이런 상황에서 앞에 나서 진상을 조사해야 할 임무를 띤 곳이 자신이 단장을 맡고 있는 실버 기사단이니.

"로이드의 죽음에 대해 먼지 한 올 빠뜨리지 말고 조사하시오. 철저히, 더 철저히. 아니, 철저히란 말도 부족할 정도로."

차갑고도 분노가 깃든 국왕의 목소리에 카나카인 후작은 흠칫 몸을 떨었다. 그의 분노가 얼마나 큰지 느낀 것이다. 아니, 국왕의 몸에서는 살기가 스멀스멀 피어오르고 있었다.

"알겠습니다, 폐하."

카나카인 후작은 마음을 다스리며 대답했다. 카류일 국왕의 모습에 자신도 은은한 두려움을 느꼈던 것이다. 소드 마스터인 페이트라 카나카인이.

'피바람이 불겠구나. 피바람이……'

그 모습을 가만히 지켜본 레시페 공작은 공허한 눈으로 잠시 천장을 올려다보며 생각했다. 그러다 국왕이 몸을 일으켜 걸음을 옮기자 조용히 그 뒤를 따랐다. 국왕과 함께 온 이들 중 카나카인 후작만이 그 자리에 남았다. 그녀에게는 로이드의 죽음에 관한 진상을 밝힐 임무가 있었기 때문이다.

곧 실버 기사단의 기사들이 속속 자일론의 궁으로 모였다. 기사단 내에서도 최고의 능력을 인정받는 이들이었다. 말이 기사였지 그들은 검술보다도 정보를 다루는 일에 더 능숙한 이들이었다. 소드 마스터인 카나카인 후작이 단장으로 있기에 그 무력도 인정받고 있지만 카나카인 후작 그녀 자신도 용장(勇將)이라기보다는 지장(智將)이었다.

카나카인 후작의 일사불란한 지휘 아래 기사들은 자일론의 궁을 샅샅이 수색하기 시작했다. 그리고 자일론의 궁에 있었던 모든 시종, 시녀 심지어 근위기사들까지도 조사했다.

마치 죄인을 취조하듯 자신들을 조사하는 실버 기사들의 모습에 근위기사들이 화가 날 만도 했지만 그들도 사태의 심각함을 아는지라 고분고분 조사를 받았다.

그사이 서재와 로이드의 시신을 자세히 살핀 카나카인 후작은 로이드의 상흔에서 무언가 이상한 것을 발견할 수 있었다. 잘 살피지 않으면 알아보기 힘들 정도였지만 일반 검에 의한 검상과는 분명 달랐다. 심장을 찌른 솜씨가 워낙 뛰어나 처음 시신을 봤을 때는 간과했던 부분이었다.

깨끗했다. 어떤 명검을 사용하더라도 이런 깨끗한 검상을 만들어내지는 못할 것이다. 그녀 자신의 실력이라도 이런 검상을 만들어내지는 못할 것 같았다. 소드 마스터인 자신의 실력을 다 한다 하더라도. 그 생각이 머리에 떠오른 순간 그녀의 머리를 스치고 지나가는 불길한 생각이 있었다.

그리고 다시 로이드의 시신을 살피니 경황이 없어 그녀가 간과하고 있던 또 다른 사실이 눈에 들어왔다. 시신의 상태가 너무 깨끗했다. 전혀 저항한 흔적이 없었다. 죽음이 눈앞에 있는데 저항하지 않았다니…….

'잘 아는 사람에게 당했어. 생각도 못한 사이에. 그렇지 않고서야 이렇게 깔끔하게 죽을 리 없지. 그나저나 나도 꽤 당황했군. 이런 간단한 것도 알아채지 못하다니…….'

눈에 빤히 보이는 간단한 사실을 놓쳤다는 생각에 카나카인 후작은 잠시 쓴웃음을 지었다. 그러나 그런 생각을 가지는 순간 카나카인 후작은 잠시 스치고 지나갔던 불길한 생각이 되돌아와 머리 속에 자리를 잡는 것이 느껴졌다.

'설마? 아냐. 그럴 리 없지…….'

곧 머리를 흔들어 그 생각을 털어내 버렸지만 어느새 머리에 있던 그 불길한 생각은 가슴으로 내려와 똬리를 틀고 앉았다.

그래도 불길함이 떠나지 않아 카나카인 후작은 다시금 서재를 조사하기 시작했다. 다른 일에 집중해 그 생각을 떨치려는 것이었다. 다시 서재를 조사하자 첫 조사에서는 무심코 지나간 것이 눈에 띄었다.

희미하긴 했지만 분명 핏자국이었다. 로이드의 시신에서 제법 떨어진 서재의 바닥에 희미하게 핏자국이 있었다. 로이드의 심장에 난 깨끗한 상처로 보았을 때 그 위치까지 피가 튀었을 리 없다.

로이드를 찔렀던 검에는 아마 피 한 방울도 묻지 않았을 것이다. 그 정도로 뛰어난 실력을 지닌 자의 소행이었다. 핏자국이 있을 수 없는 위치의 핏자국. 무언가 이상함을 느낀 카나카인 후작은 고개를 갸웃거렸다.

그때 시종, 시녀들과 근위기사들을 조사하던 실버 기사 중 하나가 서재로 찾아와 카나카인 후작에게 서류 뭉치를 내밀었다. 아마도 조사 결과가 적힌 보고서이리라. 조사가 끝난 것은 아니지만 일차 조사 내용만을 추려 가지고 온 것이다.

보고서를 전한 기사는 곧 다시 조사를 위해 서재 밖으로 나갔다. 보고서를 받아 든 카나카인 후작은 시선을 보고서로 가져갔다. 보고서를 읽는 동안만은 그 불길한 기운을 잊을 수 있을 거라는 생각으로 그녀는 보고서에 정신을 집중했다.

하지만 결과는 아니었다. 보고서를 다 읽었을 때 그녀를 불길하게 하는 그 기운은 더욱 커져 있었다. 보고서를 든 그녀의 손이 부들부들 떨렸다.

'이… 이건… 이건 아니야……. 이래서야…….'

보고서를 모두 읽은 그녀는 믿을 수 없는 사실에 눈동자가 흔들렸지만 정황과 증거는 너무나 뚜렷했다. 너무나 딱 맞아떨어지는 상황에 카나카인 후작은 진한 전율마저 느꼈다. 누군가가 만들어놓은 완벽한 연극 속에 있는 듯한 착각에…….

서재 한쪽에 있는 소파에 몸을 기댄 그녀는 한숨을 내쉬며 천장을 바라보았다. 어찌해야 할까? 이건 단순한 피바람 정도로 끝날 일이 아니었다. 아마도 카이렌 왕궁에 커다란 폭풍이 몰아치려는 것 같았다. 피의 폭풍이…….

"아니, 어쩐 일이오? 카나카인 후작, 한창 조사로 바쁠 텐데……."

슬픈 마음을 추스르고 집으로 돌아와 자신의 서재에 멍하니 앉아 있던 콘티넌트 공작은 침울한 목소리로 카나카인 후작을 맞았다. 아니, 그의 목소리에는 은근한 책망이 담겨 있었다. 세자 저하의 죽음에 관한 조사를 하고 있어야 할 그녀가 왜 자신을 찾아왔느냐는 책망이.

그런 콘티넌트 공작의 눈동자는 멍하니 풀려 있었다. 마음을 추스린다고는 했지만 역시나 충격이 컸던 것이다. 아마도 이 충격에서 헤어나오려면 제법 시일이 걸릴 듯했다.

"그 조사 때문에 찾아왔습니다."

카나카인 후작의 대답에 콘티넌트는 고개를 갸웃거렸다. 대체 로이드의 죽음과 자신이 무슨 관계가 있단 말인가? 그런 공작의 모습을 보며 카나카인 후작은 다시 입을 열었다.

"일단 나가시죠. 나가서 말씀드리겠습니다."

그녀의 말에 콘티넌트 공작은 자리에서 일어섰다. 그리고는 앞장서서 저택 밖으로 나갔다. 저택의 문을 나서자 실버 기사 두 사람이 두 마리의 개를 데리고 있었다.

"이건 뭐요?"

그 모습에 의아함을 느낀 콘티넌트 공작이 돌아보며 물었다.

"이번 조사에 있어 아주 중요한 일입니다. 일단 연병장으로 가시죠. 아무래도 이곳에서 살생을 하기는 좀 그렇군요."

카나카인 후작의 대답에 공작의 눈에 어린 의혹은 더욱 짙어졌다. 하지만 그녀의 능력을 누구보다 잘 알기에 군말없이 따랐다. 카나카인 후작은 절대 쓸데없이 이런 일을 벌일 사람이 아니었다.

연병장에 도착하자 카나카인 후작은 뒤를 따르던 실버 기사에게 눈짓을 했다. 그러자 그 기사는 즉시 개를 데리고 카나카인 후작의 앞에 섰다. 콘티넌트 공작은 그 모든 일을 의혹 어린 눈으로 지켜보고 있었다.

그러던 중에 카나카인 후작이 갑작스럽게 검을 뽑았다. 그녀는 뽑은 검을 곧추세운 채 개를 노려보고 있었다.

"무슨……."

그 모습에 콘티넌트 공작이 무어라 하려는 순간 카나카인 후작의 검이 밝게 빛나기 시작했다. 곧 검극에서 서서히 오러 쓰레드가 검을 휘감으며 내려오기 시작했다. 한 가닥, 두 가닥……. 그렇게 검을 휘돌며 내려온 오러 쓰레드의 수효는 정확히 스물두 개에서 멈췄다.

'어느새 저 정도까지…….'

카나카인 후작의 경지에 콘티넌트 후작은 잠시 놀랐다. 현재의 상황도 잊고는 카나카인 후작의 재능과 노력에 진심으로 감탄하고 있었다. 말이 스물두 개의 오러 쓰레드지, 현재 그녀의 검은 거의 모든 부위가 오러 쓰레드로 감싸여 있었다. 상급의 소드 마스터가 멀지 않았다는 증거다.

"하앗!"

콘티넌트 공작이 그녀의 실력에 감탄하고 있을 때 카나카인 후작은 힘찬 기합과 함께 개를 향해 검을 찔러갔다. 검은 순식간에 개의 심장을 꿰뚫었다. 개는 비명조차 지르지 못하고 혀를 빼물며 엎어졌다. 즉사한 것이다.

콘티넌트 공작은 카나카인 후작의 깨끗한 실력에 다시 한 번 감탄했다.

"공작님, 저기 저 개에게 공작님의 실력을 좀 보여주실 수 있을까요? 전력을 다한 오러 블레이드를 사용해서요."

어느새 검을 검집에 꽂은 카나카인 후작이 돌아보며 말했다.

"음. 어려운 일은 아니오만 꼭 해야 하는 거요? 대체 무슨 의미가 있는 것인지……."

"꼭 필요합니다. 이번 사건의 진상을 밝히기 위해. 현재 라디칼에서 오직 공작님만이 하실 수 있습니다."

카나카인 후작의 단호한 대답에 콘티넌트 공작은 어쩔 수 없다는 듯 검을 뽑았다. 그리고는 곧 검을 완전히 감싸 안은 채 빛나는 오러 블레이드를 만들었다. 깨끗한 찌르기가 이어졌고, 역시 개는 먼저의 경우와 마찬가지로 비명조차 지르지 못하고 죽었다. 콘티넌트 공작이 검을 검집에 넣으며 조용히 물러서자 카나카인 후작이 개의 시체로 다가갔다.

카나카인 후작은 개의 검상을 유심히 살폈다. 두 눈을 빛내며 검상이 난 곳의 세포 하나하나를 살피듯 침착하고도 집요하게 살폈다. 얼마나 살폈을까? 한참을 그렇게 앉아서 개의 시체를 살피던 카나카인 후작은 일어나더니 이번에는 자신이 죽인 개의 시체에 다가갔다. 그리고는 같은 행동을 반복했다.

콘티넌트 공작은 그저 영문을 모르겠다는 듯 지켜보고만 있었다.

"공작님, 시간있으세요?"

그런 공작을 향해 다가온 카나카인 후작이 물었다.

"물론이오."

“그렇다면 같이 가시죠.”

카나카인 후작의 말에 콘티넌트 공작은 가슴속에 피어오른 의혹을 풀기 위해 그녀와 함께 걸음을 옮겼다.

카나카인 후작이 향한 곳은 마구간이었다. 그녀가 타고 왔던 말에 오르자 콘티넌트 공작도 자신의 애마에 올랐다. 카나카인 후작이 말을 달려 향한 곳은 왕궁이었다. 점점 어떻게 된 일인지 알 수 없었지만 곧 알게 될 거란 생각에 공작은 묵묵히 후작의 뒤를 따랐다.

카나카인 후작이 도착한 곳은 실버 기사단의 건물이었다. 그리고 그 건물 안의 한 방에 이르자 관이 하나 있었다.

“이건…….”

관을 발견한 콘티넌트 공작이 카나카인 후작을 바라보며 무언가 물으려 하자 그녀는 즉시 대답했다.

“세자 저하의 관이에요. 조사를 위해 잠시 이곳으로 모셨지요. 마법이 깃든 관이라 시신의 부패를 막아주죠.”

“그런데 여긴 왜?”

“세자 저하의 검상을 자세히 살펴주세요.”

그녀의 말에 콘티넌트 공작은 관으로 다가갔다. 그러고 보니 처음 로이드의 시신을 발견했을 때는 경황이 없어 검상을 제대로 살피지 않았다. 일검에 심장을 찔려 즉사한 것까지는 알아보았지만 그 이상 자세히 살피려 하지 않았던 것이다.

관 앞으로 다가간 콘티넌트 공작은 엄숙한 자세로 관 뚜껑을 열고 잠시 묵념을 한 후 로이드의 가슴을 살폈다. 현재 로이드는 죽었을 때의 상태 그대로 관에 누워 있었다. 아직 조사가 끝나지 않았다는 이유로 옷조차 죽을 당시 그대로였다.

"이… 이건……."

로이드의 가슴을 살피던 콘티넌트 공작의 눈은 찢어질 듯 커졌다. 그의 반응에 카나카인 후작은 조용히 고개를 끄덕였다.

"역시인가요?"

카나카인 후작의 물음에 콘티넌트 공작은 아무런 대답이 없었다.

"그래서 그런 일을……."

콘티넌트 공작은 공허한 목소리로 중얼거렸다.

"그럼 이만 나가시죠. 세자 저하도 이제는 영원한 안식에 드셔야 하니……."

카나카인 후작의 말에 콘티넌트 공작은 힘없이 고개를 끄덕이며 돌아섰다. 두 사람이 방을 나서자 기사 넷이 잽싸게 방 안으로 들어가 로이드의 시신을 깨끗이 닦기 시작했다. 장례를 위해 염을 하기 시작한 것이다.

장례식은 범인을 잡은 후 한다는 카류일 국왕의 명이 있었지만 일단 염은 한 후 시신을 보관해야 했다. 그 상태로 두었다가는 로이드의 원한이 온 왕궁을 가득 채울 듯했다.

*　　　*　　　*

왕좌에 카류일 국왕이 엄숙한 얼굴로 앉아 있었다. 대전에 모인 귀족들은 숨조차 제대로 쉬지 못하며 국왕의 눈치를 살피기 바빴다.

회의를 마치고 돌아가던 길에 들은 소식은 그야말로 날벼락이었다.

회의에 불참했던 로이드 세자가 주검으로 발견되다니, 그야말로 하늘이 무너지는 소식이었다. 몇몇 눈치 빠른 귀족들은 곧 이어 불어닥칠 피의 폭풍을 예감했다. 그랬기에 지금 대전에서 쥐 죽은 듯 움츠리고 있는 것이다.

그렇게 로이드의 주검이 발견되고 사흘이 지난 오늘, 실버 기사단에서 그동안 조사한 것을 보고하는 시간이다. 각 고위 귀족들은 벌써 대전에 모여 있었다. 국왕이 무척 빨리 나왔기에 신하인 그들로서는 더 빨리 나와야 했으니.

현재 자리에 없는 사람은 단 한 사람, 오늘 보고를 하게 될 실버 기사단의 단장 카나카인 후작이었다. 보고를 위한 마지막 준비를 하는 것 같았다.

숨도 제대로 못 쉴 정도의 무거운 분위기가 계속될 때, 대전 입구에서 시종의 목소리가 들렸다.

"카나카인 후작 입장합니다."

그 소리에 모두의 시선이 대전 입구를 향했다. 카나카인 후작은 실버 기사 두 사람을 대동한 채 대전으로 들어섰다. 모두의 시선이 자신을 향하는데도 아랑곳 않는 당당한 걸음이었다. 다만 그녀의 얼굴에 드리운 검은 그림자가 심상치 않았다.

대부분의 사람들은 국왕의 매서운 기세에 카나카인 후작의 얼굴에 드리운 그림자를 알아보지 못했으나 몇몇은 그 기색을 읽을 수 있었다. 그리고 검은 그림자는 그들의 얼굴로 전염되어 갔다.

"카나카인 후작, 조사 결과를 보고하시오."

카나카인 후작이 자신의 자리에 도달할 무렵 카류일 국왕의 입이 열

렸다. 카나카인 후작은 자신의 자리에 앉지 않고 선 자세 그대로 입을
열었다.

"예. 세자 저하의 주검이 자일론 왕자님 궁의 서재에서 발견되었습
니다. 최초 발견자는 콘티넌트 공작이셨습니다. 콘티넌트 공작님, 그
때 상황을 말씀해 주시겠습니까?"

이미 국왕과 몇몇 귀족은 아는 사실이었지만 지금 이 자리는 공식적
인 회의 자리였기에 카나카인 후작은 절차대로 진행했다. 카나카인 후
작의 지적을 받은 콘티넌트 공작은 자리에서 일어나 그때의 상황을 이
야기했다.

"그날 회의에 세자 저하께서 불참하셔서 어찌 된 연유인지 알아보기
위해 저는 세자궁으로 갔습니다. 그리고 그곳에서 저하께서 자일론 왕
자님을 만나러 가셨다는 이야기를 들었습니다. 그래서 자일론 왕자님
의 궁을 찾았습니다. 서재에 계시다는 이야기를 듣고 시종장과 함께
서재로 갔습니다만, 문은 잠겨 있고 안에서는 아무런 기척도 느껴지지
않았습니다. 그래서 검으로 문의 잠금 장치를 잘라내고 안으로 들어갔
더니 세자 저하의 주검이 엎드린 자세로 그렇게 있었습니다."

콘티넌트 공작의 말이 끝나자 정확한 사실은 모르고 그저 소문으로
이야기를 대충 들었던 귀족들의 입에서 침음성이 새어 나왔다. 콘티넌
트 공작이 발언을 마치고 자리에 앉자 카나카인 후작의 말이 이어졌다.

"세자 저하의 주검은 시선이 문을 향한 채 엎드린 상태였습니다. 사
인은 검상입니다. 그것도 단 일 검에 심장을 꿰뚫렸습니다. 당시의 표
정은 제 주관적인 견해입니다만 당혹, 경악, 분노 같은 감정이 복잡하
게 어우러진 것 같았습니다. 가슴의 검상은 정말 깨끗했습니다. 그걸

로 미루어 상당한 실력자가 저항이 없는 상태에서 찌른 듯했습니다."

카나카인 후작의 말이 이어짐에 따라 대전에 모인 모두의 얼굴은 딱딱하게 굳어갔다. 로이드의 시신을 직접 본 카류일 국왕, 레시페 공작, 콘티넌트 공작, 라이트 후작의 얼굴은 별반 변화가 없었다. 그들도 나름대로 검의 일가를 이루었기에 어느 정도 정신을 추스르고 로이드의 시신을 보는 순간 그 정도는 추측했기 때문이다.

"여기서 중요한 점은 저항의 흔적이 없었다는 점입니다. 즉, 세자 저하께서 잘 아는 사람의 소행이라는 말이죠."

다들 짐작하고 있던 한마디가 카나카인 후작의 입에서 나오자 그렇지 않아도 딱딱하게 굳은 얼굴에 어두운 그림자까지 내려앉았다. 현재 모두의 머리 속에는 설마 하는 마음으로 거의 비슷한 생각이 떠오르고 있었다. 시신이 발견된 곳이 자일론의 서재임에야……

카나카인 후작의 말이 이어질수록 카류일 국왕의 얼굴은 어두워져 갔다. 그로서는 생각하기도 싫은 전개로 이어지는 듯했기에 마음속의 불안감이 커져 가고 있었던 것이다. 그는 어쩌면 두 아들을 잃어야 할 지도 모른다는 불길한 생각을 애써 떨쳐 버리고 있었다.

"그런데 이상한 것이 있었습니다."

카나카인 후작의 돌연한 말에 모두의 시선은 그녀를 향했다.

"그게 뭐요, 후작?"

카류일 국왕의 물음에 카나카인 후작은 굳은 얼굴을 한 채 잠시 침묵했다. 현재 자신이 하려는 말이 어떤 파장을 미칠지는 충분히 알 수 있었다. 이 사건을 조사하며 자신이 가장 석연치 않게 생각했던 부분이었다. 국왕 앞에서 그 사실을 직접 말하려 하니 긴장이 될 수밖에 없었던 것이다.

"검상입니다."

짧은 대답. 그녀의 짧은 대답에 모두의 얼굴에는 의혹이 어렸다.

"검상이라, 그게 무슨 말이요? 검상에 특별한 흔적이라도 남은 것이오?"

카류일 국왕이 이상하다는 듯 묻자 카나카인 후작은 무거운 어조로 대답했다.

"그렇습니다."

무겁게 고개를 끄덕이는 그녀의 모습에 대전은 다시 한 번 술렁였다.

검으로 심장을 찌른 것이 얼마나 대단한 일이라고 흔적이 남을까? 물론 실력에 따라 상처가 다르기는 하겠지만 그것만 가지고 범인을 알아내기에는 무리가 있었다.

거기까지 말한 카나카인 후작은 다시 한 번 입을 닫았다. 이 뒤에 이어질 말이 미칠 파급 효과에 그녀 자신도 모르게 말을 끊은 것이다. 대전 안의 모든 사람들이 눈빛으로 그녀에게 다음 말을 재촉했다.

"검상이 물론 찌른 사람에 따라 달라질 수는 있을 것이오만, 그것이 그렇게 이상한 것이오? 그리고 그것만 가지고는 범인을 색출하기는 어려울 듯한데……."

카류일 국왕의 물음에 카나카인 후작은 아무 대답도 하지 않았다. 그저 어두운 얼굴을 한 채 콘티넌트 공작을 살짝 쳐다보았을 뿐. 그녀의 시선을 받은 콘티넌트 공작의 얼굴 역시 깊은 그림자가 드리워져 있었다.

“세자 저하의 검상은 일반적인 검상과는 달랐습니다. 저하의 검상은… 오러 블레이드에 의한 것이었습니다.”

카나카인 후작의 입에서 힘겹게 새어 나온 대답, 그 대답이 떨어지자 대전은 지독한 침묵에 빠졌다.

아무도 어떤 말도 어떤 동작도 하지 않았다. 다만 멍하게 앉아 있을 뿐, 마치 시간이 정지된 듯했다.

“확실한 것이오, 후작?”

카류일 국왕이 힘겹게 물었다. 그 말이 사실이라면 자신의 머리 속을 떠돌던 불길한 생각이 사실이 된다. 그것만은 피하고 싶었다. 아들을 잃는 것은 하나면 족했다.

“그렇습니다.”

여전히 힘겨운 대답. 그러나 카나카인 후작의 입에서 나온 그 대답은 힘겨운 듯했으나 단호했다. 그만큼 자신의 조사에 확신을 갖는다는 말이었다. 모두 침묵에 빠져들었다. 지금 모두의 머리에 떠오른 생각은 똑같았다.

“어떻게 그렇게 단언할 수 있소?”

믿기 힘든 사실이었기에, 아니, 인정하게 되면 또 다른 아들을 잃을지도 모른다는 사실에 카류일 국왕은 침중한 어조로 다시 한 번 물었다.

“확인해 보았습니다.”

자신 역시 인정하기 싫은 사실이었지만 자신의 임무였기에 카나카인 후작은 단호히 대답했다.

“확인이라… 어떻게 한 것이오?”

일촉즉발의 긴장감이 대전을 뒤덮었다. 카류일 국왕이 뿜어내는 기세에 대전에 모인 귀족들은 고개조차 제대로 들지 못하고 있었다. 그런 분위기 속에서 카나카인 후작은 태연히 자신이 해야 할 말을 했다. 과연 소드 마스터다운 모습이었다.

"사실 조사 첫날 저는 콘티넌트 공작님을 찾았습니다. 그날 저하의 주검을 조사하던 중 그 사실을 발견했기 때문에 확인을 위해서였습니다."

그녀의 말에 지금까지 그녀를 향하던 시선이 콘티넌트 공작을 향해 옮겨갔다. 수많은 시선이 자신에게 꽂혔지만 그는 태연했다.

"그게 사실이오, 공작?"

"그렇습니다."

카류일 국왕이 확인하기 위해 던진 물음에 콘티넌트 공작은 담담히 대답했다. 그의 대답을 들은 국왕은 카나카인 후작에게로 시선을 돌렸다. 국왕의 시선을 받은 카나카인 후작의 입이 다시 열렸다.

"그날 저는 개 두 마리의 심장을 찔러 죽였습니다. 한 마리는 제가 펼칠 수 있는 최대한의 오러 쓰레드를 이용해서, 다른 한 마리는 콘티넌트 공작께서 펼치실 수 있는 최고의 오러 블레이드를 이용해서였습니다."

그녀의 말에 국왕은 작게 고개를 끄덕였다.

"그래서 결과는?"

국왕의 짧은 물음에 카나카인 후작은 뒤를 돌아보았다. 그녀의 시선을 받은 실버 기사 한 사람이 잠시 대전을 나가더니 곧 두 개의 상자를 가지고 들어왔다. 카류일 국왕이 잘 볼 수 있는 위치에 그 상자를 둔

후 그 기사는 조용히 물러났다.

"그 상자 안에는 그때 실험에 사용했던 개의 시체가 있습니다. 죽은 후 즉시 마법사의 도움으로 보존 마법을 사용해 둔 상태입니다. 죽었을 때 그대로의 모습입니다."

사람들의 의혹 어린 시선에 설명을 마친 카나카인 후작은 조용히 상자를 향해 걸어갔다. 상자를 열어 모두 볼 수 있게끔 한 후 그녀는 한 발 물러서 잠자코 서 있었다.

대전에 있는 사람들은 개의 시체를 뚫어져라 바라보았다. 하지만 반응은 제각각이었다.

그럴 수밖에 없는 것이 그 정도 경지에 의한 상처는 아는 만큼 보이게 마련이다. 검이란 것을 전혀 모르는 문관들에게는 둘 다 똑같은 상처로 보일 것이고, 수준 이하의 실력을 가진 귀족들에게는 어딘가 다른 것 같지만 무엇이 다른지는 모르는 정도로 보일 것이다.

몇몇은 눈을 빛내며 고개를 끄덕이고 있었다. 카류일 국왕 역시 그중 한 사람이었다.

"아마도 오른쪽의 것이 콘티넌트 공작의 솜씨로 보이는데……."

"맞습니다, 폐하."

카류일 국왕의 말에 카나카인 후작이 대답했다.

"그리고 또한 세자 저하의 가슴에 있던 상흔도 오른쪽 개의 시체에 있는 상흔과 동일했습니다. 그것은 콘티넌트 공작께서도 확인해 주셨습니다."

이어진 또 다른 말. 그녀의 말에 카류일 국왕은 그저 말없이 있었다. 그도 국왕이기 이전에 상당한 실력을 가진 기사였다. 오러 쓰레드와 오러 블레이드에 의한 상처의 차이를 구분할 수 있을 정도의 실력자였다.

그런 그가 로이드의 시신에 있던 상처를 못 알아볼 리 없었다. 그때 당시는 그저 로이드의 상처만 보았기에 몰랐다. 하지만 이렇게 비교해 보니 확실했다. 카류일 국왕, 자신의 기억 속에 있는 큰아들 가슴에 난 상처는 오러 블레이드에 의한 것이었다.

긴 침묵이 이어졌다. 이미 레시페 공작과 라이트 후작 등 검술이 뛰어난 몇몇 귀족들도 그 사실을 알아차렸기에 침묵을 지킨 것이다.

절대 일어나지 말아야 할 일이 일어난 것이나 다름없었기에.

그런 대전의 분위기에도 불구하고 카나카인 후작은 자신이 할 말을 계속 이어갔다.

"현재 우리 왕국에서 오러 블레이드를 사용할 수 있는 사람은 모두 네 명입니다. 가장 먼저 여기 계신 콘티넌트 공작님, 그리고 지니어스 후작님과 퓨어님, 마지막으로 자일론 왕자님입니다."

"으음……."

누구의 입에서 나온 소리일까? 카나카인 후작이 말을 마치자 무거운 신음 소리가 새어 나왔다.

일단 로이드가 죽은 그 시간, 콘티넌트 공작은 회의에 참석해 있었다. 그리고 게이는 현재 자신의 영지에 있다. 그건 퓨어도 마찬가지였다. 그렇다면 결국 자일론만 남는 것이다. 오러 블레이드에 의한 상처, 그리고 각자의 알리바이가 있는 세 명. 결국 범인은 모두가 설마 설마 하던 자일론이 될 수밖에 없는 상황이었다.

"그런데……."

그때 카나카인 후작의 입이 다시 열렸다. 모두의 시선은 다시 그녀에게로 향했다. 이미 범인이 누구인지 밝혀진 것이나 다름없었지만 조사를 맡은 그녀가 무언가를 더 말하려 했기에 그녀를 바라본 것이다.

"세자 저하께서 돌아가신 그날, 지니어스 후작과 바볼랏 신관이 자일론 왕자님을 찾아왔다고 합니다."

카나카인 후작의 말에 모두의 표정은 급변했다. 그날 케이가 자일론의 궁에 있었다니. 그렇다면 케이 역시 용의선상에 올라가는 것이다. 그도 오러 블레이드를 사용할 수 있으니.

"자일론 왕자님과 지니어스 후작, 바볼랏 신관은 자일론 왕자님의 궁 구석구석을 돌아다녔다고 합니다. 시종들의 증언이니 틀림없습니다. 그렇게 한참을 궁 구석구석을 돌아본 후 세 사람은 서재로 들어갔다고 하더군요. 그리고 한참 후 앤더라는 시종이 자일론 왕자님의 심부름이라며 세자 저하를 모시러 갔다고 합니다."

카나카인 후작의 말에 대전에 모인 모든 사람이 혼란에 휩싸였다. 자일론과 케이, 바볼랏이 함께 서재에 있었다. 그리고 로이드는 오러 블레이드에 의한 검상으로 그 서재에서 죽은 채 발견되었다.

그렇다면 범인은 분명 자일론과 케이 둘 중 하나였다. 하지만 여기서 걸리는 것이 바로 바볼랏이었다. 헤이트론의 신관인 그가 그런 것을 잠자코 지켜볼 리 만무했기 때문이다.

게다가 로이드가 죽은 그날, 왕궁 어디에서도 자일론과 케이의 모습은 볼 수 없었다. 사실 그날 이후 자일론은 왕궁에 없었기에 사람들이 은근히 그 혐의를 자일론에게 두고 있었던 것도 사실이다. 하지만 세 사람이 동시에 자일론의 궁에 있다가 사라졌다면……

"후우. 복잡하군. 그래, 경들의 생각은 어떻소?"

카류일 국왕은 고개를 절레절레 흔든 후 이마를 짚으며 말했다. 카류일 국왕의 시선이 자신에게 머물 때마다 귀족들은 움찔했지만 나서는 귀족은 없었다. 사안이 사안인 만큼 함부로 나설 수 없었던 것이다. 말 한마디 잘못했다가는 가문이 몰락할 수도 있었다.

세자의 죽음에 용의선상에 오른 왕자. 이건 엄청나다는 말도 부족한 사건이었다.

"제 생각에는 자일론 왕자님이나 지니어스 후작의 소행 같습니다. 그 같은 조건에서 오러 블레이드를 사용해 세자 저하를 살해할 수 있는 사람은 그 둘뿐이니까요."

모두가 눈치만 살피고 있을 무렵 한곳에서 담담한 목소리가 들렸다. 트빌리시 후작이었다. 비록 작위뿐인 후작이라지만 엄연한 후작이었기에 그도 회의에 참석해 있었다.

그의 말에 대전은 금세 혼란에 휩싸였다. 누구도 쉽게 할 수 없는 말을 그는 너무나 태연히 하고 있었던 것이다. 더 이상 잃을 것이 없는 자의 배짱이라고 할까? 사람들의 눈에는 그렇게 비치기도 했다.

"왜 그렇게 생각하는 것이오?"

너무 당연하다는 듯 말하는 트빌리시 후작의 모습에 카류일 국왕의 눈썹이 꿈틀했다. 그리곤 무거운 어조로 물었다. 그의 목소리에서는 은은한 분노마저 느껴졌다. 자신이 가장 생각하기 싫은 대답을 그가 그리도 태연히 했으니 그럴 만도 했다.

"그 상황, 그 시간에 오러 블레이드를 사용할 수 있는 사람은 그 둘뿐입니다. 대륙 전체를 뒤져서 말이죠, 카나카인 후작?"

　카류일 국왕의 분노를 온몸으로 받으면서도 트빌리시 후작은 태연했다. 오히려 여유로운 표정으로 카나카인 후작을 부르기까지 했다.

"왜 그러시죠?"

결코 곱지 않은 시선으로 트빌리시 후작을 바라보며 그녀가 대답했다.

"자일론 왕자님과 지니어스 후작, 그리고 바볼랏 신관이 자일론 왕자님의 서재로 들어간 후 나온 적이 있습니까?"

그의 물음에 카나카인 후작은 무거운 어조로 대답했다.

"없습니다."

그녀의 대답에 트빌리시 후작의 얼굴에는 옅은 웃음이 어렸다. 미미한 흔적이었지만 그의 웃음을 모두 알아볼 수 있었다. 그 즉시 모두의 얼굴에는 분노가 어렸다.

세자가 죽고 왕자가 혐의를 받고 있다. 그 와중에 왕자를 범인으로 지목하며 웃음을 띠다니! 당장 목을 베어도 부족하지 않을 만한 행동이었다. 하지만 자일론에게 혐의가 있다는 것은 누구도 부인 못할 사실이었기에 다들 속으로만 분노할 뿐 당장 무어라 하지는 않았다.

카류일 국왕 역시 온몸을 부들부들 떨며 왕좌를 꼭 움켜쥐고 있었다. 트빌리시 후작이 자일론과 로이드 덕에 모든 권력을 잃고 이름뿐인 후작이 되어 원한이 있다고는 하지만 저런 태도라니. 당장 갈아 마셔도 시원찮다는 생각이 들 정도로 카류일 국왕은 분노했다. 하지만 그도 어쩔 수 없었다. 공석인데다 분명 자일론에게 혐의가 갈 수 있다는 사실을 그도 인정했기 때문이다.

주위의 분노가 모두 자신을 향해 한 점으로 집중되는데도 트빌리시 후작은 태연했다. 아니, 오히려 옅은 웃음이 짙게 변했다.

"그렇다면 세자 저하께서 자일론 왕자님의 서재로 들어가실 동안 세 사람은 서재에 있었다는 말이군요. 그렇다면 이런 가정은 어떨까요? 일단 자일론 왕자님이나 지니어스 후작 중 한 사람이 남은 두 사람을 기절시킨다. 그리고는 시종을 세자 저하께 보내는 것이죠. 이 경우 누가 범인이냐에 따라 조금 상황이 달라질 수 있습니다. 자일론 왕자님이 범인일 경우 다른 두 사람을 기절시킨 때는 아무래도 상관이 없겠죠. 하지만 지니어스 후작이 범인이라면 아마 시종을 보낸 후 일을 진행시켰을 겁니다."

거기까지 말한 트빌리시 후작은 잠시 말을 멈추고 자신의 자리에 마련된 잔을 들어 물을 한 모금 삼켰다. 쉬지 않고 계속 말해 갈증을 느낀 탓이다. 그런 그를 바라보는 시선이 곱지 않았다. 아니, 분노로 활활 타오르고 있었다. 그는 분명 자일론 왕자가 범인일 경우라는 말을 입에 담았다. 감히 신하의 입장으로 왕자가 범인인 경우를 운운하다니. 하지만 정작 당사자는 태연하게 말을 이어갔다.

"그 후 시종과 세자 저하를 서재로 들입니다. 그리고는 감쪽같은 실력으로 두 사람의 심장을 찌르는 거죠. 하지만 이 경우 몇 가지 맹점이 존재합니다."

그의 말이 이어질수록 사람들의 분노는 거세졌다.

"일단 자일론 왕자님의 실력은 지니어스 자작에 비해 떨어집니다. 지니어스 자작은 그랜드 소드 마스터가 인정한 소드 슈페리어이니까요. 그러니 사실 자일론 왕자님이 지니어스 자작을 기절시킨다는 것은 불가능하죠. 또한 지니어스 자작이 자일론 왕자님을 기절시키는 것도 힘듭니다. 듣기로는 이미 오랜 친구 사이라고 하니까요. 게다가 두 사람이 동시에 그렇게 죽이려면 한 사람으로서는 무리지요."

트빌리시 후작은 담담히 자신의 주장을 펼쳐 나갔다.

"그래서 결국 하고 싶은 말이 뭐죠?"

그때 카나카인 후작이 날카로운 목소리로 그의 말을 자르며 물었다.

"제 결론은 아마도 자일론 왕자님과 지니어스 후작이 공범이지 않나 하는 겁니다."

그 말을 끝으로 트빌리시 후작은 자리에 앉았다.

무시무시한 살기가 한 점에 집중되었다. 물론 트빌리시 후작을 향한 살기였다. 콘티넌트 공작이나 카나카인 후작은 자신의 살기를 억제하느라 애쓰는 모습이었다. 현재 자신들의 살기를 그대로 쏘아낸다면 아마도 트빌리시 후작뿐 아니라 그 근처의 귀족들도 무사하지 못하리라. 그것을 알기에 억제하고 있는 것이었다.

"당신의 말에는 커다란 맹점이 하나 있소. 당신도 그 사실을 알고 있지 않소, 트빌리시 후작? 만일 서재에서 시종과 서자께서 함께 살해당했다면 두 사람의 시신이 발견되어야 할 텐데 우리가 발견한 시신은 세자 저하 한 분의 것뿐이었소. 그 사실은 어떻게 설명할 것이오?"

레시페 공작이 엄한 눈으로 트빌리시 후작을 바라보며 물었다. 중요한 사실을 빠뜨리고 말도 안 되는 주장을 한 것에 대한 분노였다. 하지만 정작 그 분노를 받은 트빌리시 후작은 태연했다. 이미 예상한 반응이라는 듯 기분 나쁜 미소까지 지어 보였다.

"그거야 시체를 없애면 됩니다. 시체를 사라지게 하는 마법약 같은 것도 존재하니까요. 물론 그런 마법약은 어두운 곳에서 일하는 용병들이 주로 사용하죠."

"증거가 있소?"

라이트 후작의 입에서 험악한 목소리가 나왔다. 트빌리시 후작이 용병을 들먹인 것에 분노한 것이다. 분명 자일론과 케이는 함께 용병 생활을 했다. 그것은 이 자리에 있는 모두가 알고 있는 사실이다. 그랬기에 트빌리시 후작의 말에 분노하고 있는 것이다.

어두운 곳에서 일하는 이들이라는 단서를 붙였지만 그래도 용병들이 즐겨 사용한다니. 트빌리시 후작은 돌려서 한 말이지만 거의 자일론과 케이를 범인으로 확정하고 한 말이었다.

"카나카인 후작."

라이트 후작의 험악한 질문과 함께 자신에게 쏘아지는 무시무시한 시선에도 태연한 얼굴의 트빌리시 후작은 질문에 대한 대답은 하지 않고 다시 한 번 카나카인 후작을 불렀다.

"왜 그러시죠?"

그의 부름에 고운 대답이 나올 리 없었다. 제법 날카로워진 그녀의 목소리를 듣고 트빌리시 후작은 다시 한 번 웃음 지으며 태연히 물었다. 그런 그의 행동은 대전을 감싼 분노를 더욱 거세게 만들고 있었다.

"제 생각에는 세자 저하의 시신에서 제법 떨어진 곳에서 또 다른 핏자국이 있었을 것 같습니다만. 오러 블레이드를 사용할 정도의 실력자가 일을 저질렀다면 아마도 핏자국이 멀리 튀지는 않았을 겁니다. 그러니 저하의 시신에서 좀 떨어진 곳에서 핏자국이 발견되었다면 아마도 사라진 시종의 것이겠죠."

거기까지 말한 트빌리시 후작은 자신만만한 얼굴로 카나카인 후작을 쳐다보았다. 그의 시선을 받은 카나카인 후작은 입술을 꽉 깨물었다. 분하지만 그의 말이 사실이었다. 분명 자신은 그런 핏자국을 발견했다. 그리고 자신의 추리 또한 트빌리시 후작과 비슷했다.

그 핏자국은 로이드의 것이 아닌 다른 제3자의 것일 거라고. 그리고 그 제3자는 아마도 앤디라는 시종이 가장 유력하다고 생각했다. 자신 역시 자일론이 범인일 가능성 역시 생각하고 있었다. 하지만 그러기에는 걸리는 것들이 있기에 확신은 못하고 있는 상황이었다.

또한 자신은 자일론을 믿었다. 자신이 아는 자일론은 절대 로이드를 해칠 인물이 아니었다. 한데 저런 트빌리시 후작의 태도라니. 그는 이미 자일론이 범인이라 확신하고 있는 것 같았다. 아니, 자일론이 범인이 아니더라도 그렇게 몰고 가려는 것처럼 보였다.

그런 그의 말에 긍정을 해야만 하는 자신에게 너무나 화가 났다. 하지만 페이트라 카나카인, 자신은 자랑스러운 실버 기사단의 단장이었다. 그랬기에 잔뜩 일그러진 얼굴로 트빌리시 후작의 물음에 답해줄 수밖에 없었다.

"분명 후작의 말씀대로 또 다른 핏자국을 발견했습니다."

그녀의 대답이 입 밖으로 나오자 트빌리시 후작의 얼굴에 의기양양한 표정이 떠올랐다. 그녀의 대답과 함께 대전 여기저기가 소란스러워졌다.

카나카인 후작은 분명 핏자국을 발견했다고만 했건만 다른 귀족들의 귀에는 그녀가 트빌리시 후작의 말을 모두 인정한 것처럼 들렸던 것이다.

쾅!

카류일 국왕은 웅성거리는 귀족들을 노려보며 왕좌를 내려쳤다. 그 소리가 대전을 맴돌자 소란은 금세 가라앉았다. 하지만 그런 귀족들의 모습을 지켜보는 국왕의 마음은 분노로 가득했다.

국왕의 분노가 대전을 뒤덮자 귀족들은 서로의 눈치만 살폈다. 의기양양한 얼굴로 있던 트빌리시 후작도 긴장한 듯 말없이 앉아 있었다.

"무언가 간과하는 것이 있군요, 트빌리시 후작."

조용한 가운데 처음부터 줄곧 침묵을 지키고 있던 하디온 후작이 입을 열었다. 국왕이 분노한 가운데 궁정 마법사인 그가 입을 열자 모두의 시선이 집중되었다.

"지니어스 후작은 소드 슈페리어이기도 하지만 6서클 이상의 마법사이기도 합니다. 그러니 서재에 있던 세 사람은 세자 저하가 오시기 전에 텔레포트해 다른 곳으로 이동했을 수도 있소. 그 세 사람이 사라진 후 어디선가 들어온 어쌔신이 암살했을 수도 있다는 말이오."

하디온 후작의 말에 많은 사람들이 고개를 끄덕였다. 다들 케이가 마법사이기도 한 것을 간과하고 있었던 것이다. 그의 말에 특히 카류일 국왕이 반색했다. 그 가정대로라면 자일론은 용의선상에서 벗어나기 때문이다. 많은 사람들의 얼굴이 하디온 후작의 말로 인해 밝아졌지만 카나카인 후작만은 얼굴이 어두웠다. 그녀는 트빌리시 후작이 할 반론이 대충 예상되었던 것이다.

"오히려 하디온 후작께서 간과하고 계신 것 같군요. 지니어스 후작이 텔레포트가 가능하다면 세자 저하를 암살한 후 텔레포트로 세 명이 사라질 수도 있겠죠. 그리고 그 후 왕궁으로 돌아오지 않는다. 더없이 완벽하군요. 게다가 6서클의 마법사라면 시체 하나쯤은 감쪽같이 사라지게 할 수 있겠죠. 아까 제가 이야기한 마법 시약 같은 것은 사용할 필요도 없이 말이죠. 그리고 어쌔신이 저하를 암살했다라… 카나카인 후작은 분명 저하의 검상은 오러 블레이드에 의한 것이라 했습니다. 즉, 상급의 소드 마스터의 솜씨란 거죠. 상급 소드 마스터의 어쌔신이라… 과연 그런 자가 있을까요? 더 이상 논의할 것도 없습니다. 즉시 두 사람에게 수배령을 내려야 합니다!"

트빌리시 후작이 즉시 자리에서 일어서며 반론을 펼쳤다. 그리고 그의 말은 하디온 후작의 말보다 더욱 설득력이 있었다. 모두의 얼굴은 어두워졌다. 그러다가 수배령을 내려야 한다는 말에서는 다시 한 번 분노했다.

자신의 예상대로 트빌리시 후작이 말하자 카나카인 후작은 지그시 두 눈을 감았다. 최악의 사태까지 간 것이다. 하지만 아직 희망은 있었다. 로이드의 가슴에 난 검상. 그것이 자일론과 케이를 범인으로 몰아갔지만 반면에 범인이 아닐 수도 있음을 나타내고 있었다.

"저기, 제가 잠시 발언해도 되겠습니까?"

카나카인 후작이 자신이 미심쩍어 하는 부분에 대해 이야기를 꺼내려 할 때 한쪽에서 누군가의 목소리가 들려왔다. 당연히 모두의 시선은 소리가 난 곳을 향했다. 트빌리시 후작의 발언으로 인해 분위기가 상당히 험악해져 있어 그 시선은 상당히 거칠었다.

목소리의 주인공은 프란시스카 백작이었다.

"분명 트빌리시 후작님의 말씀도 일리는 있습니다만……."

말을 하는 순간 사방의 분노가 프란시스카 백작을 향했다. 잠시 프란시스카 백작은 움찔했지만 곧 호흡을 가다듬고 자신의 말을 이어 나갔다.

"무언가 이상한 것이 있군요. 카나카인 후작님, 분명 세자 저하의 가슴에 난 검상은 오러 블레이드에 의한 것이죠?"

"그래요."

프란시스카 백작의 물음에 카나카인 후작이 살며시 미소를 지으며 말했다. 프란시스카 백작이라면 로이드의 가슴에 난 상처가 의미하는 또 다른 사실을 알아차렸으리라 믿었기 때문이다. 다만 그런 사정을 모르는 사람들은 사나운 눈길로 카나카인 후작을 바라보았다. 그렇지 않아도 트빌리시 후작 때문에 모두 흥분한 상태에서 카나카인 후작의 미소까지 보았으니…….

"무기도 지니지 않으신 세자 저하의 가슴에 난 상처가 오러 블레이드에 의한 것이라고요?"

"그래요."

프란시스카 백작과 카나카인 후작의 두 번째 문답. 그때야 몇몇 똑똑한 이들은 곧 무언가 부자연스러움을 느꼈다.

"제가 이상하다는 것은 바로 그겁니다. 무기도 지니지 않으신 저하를 오러 블레이드를 사용해서 죽이다니 범인은 왜 그렇게 번거로운 짓을 했을까요?"

예리한 지적이었다. 프란시스카 백작의 말에 회의장은 잠시간 정적이 감돌았다. 그 정적을 깨고 프란시스카 백작이 다시 입을 열었다.

"콘티넌트 공작님, 카나카인 후작님, 라이트 백작님. 카이렌을 대표하는 카이렌의 자랑스러운 소드 마스터이신 세 분께 묻겠습니다. 소드 마스터만이 사용할 수 있다는 오러 쓰레드 혹은 오러 블레이드를 형성하는 것은 쉬운 일인가요?"

"어렵지는 않지만 그렇다고 쉽지도 않은 일이오. 마나를 유형화해서 검에 맺히게 하는 것은 상당한 집중력을 필요로 하는 일이라오."

콘티넌트 공작이 대표로 대답했다.

"콘티넌트 공작님, 분명 세자 저하께서는 검을 사용할 줄 모르셨죠?"

"모르셨네."

"그런 세자 저하를 죽음으로 이르게 하는 데 굳이 오러 블레이드를 사용할 필요가 있나요?"

"없네."

두 번의 문답, 그리고 그 문답이 말해 주는 사실들. 왕국의 고위 귀족인 그들이 그 의미도 모를 정도로 어리석지는 않았다.

"그렇다면 왜 범인은 굳이 오러 블레이드를 사용해서 세자 저하를 살해한 것일까요? 좀 전에 콘티넌트 공작께서 말씀하신 대로라면 오러 블레이드를 형성시키려면 검을 뽑고 마나를 유형화시키기 위해 어느 정도 집중을 위한 시간이 필요합니다. 무기도 없고 검술도 전혀 모르시는 세자 저하를 죽이려고 오러 블레이드까지 형성하다니요. 본디 암살이란 대상을 가장 효과적으로 죽이는 일입니다. 소드 마스터 정도 되는 실력자가 세자 저하를 죽이기로 마음먹었다면 아마 검을 뽑는 순간이면 저하의 목숨을 취할 수 있을 겁니다. 그렇지 않나요, 콘티넌트 공작님? 공작님이시라면 세자 저하와 같은 조건인 저를 죽일 때 시간이 얼마나 걸릴까요? 물론 오러 블레이드를 사용하지 않은 상태로요."

느닷없이 던진 프란시스카 백작의 질문에 모두의 시선은 콘티넌트 공작을 향했다.

"1초. 지금의 상태에서라도 1초면 충분하오."

공작의 대답에 그 자리에 있던 귀족들 대부분의 눈에는 놀람이 떠올랐다. 그럴 수밖에 없는 것이 이 자리에 모인 귀족들의 8할은 문관이었다. 그런 그들이 콘티넌트 공작의 실력이 어느 정도인지 알 방법은 없었다.

다만 기사 출신의 귀족들은 고개를 끄덕이며 그의 말에 공감하고 있었다. 자신들은 불가능하지만 콘티넌트 공작의 실력이라면 충분히 가능한 일이었다.

"그 말씀을 증명하실 수 있으신가요?"

당돌하게까지 느껴지는 프란시스카 백작의 물음에 콘티넌트 공작은 카류일 국왕을 바라보았다. 국왕이 앞에 있는 자리에서 그런 식으로 움직인다는 것은 크나큰 불경이다. 그래서 그 전에 미리 허락을 구하려는 행동인 것이다.

콘티넌트 공작의 시선을 받은 카류일 국왕은 묵묵히 고개를 끄덕였다. 국왕의 허락을 구한 콘티넌트 공작은 프란시스카 백작을 쳐다보았다.

"시작하겠소."

그의 말에 프란시스카 백작은 고개를 끄덕였다.

그 순간, 콘티넌트 백작은 그의 자리에서 사라지고 없었다. 언제, 어떻게 움직인 것일까? 어느새 컨티넌트 공작은 프란시스카 백작의 바로 앞에 있었고 그의 손끝은 그녀의 목 위에 있었다. 국왕과 함께하는 회의 자리에 검을 가지고 들어올 수 있는 자는 국왕의 근위기사뿐이기에 콘티넌트 공작은 검 대신 손을 사용한 것이다. 그의 놀라운 움직임에 모두 할 말을 잃었다.

콘티넌트 공작에게 그러한 행동을 요구한 프란시스카 백작조차 얼떨떨한 눈으로 자신의 목 위에 있는 손가락을 바라보고 있었다.

그 모습에 잠시 웃음 지은 콘티넌트 공작은 손을 그녀의 목에서 떼내고는 천천히 자신의 자리로 돌아갔다.

"저, 정말 놀랍군요. 소드 마스터의 실력이란……."

프란시스카 백작은 잠시 후 정신을 차린 듯 떨리는 목소리로 말했다.

"모두 보셨다시피 소드 마스터가 마음먹는다면 검을 사용할 수 없는 사람은 일순간에 목숨을 잃을 수 있습니다. 그런데도 불구하고 암살자는 굳이 오러 블레이드를 사용해서 세자 저하의 목숨을 앗아갔습니다. 왜 그렇게 번거로운 짓을 했을까요? 그것은 그래야만 했기 때문일 겁니다. 바로 자일론 왕자님과 지니어스 후작께 누명을 씌우기 위해서죠. 그들이 아니라면 그때 오러 블레이드를 사용할 수 있는 사람은 없으니까요."

그 말을 끝으로 프란시스카 백작은 자신의 자리에 앉았다. 그녀가 자리에 앉았음에도 불구하고 대전에는 묘한 여운이 감돌았다. 트빌리시 후작과는 정반대의 의견. 모두 일리있는 의견이었다. 하지만 이 자리에 모인 귀족들은 프란시스카 백작의 주장에 힘을 실어주고 싶었다.

특히나 카류일 국왕은 흡족한 미소까지 띠고 앉아 있었다. 그런 국왕의 미소를 보았는데 어느 누가 그녀의 의견에 반발하겠는가? 다만 회의장 한쪽에 조용히 앉아 있는 한 인물의 얼굴만이 소리없이 일그러졌다 회복하기를 반복하고 있었다.

제2왕자라는 자격으로 회의에 참가한 게일이었다. 하지만 아무도 그런 그의 변화를 알아차리지 못했다.

"분명 제 주장에는 그런 맹점이 있습니다. 하지만 다시 한 번 생각해 보시죠. 이 나라에서 오러 블레이드를 사용할 수 있는 사람이 과연 얼마나 있는지를요."

트빌리시 후작이 다시 자리에서 일어나 말했다. 그는 결코 자일론과 케이가 범인이라는 주장을 포기할 생각이 없어 보였다. 그가 다시 이렇게 일어서자 사람들은 서로를 바라보며 웅성거렸다.

프란시스카 백작과 트빌리시 후작의 싸움.

같은 말의 반복으로 이어졌다. 그럴 수밖에 없는 것이 명확한 증거가 없었다. 자일론과 케이가 범인이라는 증거도, 그렇다고 범인이 아니라는 증거도 없었다.

그리고 솔직히 오러 블레이드에 의한 상처는 두 사람이 범인이라는 쪽에 무게를 실어줄 만한 증거였다. 그 둘이 바보가 아닌 이상 그 자리에서는 오히려 오러 블레이드를 사용하지 않았을 것이라는 사실은 누가 생각해도 뻔했지만 그건 어디까지나 추측이요 심증일 뿐이었다. 오러 블레이드라는 물증이 있는 이상 두 사람이 혐의를 벗기는 어려웠다.

카류일 국왕이 프란시스카 백작의 의견에 힘을 실어주려 했지만 드러난 상황에서는 역부족이었다.

치열한 회의 속에서 그날의 결론은 일단 자일론과 케이를 잡아들여 취조하는 쪽으로 흘러갔다. 그리고 화가 난 얼굴의 카류일 국왕이 대전에서 나서고 나서 자일론과 케이에 대한 수배령이 내려졌다.

제 57 식

진실을 보는 눈

대전에서 회의가 열려 트빌리시 후작과 프란시스카 백작이 한참 서로의 주장을 펼치며 공방을 벌이고 있을 무렵.

케이의 성 응접실에는 케이 일행이 모두 모여 있었다. 지난 사흘간 다들 머리를 맞대어봤지만 별다른 뾰족한 수가 없었다. 어떤 이가 자일론을 노리고 있다는 것만 알 뿐 그것으로는 어떠한 대책도 세울 수 없었다.

"어떻게 하지, 케이? 이렇게 계속 네 성에 머물러 봤사 뾰족한 수가 생기는 것도 아니잖아."

자일론이 답답한 듯 입을 열었다.

"그렇기는 하지. 하지만 그렇다고 돌아가도 무슨 수가 생기는 건 아니지."

케이의 대답에 자일론은 고개를 가로저었다. 같은 말의 반복이 벌써 사흘째니 질릴 만했다.

"바볼랏, 무슨 방법이 없을까?"

그런 자일론의 모습에 케이가 돌아보며 물었다. 이것 역시 계속해서 이어진 행동이었다.

"케이, 정말 몰라서 묻는 거예요? 아니면 똑같은 대답을 또 듣고 싶은 거예요?"

계속해서 같은 대답을 해준 것에 대해 지친 것일까? 바볼랏은 퉁명스레 케이의 물음에 답했다. 그런 바볼랏의 반응에 케이의 눈썹이 솟아올랐지만 별다른 말은 하지 않았다. 그 역시 지쳐 가고 있었으니까.

"하아. 거기에 남은 흑마법의 흔적은 극히 미약해서 자일론에게는 아무런 영향도 미치지 못한다는 거지? 다만 넓게 퍼져 있어서 불안할 뿐. 좀 더 강하다면 어떻게 정화라도 하겠지만 그 정도 흑마법을 정화하는 것은 신성력 대비 효율 면에서 차라리 아무것도 안 하는 것보다 못한 일이라 이거지?"

케이는 고개를 뒤로 젖히고 눈을 감은 채 중얼거렸다. 바볼랏이 그동안 그에게 한 대답이었다. 토씨 하나 틀리지 않고 그대로 말하는 케이. 그럴 수밖에 없는 것이 그간 이 대답을 얼마나 들었는지 셀 수도 없을 정도였다.

"그럼 이제 그만해. 이야기를 들어보니 여기서는 별다른 뾰족한 수도 없잖아. 그런데 그저 이렇게 앉아서 같은 말만 반복하는 건 시간 낭비야. 차라리 자일론의 궁으로 가서 결정을 보자구. 정 안되면 국왕 폐하께 사실을 말하고 거처를 옮기면 되는 문제잖아. 폐하께 말씀드리기 힘들면 세자 저하께라도 말씀드리면 될 테고.”

함께 고민을 하던 브라이튼이 못 참겠다는 듯 외쳤다. 그의 말에 바볼랏이 브라이튼을 쳐다보았다.

“맞아요! 의외로 간단한 방법을 놔두고 괜히 고민했네요!”

바볼랏의 탄성에 모두의 시선이 그를 향했다. 당연했다. 간단한 방법이 있다니 자연히 그를 쳐다볼 수밖에.

“지금 자일론이 사는 궁을 그대로 보존하고 흑마법 문제를 처리하려고 하니까 힘들었던 거잖아요. 하지만 굳이 그럴 필요가 있을까요? 자일론은 일국의 왕자예요. 그것도 아주 힘있는. 그렇다면 그런 궁 하나야 그냥 버리고 새로운 궁 하나를 얻을 수도 있는 거잖아요. 그리고 그 새로운 궁에는 미리 신성력으로 결계를 쳐두고요. 그러면 되는 일 아닌가요?”

바볼랏의 설명에 모두 멍한 얼굴을 했다. 듣고 보니 그랬다. 방법은 정말 간단했다. 그 간단한 방법을 두고 지금껏 고민했다니 허탈해지기까지 했다.

“후우. 쓰지 못할 거면 버리면 된다. 그 간단한 사실을 간과한 덕에 지금까지 며칠을 고민한 거야.”

자일론의 넋두리가 한숨과 함께 새어 나왔다. 생각해 보니 정말 한심하기 그지없었다.

“뭐, 그러면 해결책이 마련된 건가? 그러면 여기서 미적거릴 거 없이 당장 해결하러 가자구.”

후련한 듯 브라이튼이 주위를 둘러보며 말했다.

“그럼 그러도록 할까? 바볼랏, 부탁해.”

케이가 브라이튼의 의견에 고개를 끄덕이며 바볼랏에게 말했다. 하지만 바볼랏은 고개를 가로저었다.

"저는 자일론의 궁에는 가본 적이 없어요. 그냥 지하에 있는 마법진을 이용하죠."

텔레포트 링을 가진 이후로 케이는 자신을 무슨 만능 교통 수단 정도로 이용해 왔다. 충분히 할 수 있으면서 단지 자신에게 아티팩트가 있다는 이유만으로. 그게 싫었지만 케이에게 반항할 수 없었다. 힘이 없으니까.

그러나 이번에는 타당한 이유로 거절할 수 있었다. 자일론의 궁에 가본 적이 없으니 텔레포트할 수 없다. 이거면 케이도 뭐라 하지는 못할 것이다.

"그래? 지하로 가기는 귀찮고, 그러면 내가 할까. 가만, 그 텔레포트 링 좌표만 알아도 텔레포트할 수 있는 것 아냐?"

"하지만 건물 안으로의 이동이면 좌표만으로는 불안하니까요."

이번에도 역시 타당한 이유가 있었다. 바볼랏의 말대로 건물 안으로의 텔레포트는 불안했다. 물론 텔레포트가 시행되기 전에 목표 지점에 구형의 실드가 형성되어 보호해 주지만 층과 층의 경계 부위에 그런 실드가 형성된다면 곤란했다. 그것을 피하자면 아예 공중으로 텔레포트해야 했는데 그것 역시 번거로운 일이었다.

이 경우 가장 안전한 방법은 지하의 마법진을 이용하거나 자일론의 궁에 가본 적이 있는 케이가 텔레포트하는 것이었다. 그리고 케이는 지하에 가는 것은 귀찮다고 했으니 오랜만에 자신이 직접 일행 모두를 텔레포트시킬 일이 생긴 것이다.

"후. 그러면 결국 내가 해야 하는 건가? 그럼 다들 모이라구. 지금 바로 갈 테니까."

케이의 말에 모두 케이 주변에 둘러섰다. 자일론, 브라이튼, 바볼랏, 퓨어, 세린, 발린, 카트린, 모두 자신의 주위에 모이자 케이는 나직이 시동어를 외웠다.

"텔레포트."

그와 동시에 케이들은 사라졌다.

자일론의 서재는 그 사건이 일어난 지 사흘이 지났지만 여전히 경비가 삼엄했다. 지금도 사건의 조사를 맡은 실버 기사단의 기사 세 명이 서재의 각 방위를 점하고 경비를 서고 있었다. 누구도 올 일이 없는 서재 내부를 이렇게 지킬 이유가 뭐 있을까 싶지만 그들은 기사다. 명령이 내려왔으니 수행할 뿐인 것이다.

명령받은 대로 열심히 경비를 서고 있는 실버 기사들. 그들은 갑작스레 방 안에서 일어나는 기이한 현상에 눈을 치켜떴다.

로이드가 죽어 있던 그 자리. 서재의 한가운데에 갑자기 빛나는 구가 형성되기 시작한 것이다. 크기로 보아 충분히 네다섯 사람은 들어갈 수 있을 정도였다.

"뭐… 뭐지?"

한 기사가 이상한 현상에 그 구체에 다가가자 구체 안에서 일단의 사람들이 나타났다. 바로 케이들이었다.

"헉. 자일론 왕자님……."

구체를 향해 다가가던 그 기사는 갑자기 모습을 드러낸 일행 중 자일론의 모습을 발견하고는 경악의 소리를 토해냈다. 이미 대전에서 있었던 회의는 끝났고 자일론과 케이에 대한 수배령이 내려진 상태였다.

"지니어스 후작님까지……."

그리고는 곧 케이의 모습까지 발견한 기사의 입에서는 알 수 없는 신음과 함께 케이의 이름이 새어 나왔다.

"응, 이게 무슨 일이지? 내 서재에 기사들이 있다니. 문장을 보니 실버 기사단의 기사들 같은데……."

자일론은 자신의 눈에 들어온 세 명의 기사를 보며 고개를 갸웃거렸다. 이들이 자신의 서재에 있을 일이 없었던 것이다. 역시 이상함을 느낀 케이는 서재를 살펴보더니 얼굴이 딱딱하게 굳었다.

무언가 심상치 않은 일이 일어난 것을 감지한 것이다. 이미 제법 시간이 흘렀지만 케이의 안력은 서재의 바닥에 말라붙은 작은 핏자국을 볼 수 있었다. 그중 자신의 발 밑에 있는 핏자국은 제법 넓게 퍼져 있었다.

"죄송합니다. 자일론 왕자님, 지니어스 후작님, 두 분은 지금 카이렌 전역에 수배령이 내려진 상태입니다. 조금 전에 내려진 상태라 아직 전국으로 전달되지는 않았습니다만 수배령이 내려진 것은 사실입니다. 저희는 임무상 두 분을 체포해야 합니다. 함께 가주시죠."

자일론의 물음에 정신을 차린 기사 하나가 자일론과 케이에게 다가가며 말했다. 그의 말에 일행 모두의 얼굴은 의혹으로 가득 찼다.

전국에 수배령이 내려졌다니. 밑도 끝도 없이 대체 이게 무슨 소리인가? 머리, 꼬리 빼고 몸통 중에서도 핵심적인 부분만을 말하고는 다짜고짜 체포하겠다며 기사가 다가오자 일행은 케이와 자일론을 둘러쌌다. 두 사람이 강한 것은 알고 있었지만 상대가 두 사람을 목적으로 다가오자 무의식적으로 나온 행동이다.

"무슨 일이지?"

자일론은 아직 당황해 어쩔 줄 몰라 하는데 반해 케이는 차가운 눈빛을 유지한 채 앞으로 다가오는 기사에게 물었다. 이미 핏자국을 보고 심상치 않은 일이 벌어졌다는 것은 짐작했지만 자신들 둘에게 수배령이 내려진 것은 의외였다.

보아하니 자일론의 서재에서 무슨 일이 벌어진 것 같은데 서재의 주인인 자일론을 체포하다니, 알 수 없는 일이었다.

케이의 차가운 눈빛을 받은 기사는 잠시 망설이더니 입을 열었다.

"이 방에서 세자 저하께서 살해당하셨습니다. 그리고 그 범인으로 두 분이 지목되셨습니다. 그 이상은 저도 말씀드릴 수 없습니다. 함께 가시면 자연히 아시게 될 테니 함께 가주십시오."

풀썩.

기사의 말이 끝나기도 전에 누군가 쓰러지는 소리가 들렸다. 볼 것도 없었다. 저런 말에 쓰러질 사람은 일행 중 자일론뿐이었다. 브라이튼이 황급히 자일론을 부축했다. 사흘 만에 자신의 궁으로 돌아왔더니 기다리는 것은 자신에 대한 수배령과 형의 죽음 소식이라니. 분명 충격이었을 것이다.

기사의 설명에 케이도 고개를 갸웃거렸다. 도무지 이해할 수가 없었다. 로이드가 죽었는데 자일론과 자신에게 수배령이 내려지다니. 기사의 말대로 일단은 따라가야 할 것 같았다. 그래야 자세한 사실을 알 수 있을 테니.

“함께 가지.”

케이는 담담히 말했다. 갑작스러운 일에 곤혹스럽긴 했지만 침착함을 잃지는 않았다. 제정신이 아닌 자일론을 부축하고는 케이는 기사들에게 눈짓했다. 앞장서라는 뜻이었다.

“감사합니다.”

순순히 따라 나서겠다는 케이의 말에 기사들은 고개를 숙이며 감사를 표했다. 왕국 최고의 검사인 두 사람이다. 그들이 반항하려고 마음먹었다면 자신들은 이미 죽어서 저 바닥에 누워 있었으리라. 그 사실을 알기에 감사의 말을 한 후 기사들은 몸을 돌려 실버 기사단의 본부로 걸음을 옮겼다.

순순히 따라가겠다고 나선 이상 케이 정도의 실력자가 몸을 뺄 리 없다는 믿음을 가졌기에 그저 앞장서 길을 안내했다. 모르는 사람들이 보았다면 수배령이 내린 자들을 체포해 가는 광경인 줄은 상상도 못할 것이다. 기사들이 귀빈을 맞이하는 것으로 생각할까?

그렇게 세 기사를 앞장세운 채 케이 일행은 그들 뒤를 묵묵히 따랐다. 이번 일에 대해 알 수 없는 점이 많았지만 케이가 잠자코 따랐기에 다들 말없이 그 뒤를 따르고 있었다. 하지만 현재 브라이튼의 속은 분노로 이글거리고 있었다. 대체 이게 무슨 일이란 말인가. 세자가 죽고 왕자가 범인으로 지목되다니.

이건 일이 잘못되어도 분명히 잘못되었다. 마음 같아서는 당장에라도 뒤집어엎고 싶었지만 케이가 잠자코 있는 이상 자신은 나설 수 없었다. 수배령이 내려 체포되어 가는 것은 케이지 자신이 아니었으니까.

잠시 후 일행은 실버 기사단의 본부에 도착할 수 있었다. 이미 다른 편으로 소식을 전해 들은 카나카인 후작이 본부 앞에 나와 있었다. 자신이 있는 쪽으로 걸어오고 있는 자일론과 케이를 바라보는 그녀는 내심 어이가 없었다.

수배령을 내린 지 얼마나 되었다고 이렇게 실버 기사단이 본부로 오는가? 자신이 회의를 마치고 본부로 돌아오자마자 소식을 접했으니 그야말로 기가 막힌 타이밍이었다.

하지만 그런 그들의 모습에서 카나카인 후작은 두 사람이 범인이 아니라는 사실을 확신할 수 있었다. 두 사람은 아직 로이드의 죽음을 모르는 듯했다. 알았다면 그들이 다시 자일론의 서재로 돌아오는 일은 하지 않았을 테니까. 케이와 자일론이 바보가 아니라는 것쯤은 누구나 알 수 있었다.

"어서 오세요, 자일론 왕자님, 지니어스 후작님."

이곳으로 걸어오는 동안 자일론도 어느 정도 정신을 추스려 자신의 발로 서 있었다.

"어떻게 된 일인지 설명을 들을 수 있을까요, 카나카인 경?"

자일론의 말에 카나카인 후작은 고개를 끄덕였다.

"우선 안으로 드시죠. 이런 곳에서 이야기할 만한 것이 아니니."

그녀의 말에 따라 다들 실버 기사단의 본부로 들어섰다. 그런 그들의 모습을 지켜보는 기사들은 저마다 웅성거렸다. 이번 사건을 도맡아 조사한 곳이 실버 기사단이었기에 그들은 이미 대부분의 사실을 알고 있었다. 그랬기에 자일론과 케이의 모습에 웅성거리는 것이었다.

본부의 회의실에 들어선 카나카인 후작은 일행에게 자리를 권했다.

“일단 앉으세요. 여러분이 DASH의 단원들이시군요. 뛰어난 명성은 여러 번 들었습니다만 이렇게 모두를 뵙게 되는 건 처음인 것 같군요.”

담담한 그녀의 말에 모두 잠시 현재 상황을 잊었다. 그러나 자리에 앉으며 현재 자일론과 케이가 처한 사실을 인식했다.

“뭐, 여러분이 제게 원하는 것은 이런 인사치레가 아니겠지요. 그렇다면 어떻게 된 일인지 설명을 드리도록 할게요.”

그렇게 카나카인 후작의 설명이 시작되었다. 로이드가 회의에 불참한 그때부터 오늘 있었던 회의 내용과 결과까지 시종일관 담담한 목소리로 제3자의 입장을 견지하며 알기 쉽게 말해 주었다.

그녀의 설명이 끝났을 때 그들의 표정은 각양각색이었다. 그중 자일론은 이미 넋이 나가 있었다. 그럴 수밖에 없는 것이 가장 믿고 따랐던 형이었다. 그런 형이 자신의 궁에서 죽은 채 발견되었다니… 도무지 믿을 수 없었다. 자신에게 내린 수배령 따위는 어찌 되어도 좋았다. 자신이 누명을 썼든 어쨌든 그 딴 것은 중요한 것이 아니었다. 지금 자일론에게 중요한 것은 더 이상 자신을 향해 호쾌하게 웃어줄 형이 없다는 것이었다.

카나카인 후작은 그런 자일론의 모습을 안타깝게 쳐다보았다. 두 사람의 우애가 얼마나 깊은지 잘 아는 그녀였기에 그녀의 눈에도 아련한 아픔이 스며들어 있었다.

자일론과 가장 대조적인 사람은 케이였다. 그는 시종일관 담담한 얼굴에 눈은 차갑게 빛나고 있었다. 이 순간에도 냉정하게 상황을 판단하고 있는 것이다.

‘과연… 대단한 사람이야, 지니어스 후작. 이런 상황에서 저렇게 침

착할 수 있다니.'

카나카인 후작은 그런 케이의 모습에 순수하게 감탄했다.

쾅쾅!

그때 회의실의 문을 세차게 두드리는 소리가 들려왔다.

"문을 여시오, 카나카인 후작. 이 방에 대역죄인이 있다는 것을 알고 있소."

트빌리시 후작의 목소리였다. 생각보다 빠르긴 했지만 그가 달려올 것을 알고 있었기에 카나카인 후작은 자리에서 일어나 문을 열어주었다. 그러자 트빌리시 후작은 수많은 기사들을 이끌고 방 안으로 들어왔다.

"이게 대체 무슨 짓이오, 카나카인 후작? 대역죄인들이 체포되어 왔으면 당장 감옥에 처넣어야지. 이렇게 방에 두다니요."

"아직 자일론 왕자님과 지니어스 후작이 범인이라고 결정되지는 않았습니다만."

날카로운 목소리로 카나카인 후작이 대답했다.

"그게 무슨 망발이오. 이미 회의 결과 수배령까지 내려졌거늘. 비키시오. 내 친히 저 대역죄인들을 체포해 왕성 지하 감옥에 처넣겠소. 물론 그 후에 철저한 심문도 할 것이오. 설마 이 일의 책임자가 나라는 것을 잊지는 않으셨겠지요?"

트빌리시 후작의 사나운 기세에 카나카인 후작은 한 발 옆으로 물러설 수밖에 없었다. 그의 기세가 무서워서 그런 것은 아니었다. 트빌리시 후작의 말과는 달리 잊고 있던 사실이 떠올랐기 때문이다. 회의가 끝난 지 얼마라고 벌써 잊었을까? 분명 이번 일의 책임자는 트빌리시 후작이었다.

수배령을 내리기로 결정했을 때 왕자와 왕국 최고의 검사를 체포하는 일이었기에 누구도 선뜻 나서지 않았다. 사실 두 사람이 완전히 범인이라고 결정되지도 않은 상태에서 섣불리 나섰다가 나중에 사실이 아니라고 밝혀지면 큰 낭패였다.

트빌리시 후작의 억지와 같은 주장에 일이 그렇게 흘렀지만 많은 사람들은 프란시스카 후작의 주장에 동조한 상태였다. 다만 그녀의 말은 심증에 불과했고, 트빌리시 후작의 주장에는 물증이 있었기에 결국은 그의 주장대로 된 것일 뿐이었다. 그랬기에 다들 소극적인 모습을 보였다.

그래서 트빌리시 후작이 나서서 책임자가 된 것이다. 그로서는 더 이상 잃을 것도 없었기에 그런 것일지도 모른다. 이름뿐인 후작이었기에 일이 틀어져도 더 이상 나빠질 것도 없다는 판단이었을 것이다. 다만 이번 기회를 빌어 자신을 이런 나락에 떨어뜨린 자일론과 케이를 곤경에 처하도록 만들려는 것일 뿐.

대다수의 귀족들은 그렇게 생각했고 그들의 생각은 맞았다.

"죄인이라면 가야지요. 하지만 만일 말도 안 되는 누명이라면 각오하셔야 할 것이오, 트빌리시 후작."

케이가 자리에서 일어서며 말했다. 순순히 나오는 그의 모습에 트빌리시 후작은 고개를 갸웃거렸지만 곧 자신을 향하는 케이의 시선에 온몸이 딱딱하게 굳었다. 온몸을 옥죄어오는 살기. 그 살기에 트빌리시 후작은 땀을 뻘뻘 흘리며 온몸을 벌벌 떨었다. 이까지 딱딱 부딪칠 때 자신을 옭아매던 그 기운은 사라졌다. 죽다가 살아난 듯한 기분이었다.

　케이의 그런 살기에 한 번 휩싸인 이후 트빌리시 후작은 조용히 케이와 자일론을 데리고 갔다. 조금 전과 같이 안하무인 격으로 날뛰지 않았다. 아니, 못했다. 케이에게 호되게 당한 뒤라 행동이 조심스러워졌다. 그렇게 자일론과 케이는 중죄인들만 가둔다는 왕성의 지하 감옥에 갇혔다. 대역죄인이라는 꼬리표를 달고.

　자일론과 케이가 체포되었다는 소식이 왕궁에 퍼지는 것은 순식간이었다. 이미 케이들이 실버 기사 세 명을 따라 실버 기사단의 본부로 향하는 모습을 본 이가 한둘이 아니었다. 그랬기에 트빌리시 후작이 그렇게 빠른 시간에 들이닥칠 수 있었던 것이다.

　트빌리시 후작이 케이들에게 들이닥칠 그 무렵 카류일 국왕도 아들의 체포 소식을 들었다. 하지만 가볼 수가 없었다. 아버지이기 이전에 일국의 왕이었기에 법대로 일을 처리해야 했다. 이미 회의에서 체포하기로 했으니 아들을 다시 보는 것은 아마도 심문할 때일 것이다.

　레시페 공작, 콘티넌트 공작, 라이트 후작은 케이와 자일론이 지하 감옥에 갇힐 무렵에야 소식을 전해 들을 수 있었다. 그들은 이미 자신의 저택으로 돌아간 후였기 때문이다. 그래도 왕궁에 남겨둔 수족을 통해 빠르게 소식을 접할 수 있었다.

　다만 콘티넌트 공작은 다른 경로로 소식을 접했다. 바로 자신의 아들인 브라이튼이었다. 케이와 자일론이 체포되어 가자마자 나머지 일행은 브라이튼의 집으로 향했다. 자일론이 잡혀간 이상 왕궁 안에는 그들이 머물 곳도 없을 뿐더러 대책을 세워야 했기 때문이다.

콘티넌트 공작의 저택으로 들이닥치자마자 브라이튼은 자신의 아버지를 몰아 부쳤다. 물론 자일론에게 수배령이 내려지는 것을 방조했다는 것이 그 이유였다. 젊은 혈기에 아버지를 세차게 몰아 부쳤지만 브라이튼은 어렸다. 결과는 순한 양이 되어 아버지 앞에 고개를 숙이고 있는 모습이었으니.

누구 짓인지는 모르지만 정말 제대로 누명을 씌운 것이다. 설마 오러 블레이드를 사용하다니. 대체 어떤 방법으로 그런 상처를 남긴 것인지 알아낼 방도가 없었지만, 그 증거를 뒤집지 못한다면 앞으로의 일은 불투명했다.

이렇게 주위 사람들이 참담한 심정으로 있는 동안 지하 감옥에 갇힌 케이는 여유로운 모습이었다. 다만 정신을 놓고 있는 자일론의 모습에 안타까워할 뿐.

로이드의 죽음은 의외였지만 자신에게는 그다지 심각한 문제는 아니었다. 그리고 자신들에게 누명을 씌운다고 씌웠겠지만 허술했다. 케에게는 빠져나갈 방도가 있었다. 이미 카나카인으로부터 설명을 들을 때 해결책이 떠올랐다.

그런데도 이렇게 순순히 잡혀온 것은 자일론 때문이었다. 현재 자일론의 상태를 보니 너무 심각했다. 잠시 조용한 곳에서 머리를 식힐 필요가 있었기에 굳이 이렇게 지하 감옥으로 잡혀온 것이다. 자신이 처한 극한 상황을 알아차린다면 조금이라도 빨리 정신을 차리지 않을까 싶은 생각에서였다.

현재 케이가 가장 걱정하는 것은 누가 뭐래도 자일론의 상태였다. 케이가 로이드의 죽음을 안타까워한다면 그 이유는 단 하나였다. 바로 무기력한 자일론의 모습.

차가운 바닥에 누운 채 케이는 조용히 눈을 감았다. 조금이라도 빨리 곁에 있는 자일론이 정신을 차리기를 바라며. 현재 자신이 자일론에게 해줄 수 있는 것이라곤 이렇게 곁을 지켜주는 것뿐이라는 것이 안타까웠지만 어쩔 수 없었다. 그것이 현재 상황에서의 한계였으니까.

그저 한시라도 빨리 자일론이 현실을 인식하고 충격에서 벗어나기를 바랄 뿐……..

그렇게 얼마나 누워 있었을까? 케이의 감각에 인기척이 느껴졌다. 아마 지하 감옥의 입구쯤에 들어선 것 같았다. 그 수효가 제법 되는 걸로 보아 심문을 위해 사람들이 들어선 듯했다.

그중 몇몇의 기척은 케이에게 익숙했기에 그저 자일론의 곁에 누워 있었다. 누구인지, 어떤 목적인지 뻔히 아는데 허둥거릴 필요가 없었던 것이다.

잠시 후 지하 감옥에 들어선 이들은 케이와 자일론이 있는 감옥 앞에 이르렀다. 하지만 케이는 여전히 모른 척 그저 누운 채 눈을 감고 있었다. 자일론은 멍하니 앉아 어떠한 반응도 보이지 않았다.

감옥의 쇠창살 앞에 그들이 도착한 지도 제법 시간이 흐른 것 같은데 아무런 반응이 없었다. 그저 자신들을 바라보고만 있는 듯했다. 그런 그들의 행동에도 케이는 잠자코 있었다.

"자일론…….."

카류일 국왕의 목소리였다. 이미 그가 들어설 때부터 기척으로 알고 있었지만 막상 목소리를 들으니 기력이 많이 쇠한 듯했다. 하긴 그럴 만도 한 것이 큰아들이 죽었고 다섯 째 아들이 그 범인으로 잡혀온 상황이니 어느 누구라도 멀쩡히 있을 수만은 없는 상황이었다.

자일론은 아버지의 부름에도 아무런 반응이 없었다. 그저 처음의 자세 그대로 멍하니 앉아 있을 뿐.

그런 아들을 바라보는 카류일 국왕의 눈에는 아픔이 가득했다. 하지만 그도 어쩔 수 없었다. 그도 어찌할 수 없는 증거가 눈앞에 있었기에.

"지니어스 후작."

이번에는 자신을 부르는 카류일 국왕의 목소리에 케이는 눈을 뜨고는 자리에서 일어났다. 그리고는 맑게 빛나는 눈으로 카류일 국왕을 바라보았다. 그의 눈을 바라보는 카류일 국왕의 얼굴에는 안심하는 기색이 역력했다.

"후우. 다행이군. 자네는 여전히 침착한 것 같으니. 나는 자일론과 자네를 믿네. 이번 일이 말도 안 되는 누명이라는 것을 알고 있네. 하지만 오러 블레이드라는 것이 아무나 사용할 수 없는 것이라 부득이 이렇게 가둘 수밖에 없으니 이해해 주게. 반드시 누명을 벗을 수 있도록 내 최선을 다할 테니."

"황공합니다, 폐하."

카류일 국왕의 말에 케이는 감옥 안에서 예를 취하며 조용히 대답했다. 그런 케이를 믿음직스런 눈으로 바라보던 카류일 국왕은 고개를 끄덕인 후 몸을 돌렸다. 그의 뒤로 콘티넌트 공작, 레시페 공작, 라이트 후작, 카나카인 후작, 라이트 백작, 프란시스카 백작이 뒤를 따랐다. 그중 콘티넌트 공작은 국왕을 따르기 전에 잠시 케이를 바라보았다. 그의 눈에는 케이에 대한 믿음이 가득했다.

그의 시선을 받은 케이는 미미한 웃음을 띠며 고개를 끄덕였다. 모두가 지하 감옥에서 사라지자 케이는 다시 자리에 드러누웠다. 그리고 하던 생각을 계속했다.

'후우. 그나저나 모르겠어. 대체 누가 우리에게 누명을 씌운 것인지. 뭐, 이 누명을 벗어나는 게 어려운 일은 아니지만… 하긴 그 누구도 그 사실은 모를 테니. 우습군. 지금 중요한 것은 우리가 누명을 벗는 것이 아니라, 누가 대체 왜 어떤 목적으로 우리에게 누명을 씌웠는가 하는 점이지.'

케이는 골똘히 생각했다. 자신과 자일론에게 원한을 가진 이가 과연 누구일까 하는 것을. 아무리 생각해도 결국은 한 사람뿐이었다.

트빌리시 후작.

자일론이 버려진 땅에서 가져온 장부 덕에 모든 것을 잃은 사람. 하지만 그의 이름은 떠오르자마자 지워 버렸다. 그에게는 그럴 힘이 없었다. 대체 어떻게 오러 블레이드를 사용해서 로이드를 죽일 수 있겠는가? 그는 문관이다. 다른 나라의 소드 마스터를 고용하려 해도 그에게는 그럴 만한 재력도 권력도 없었다.

그리고 소드 마스터라는 존재가 돈이나 권력에 움직일 존재도 아니었다. 오러 블레이드를 사용하는 상급의 소드 마스터라면 더 더욱.

누명을 벗는 것은 자신있었지만 이 음모의 진실을 파헤치는 것은 자욱한 안개 속을 헤매는 것 같았기에 케이는 가슴이 답답해 옴을 느꼈다. 이번에 누명을 벗는다 하더라도 음모를 꾸민 자가 남아 있는 한 언제 제2, 제3의 음모에 휘말릴지 모르는 일이었다.

'혹시… 흑마법과?'

그러던 중 자일론의 궁에서 느껴졌던 것을 떠올린 케이는 흑마법사와 연관을 지었지만 곧 고개를 흔들었다. 이미 그 흑마법에 대해서는 어떠한 해결책도 찾지 못하지 않았던가. 그저 기존의 궁을 버리고 새로운 궁을 얻기로 결론을 지었을 정도로 그 흑마법에 대해서는 속수무책이었다.

이미 세상에서 공식적으로 흑마법이 사라지고도 많은 시간이 흘렀기에 사람들의 기억 속에서도 서서히 잊혀져 가고 있었다. 그랬기에 흑마법사를 찾는다는 것은 더욱 힘든 일이니…….

아무리 고민을 해봐도 뾰족한 수가 떠오르지 않았다. 음모를 꾸민 이를 밝힐 무엇도 보이지 않았기에 케이의 한쪽 가슴이 답답해져 갔다.

*   *   *

"후, 이 일을 어쩌죠? 케이와 자일론이 잡혀 들어가다니."

바볼랏이 고개를 숙인 채 한숨을 쉬었다.

콘티넌트 공작가의 브라이튼 방이었다. 이미 브라이튼은 독립해서 자신의 영지로 나가 있었지만 콘티넌트 공작 부인이 그의 방을 그대로 놔두었기에 이렇게 일행이 모여 있을 수 있었다.

"모르겠어요. 대체 케이는 왜 그렇게 무력하게 잡혀간 것인지. 케이가 마음만 먹었다면 누구도 그 둘을 끌고 가지는 못했을 텐데. 왜 그렇게 순순히 지하 감옥으로 들어갔는지 도무지 모르겠어요."

바볼랏의 한숨 소리에 브라이튼도 고개를 숙인 채 중얼거렸다. 그가 보기에 케이의 행동은 답답하기 짝이 없었다. 류블라드 최고의 무력을 가진 인간이 그렇게 순순히 잡혀 가주다니. 어이가 없을 지경이었다.

"그건, 케이가 결백하기 때문이에요."

카트린이 브라이튼을 바라보며 말하자 모두 그녀를 바라보았다.

"그 같은 상황에서 반항하는 것은 내가 범인이다라고 말하는 것밖에 되지 않아요. 케이는 결백해요. 물론 자일론도요. 그 둘은 사건이 일어날 당시 우리와 함께 있었으니까요. 그건 바볼랏 아저씨가 가장 잘 아시잖아요. 그러니 우리가 생각할 것은 케이와 자일론의 누명을 벗겨주는 것이에요."

카트린의 말에 바볼랏이 고개를 끄덕였다.

"하긴 나는 자일론과 케이와 함께 행동했으니까. 그 일이 일어날 때도 내가 자일론의 궁에서 느껴지는 흑마법의 기운을 조사하기 위해 갔을 때니까."

"그럼 바볼랏 아저씨가 그렇게 증언해 주면 되지 않나요? 헤이트론의 신관인 바볼랏 아저씨의 증언이라면 그들도 어쩌지는 못할 텐데요."

브라이튼이 다급히 말했지만 카트린이 고개를 저었다.

"무리에요. 아까 카나카인 후작께 못 들었어요? 귀족들은 그때 케이와 자일론이 합심해서 바볼랏 아저씨를 기절시켰다고 믿고 있다구요. 물론 그래서 바볼랏 아저씨는 갇히지 않은 거지만요."

"카트린 말이 맞아."

바볼랏이 고개를 끄덕이며 그렇게 말하자 브라이튼은 고개를 뒤로 젖혔다.

"젠장! 대체 어쩌란 거야!!"

고개를 뒤로 젖힌 채 브라이튼이 악을 쓰며 소리를 질렀다. 그 정도로 그의 마음은 답답했다.

모두 어두운 얼굴로 그의 모습을 지켜보고 있을 때 세린이 살그머니 자리에서 일어나 바볼랏과 퓨어의 옷을 잡아끌었다.

“응? 세린, 왜 그러지?”

갑작스런 세린의 행동에 바볼랏이 물었다.

“잠시 우리끼리만 이야기를 했으면 해서요.”

심각한 얼굴로 말하는 세린의 모습에 바볼랏이 고개를 끄덕였다.

“미안하지만 잠시 우리끼리 좀 다녀올게.”

갑작스런 세린의 행동과 바볼랏의 말에 다들 어리둥절해했지만 어찌할 수 없었다. 고개를 끄덕이자 세 사람은 기다렸다는 듯 사라졌다.

“무슨 일이지? 갑자기 세린 누나가? 발린 형, 뭐 아는 거 없어요?”

셋이 떠나자 브라이튼이 발린을 바라보며 물었다. 하지만 발린은 고개를 가로저었다. 그도 모르는 일이었다.

밝은 빛과 함께 바볼랏, 퓨어, 세린이 모습을 드러냈다. 세린의 말에 바볼랏이 함께 텔레포트를 한 것이다. 세 사람이 모습을 드러낸 곳은 예전에 함께 여행을 하며 왔었던 곳이다. 셀레베스만이 보이는 그곳, 세린과 바볼랏이 난생처음 바다를 본 그곳이었다.

“그래. 무슨 일이지, 세린?”

바볼랏은 묵묵히 바다를 바라보는 세린에게 물었다.

“제가 제 능력을 드러내면 안 될까요? 저라면 세자 저하의 죽음에서 감춰진 진실을 볼 수 있을지도 모르는데…….”

“뭐라고?”

세린의 말에 바볼랏은 놀라서 되물었다. 분명 세린은 헤이트론의 권능을 지니고 있었다. 하지만 그 능력은 그만큼 위험했기에 지금까지 그 사실을 감추고 있었던 것이다. 케이 일행 중에서도 케이, 바볼랏, 퓨어만이 그 사실을 알고 있었다.

그런데 세린이 지금 그 능력을 드러내겠다고 하는 것이다.

"하지만 그러면 네가……."

"알고 있어요. 하지만 지금 시급한 것은 자일론과 케이 오빠가 누명을 벗는 거잖아요. 제가 아니면 아무도 할 수 없는걸요."

"하지만 세린, 케이가 그렇게 순순히 잡혀간 것은 다 생각이 있어서일 거야. 한번 기다려 보자."

세린의 강경한 태도에 바볼랏은 그녀를 설득하기 시작했다. 자신도 케이가 걱정되는 것은 마찬가지지만 굳이 세린의 능력을 드러낼 필요는 없었다. 물론 세린은 강력한 무력을 가지고 있었다, 정령왕을 소환하는.

그래도 그녀의 능력은 너무 위험했다. 진실을 보는 눈. 사람들은 저마다 진실을 감추고 싶어한다. 한데 그 진실을 꿰뚫어 보다니…….

누구나 두려워할 능력이다. 그랬기에 감춰야 했다. 헤이트론의 권능이지만 세린을 위해서라면 그 능력은 숨겨두는 것이 좋았다.

"아니, 이미 전 결심했어요. 제 능력을 드러내기로요. 그것만이 케이 오빠를 구할 수 있다면 말이죠. 하지만 지금 제가 나서서 진실을 볼 수 있다고 해도 아무도 믿지 않을 거예요. 그러니까 바볼랏 오빠가 도와줘요. 제 능력이 헤이트론의 권능이라면 헤이트론 신전에서 인증해 줄 수 있잖아요."

세린은 단호했다. 바볼랏에게 말할 때 이미 모든 결심이 선 상태였다. 다만 자신의 결심을 행동으로 옮기기 위해서는 바볼랏의 도움이 필요했기에 그에게 이야기를 꺼낸 것이었다. 그런 세린의 모습에 바볼랏은 이러지도 저러지도 못했다.

그동안 봐온 세린의 모습이라면 반드시 자신이 말한 대로 행할 것이다. 지난 세월 동안 보아온 세린의 고집은 대단했다. 천성이 착해 고집을 피우는 일은 별로 없었지만 한 번 고집을 부리면 누구도 꺾지 못했다. 케이를 제외하고는. 지금 그 케이가 감옥에 갇혀 있으니 결국 세린을 말릴 사람은 없다는 소리였다.

"후우… 어쩔 수 없는 것인가……."

바볼랏이 중얼거렸다. 자신이 도와주지 않는다면 세린은 홀로 왕궁을 찾아갈 가능성이 다분했다. 아니, 반드시 그럴 것이다. 그리고 그것은 위험하기 짝이 없는 행동이다. 그러니 도와줄 수밖에. 세린의 고집을 알기에 바볼랏은 그녀의 부탁을 들어줄 수밖에 없었다.

그런 모습을 퓨어는 그저 담담히 바라보고 있었다.

"일단 그럼 헤이트로 가자. 내가 말해도 되겠지만 아무래도 헤이트론의 권능이라면 헤이트론의 교황께서 인증해 주시는 게 최고겠지. 또 그런 일을 인증할 자격을 갖추신 분도 그분 뿐이니."

바볼랏은 그 말과 함께 다시 한 번 텔레포트를 사용했다.

헤이트론의 국왕이자 헤이트론 교단의 교황인 자카스 데인 헤이트는 헤이트론의 왕궁이자 대신전의 기도실에서 경건한 자세로 기도를 하는 중이었다. 이것은 교황으로서 빼놓을 수 없는 중요한 일과였다. 신에게 몸을 바친 신관으로서 기도는 가장 중요한 일이었다.

그런 경건한 기도를 하는 중 그는 뜻하지 않은 방해를 받았다. 어디서 무얼 하는지도 모르는, 아니, 현재는 카이렌에 있는 그의 양아들 바볼랏이 그를 찾아온 것이다. 좀처럼 자신을 찾는 일이 없는 바볼랏이 갑자기 급한 일이라며 찾아왔기에 그는 기도를 중단할 수밖에 없었다.

신관답지 않은 행동을 하고 다닌다 할지라도 바볼랏은 분명 신관이었다. 신관인 그가 자신이 기도를 하고 있다는 걸 알고 있음에도 불구하고 자신을 만나겠다는 것은 그만큼 급한 일임을 뜻했다. 그랬기에 자카스 교황은 이례적으로 기도를 멈추고 기도실을 나섰다.

자카스는 신전(헤이트론의 왕궁이지만 헤이트론 사람들은 왕궁보다는 신전이라고 부른다)의 한쪽에 마련된 교황 전용의 응접실에 바볼랏이 두 사람과 함께 자신을 기다리고 있는 것을 발견했다. 급한 일이라고 자신을 불렀으면서 바볼랏의 얼굴은 평안하기 그지없었다.

급하다면서도 태연한 바볼랏의 모습에 화가 날 법도 했지만 자카스는 미미한 웃음을 띠며 마주 보았다. 바볼랏은 자신의 양아들이다. 그에 대해서는 속속들이 안다고 생각했기에 자카스는 그의 평안한 얼굴에도 아무런 신경도 쓰지 않았다.

"그래, 무슨 일이냐?"

바볼랏을 마주 보며 자카스 교황은 담담히 입을 열었다. 단순히 내용만 보자면 오랜만에 보건만 인사도 생략된 무미건조한 말이다. 하지만 그의 어조에는 바볼랏에 대한 정이 담뿍 담겨 따뜻하기 그지 없었다.

"오랜만에 뵙네요. 우선 소개시켜 드릴게요. 저와 함께 여행을 했던 세린과 엘프인 퓨어 양입니다."

바볼랏의 소개와 함께 셋은 인사를 나누었다.

"그러면 제가 찾아온 용건을 말씀드릴게요. 교황께서도 아마 아실 겁니다. 헤이트론의 권능을 지니고 태어나는 아이에 대해……."

"신안(神眼)을 말하는 게로구나. 커다란 축복이지만 동시에 커다란 시련인……."

바볼랏의 말에 자카스는 중얼거렸다.

"예, 그렇습니다."

"그런데 갑자기 찾아와서 신안 이야기는 왜 하느냐? 그 능력만큼 견뎌야 하는 시련이 크기에 지금껏 신안을 가진 이가 나타난 적은 극히 드물었다. 대부분이 미쳐 버렸지."

바볼랏을 보며 자카스가 물었다. 그의 눈에는 의아함이 가득했다. 한참 기도 중인 자신을 불러내 느닷없이 신안에 대해 말하다니. 만일 신안을 가진 사람이 있다면 그는 자신과 동등한 지위를 가지게 된다. 아니, 자신보다도 높다고 할 수 있다. 헤이트론의 권능 중 하나를 지니고 있으니.

그리고 신안은 그만큼 위험한 능력이다. 만일 신안을 지닌 사람이 있다면 헤이트론 교단에서 총력을 다해 보호해야 할 것이다.

"신안을 지닌 사람을 찾았습니다."

바볼랏은 시종일관 담담한 목소리로 말했다.

"그래? 신안을 찾았다고… 뭐라? 신안을 찾았어?"

바볼랏의 담담한 말에 역시 조용히 대답하던 자카스는 그의 말뜻을 깨닫자 자신의 신분도 잊고 제법 높은 소리로 말하고 말았다. 좀처럼 볼 수 없는 그 모습에 바볼랏은 슬며시 웃음 지으며 고개를 끄덕였다.

"여기 같이 있는 세린이 신안을 지니고 있습니다."

자카스의 반응을 즐기며 바볼랏은 세린을 앞으로 내세웠다. 세린이 원하는 일이니 자신이 이렇게 해주는 것이 최선일 것이다.

"사실 저는 세린이 열 살 때 만났습니다. 그리고 지금까지 함께 여행을 했죠. 이미 처음 봤을 때 세린은 신안을 지니고 있었습니다. 그것도 멀쩡한 상태로요. 그때 교단에 알려야 할까 망설였지만 아무래도 그 파급 효과를 생각해 알리지 않았습니다. 본인의 의견도 존중한 것이고요."

의혹 어린 자카스의 시선을 받은 바볼랏은 자신이 세린을 알게 된 일에 대해 조용히 설명하기 시작했다. 그의 목소리는 시종일관 담담하고도 고요하게 이어졌다. 평소에는 볼 수 없는 바볼랏의 모습에 세린이 눈을 동그랗게 뜨고 바라보았다. 심지어 퓨어마저도 신기하다는 얼굴로 바볼랏을 쳐다보았다.

"그렇게 오랜 세월을 숨겨온 일을 왜 이제야 알리는 거냐?"

바볼랏의 설명을 듣던 자카스가 물었다. 바볼랏의 말에도 일리가 있었기에 지금까지 알리지 않은 것을 탓하지는 않았다. 게다가 본인도 그것을 원했다고 하니.

"진실을 볼 일이 생겼기 때문입니다. 친구의 누명을 벗기기 위해. 그러기 위해서는 우선 세린의 능력을 공인받아야겠죠. 헤이트론의 권능이니 우리 교단에서요. 그래서 이렇게 찾아온 것입니다."

바볼랏의 말에 자카스는 세린을 지그시 바라보았다. 세린도 그의 눈길을 피하지 않았다. 자카스의 눈빛은 따사로운 봄볕과 같이 마음을 편하게 해주었다.

"잠시 손을 잡아볼 수 있을까요?"

자카스의 말에 세린은 오른손을 내밀었다. 자카스는 세린의 손을 맞잡은 채 조용히 눈을 감았다. 그러자 그의 몸에서 은은한 신성력의 오라가 피어올랐다. 곧 그 오라는 세린의 몸마저 완전히 감싸 안았다. 성스러운 오라가 빛무리를 뿌리며 두 사람을 감싸 안자 경건함이 방 안을 가득 채웠다.

퓨어와 바볼랏은 그런 모습을 잠자코 바라보았다.

잠시 후 신성력의 오라는 사그라졌다.

"분명하군. 분명 헤이트론의 권능을 가지고 계시군요. 신안 세린이시여."

세린의 능력을 확인한 자카스는 공손한 태도로 세린을 대했다. 확인하기 전에도 세린에게 경어를 사용했지만 지금의 태도는 그것과는 전혀 달랐다. 갑작스러운 자카스의 태도에 세린은 어쩔 줄을 몰라 했다.

"헤이트론의 신안을 지니셨으니 세린께서는 헤이트론 교단의 최고 어른이십니다. 그러니 저의 이런 행동을 부담스러워하실 필요는 없습니다."

자카스의 말에 세린은 서둘러 바볼랏을 바라보았다. 도움을 청하기 위해서였다. 설사 자카스의 말이 사실이라 하더라도 헤이트론 교단의 교황에게서 이런 예를 받는 것은 부담스러웠다. 그러나 바볼랏은 도움을 주기는커녕 사태를 더욱 악화시켰다.

"교황께서 하신 말씀이 맞습니다. 어려워하지 마십시오, 신안이시여."

지금까지 자신을 편하게 대해주던 바볼랏마저도 자신에게 이렇듯 공손해졌다. 두 사람의 행동에 세린은 잠시 자신의 능력을 밝히기로 한 것을 후회했다. 하지만 이러지 않으면 케이의 누명을 벗겨줄 수 없으니 감수하기로 했다.

　다음날 헤이트론의 수도 헤이트에서 대대적인 행사가 있었다. 교황은 물론 성녀까지 참여한 커다란 행사였다. 갑작스러운 행사였지만 류블라드 곳곳에 있던 대신관들이 이동 마법진을 사용해 모여들 정도로 큰 행사였다.

　헤이트론의 권능 중 하나인 진실을 보는 눈, 신안을 가진 이가 나타났고 교단에서 정식으로 그의 권능을 인정하는 행사가 펼쳐진 것이다. 헤이트론의 권능을 가지고 있다면 그 자신 일대에 한해서 헤이트론의 교황보다도 지위가 높았다. 신의 권능을 직접 몸에 지녔기에 신성력과는 비할 수 없었다.

　세린은 이 행사를 통해 헤이트론 교단의 모든 사람에게 알려졌고 또한 헤이트론 교단의 모든 대신관이 지켜보는 가운데 교황과 성녀, 그리고 다음 대 교황이 될 바볼랏에게서 예를 받았다. 세린이 죽을 때까지 헤이트론 교단의 최고 어른은 그녀였다.

　이와 같은 헤이트론 교단의 행사는 곧 전 대륙으로 퍼져 나갔다. 주신의 교단이었기에 어느 나라도 무시할 수 없는 일이라 축하 사절이 속속 헤이트론으로 모여들었다. 갑작스러운 행사로 인해 행사 당일 날 사절을 보낸 나라는 단 한 곳도 없었다. 교단 내의 행사였기에 굳이 다른 나라에는 알리지 않았던 것이다.

　하지만 그토록 커다란 행사였으니 곧 소식은 퍼져 나갔고 소식을 접한 나라에서 사절을 보내온 것이다.

　카이렌에서는 레시페 공작과 프란시스카 백작이 사절로 찾아왔다.

헤이트론의 위상이 있기에 소홀히 할 수 없었던 것이다. 그랬기에 로이드의 죽음과 자일론의 구금으로 어수선한 가운데 왕국의 실세라 할 수 있는 두 사람을 보낸 것이다.

하지만 그렇게 찾아온 사절들이 만날 수 있는 사람은 교황과 성녀가 전부였다. 헤이트론의 권능을 지녔다는 신안은 만나지 못했다. 그녀가 거부했기에. 아니, 그녀는 이미 헤이트에 없었기 때문이다.

그렇게 각국에서 찾아온 사절들은 축하의 말과 선물을 남기고는 다음날 돌아갔다.

헤이트론에 축하 사절로 갔다가 돌아온 레시페 공작과 프란시스카 공작은 대전에서 회의가 열렸다는 소식에 서둘러 대전으로 향했다. 아마 이번 회의도 로이드의 죽음과 자일론, 케이에 관한 것이리라. 그 사실을 알았기에 두 사람은 더욱 서둘렀다.

대전에 들어선 두 사람은 의외의 광경을 목도했다. 대전의 왕좌 옆에 새로운 의자가 하나 놓여 있었고, 그 자리에 웬 여인이 앉아 있었다. 가만히 보니 낯이 익었다. 아니, 자신들도 잘 아는 사람이었다.

바로 자일론과 케이와 함께 여행을 하며 용병단 DASH에 있었던 정령왕을 소환하는 정령술사 세린이었다. 또한 그녀의 뒤로는 DASH의 일원이었던 바볼랏 신관이 엘프인 퓨어와 함께 공손히 시립해 있었다.

일개 정령술사에 불과한 그녀가 카류일 국왕과 동등한 자리에 있자 그 두 사람은 영문을 알 수 없었다. 도저히 있을 수 없는 일이었다. 하지만 곧 알게 될 것이기에 그들은 자신의 자리로 갔다.

'설마 세린에게 그런 비밀이 있을 줄은……'

테리토리 백작으로서 회의에 참석한 브라이튼은 카류일 국왕의 옆
에 자리한 세린을 보며 어이가 없었다. 그날 그렇게 바볼랏과 퓨어와
함께 사라진 후 모습을 나타낸 곳이 이곳 대전이었다. 그리고 국왕이
밝힌 말이라니. 그에게는 믿을 수 없는 일이었다.

"레시페 공작, 프란시스카 백작, 어서 오시오. 헤이트론까지 다녀오
느라 수고하셨소이다."

뒤늦게 대전에 들어선 두 사람을 카류일 국왕은 웃으며 맞이했다.
얼굴에 웃음이 가득한 것이 무척이나 기분이 좋은 듯했다. 갑작스러운
세린의 출현과 국왕의 웃음에 도무지 영문을 모르는 두 사람은 그저
국왕의 말에 허리를 숙일 뿐이었다.

"참, 두 분은 조금 늦어서 잘 모르고 있겠구려. 내 소개하지요. 두
분이 축하를 위해 헤이트론까지 찾아가게 만들었던 분이라오. 신안이
신 세린님이오."

국왕의 말에 두 사람은 자리도 잊고 고개를 번쩍 들고 말았다. 설마
그녀가 신안일 줄이야. 그렇다면 저렇게 국왕의 옆에 자리한 것도 이
해가 가는 일이다.

신안, 헤이트론의 교황과 성녀도 스스로 허리를 숙이는 신분이었다.
헤이트론의 교황이면 일국의 왕인데 그런 왕이 스스로 허리를 숙이는
신분이니 카류일 국왕의 옆에 있을 만했다.

"신안께서 이번 세자 살해 사건에 얽힌 진실을 밝혀주시겠다고 직접
찾아오셨소. 여러분도 소식을 들어 알고 있겠지만 신안은 주신 헤이트
론의 권능이오. 무엇이든 그것에 깃든 진실을 꿰뚫어 보는. 이런 때에
신안께서 친히 찾아오시다니 정말이지 뭐라 감사를 드려야 할 지 모르

겠소이다."

카류일 국왕의 말에 대전에 모인 모두의 얼굴에는 각기 다른 표정이 떠올랐다. 콘티넌트 공작과 카나카인 후작의 얼굴에는 밝은 표정이 떠올랐다. 물론 브라이튼은 말할 필요도 없었다.

트빌리시 후작은 전혀 동요하지 않았다. 그는 자신의 추리를 철석같이 믿고 있었기에 오히려 신안의 출현이 반갑기까지 했다. 그녀의 증언만 있으면 자일론과 케이는 꼼짝없이 죄가 인정되는 것이다. 그 생각에 속으로 소리없는 웃음을 짓고 있었다.

다만 한 사람은 그야말로 안절부절못하고 있었다. 생각지도 못한 복병이 등장한 것이다. 바로 로이드를 죽인 게일이었다. 헤이트론의 교황과 성녀가 인증했다면 그녀의 능력은 틀림없을 것이다. 그렇다면 자신이 한 일이 곧 밝혀진다. 낭패도 이런 낭패가 없었다.

거의 일이 마무리되어 가려는 찰나에 이런 일이 벌어지다니……. 게일의 안색은 창백하기 이를 데 없었다. 스스로 숨기고 있지만 극도로 긴장했는지 온몸에 식은땀이 흘렀다.

그런 그의 모습은 곧 카류일 국왕의 눈에 띄었다.

"응? 왜 그러느냐, 게일? 안색이 좋지 않구나."

한 아들을 잃고 한 아들이 감옥에 갇힌 이후 카류일 국왕은 부쩍 자식들에게 관심을 기울였다. 더 이상 같은 아픔을 당하지 않기 위해서였다. 그랬기에 대전에 들어선 이들 중 게일에게 가장 많은 시선을 주었는데 오늘따라 계속해서 얼굴이 좋지 않았다. 지금은 식은땀까지 흘리고 있었다.

결국 그런 아들의 모습에 걱정이 된 국왕이 입을 연 것이다.

"저… 어제부터 몸이 좋지 않군요. 아무래도 요즘 많이 피로한 듯합니다. 형님의 죽음에 이어 자일론까지 그렇게 되니……."

어두운 목소리로 게일이 대답하자 국왕은 고개를 끄덕였다. 자신 역시 마찬가지였으니까.

"그래. 그럴 만도 하구나. 그렇다면 들어가서 쉬도록 해라. 굳이 너까지 여기 있을 필요는 없다."

국왕의 말이 떨어지자 게일은 자리에서 일어나 공손히 허리를 숙인 후 대전을 물러났다. 그 모습을 지켜보는 퓨어의 눈에 이채가 어렸다.

'저 사람, 거짓말을 하고 있어.'

하이 엘프의 타고난 능력으로 대번에 게일의 거짓말을 간파한 것이다. 하지만 그럴 만한 사정이 있으려니 하고 잠자코 있었다. 그녀가 보기에도 게일의 안색은 상당히 좋지 않아 보여서 쉬는 것이 좋을 듯했기 때문이다.

대전을 나선 게일의 걸음은 점점 빨라졌다. 그리고 궁을 나서자 달리기 시작했다. 황급히 자신의 궁으로 돌아온 게일은 돈이 될 만한 것들을 챙겼다. 대충 짐을 꾸리자 즉시 자신의 애마를 타고 왕궁의 정문을 향했다. 경비병들은 그가 나가는 것을 보았지만 별다른 제재를 가하지 않았다.

제2왕자가 나간다는데 말릴 간 큰 인물은 없었다. 왕궁을 벗어나 라디칼 시가지에 접어들자 게일은 말의 옆구리를 힘껏 찼다. 시가지를 질주하는 말에 사람들이 놀라 이곳저곳으로 피했지만 게일은 아랑곳하지 않았다. 그는 한시가 급했다. 자신이 한 일이 밝혀지는 것은 시간문제였다. 그랬기에 조금이라도 멀리 벗어나 있어야 했다, 조금이라도 살 가능성을 높이려면. 자신이 한 짓은 대역죄였기에.

라디칼 성의 경비병 역시 세차게 달려가는 게일을 막지 못했다. 그들은 왕자의 얼굴을 알지는 못했지만 그의 옷에 달린 왕가의 문장은 알고 있었다. 왕가의 문장을 지닌 이라면 왕족. 일개 경비병이 어찌할 수 있는 존재가 아니었다. 그렇게 라디칼을 벗어난 게일은 남쪽을 향해 달리고 또 달렸다. 국경을 넘어야 했다. 그래서 가장 가까운 국경인 남쪽으로 열심히 달렸다.

게일이 그렇게 열심히 도망칠 무렵 실버 기사 넷이 대전으로 로이드의 시신이 담긴 관을 가지고 들어왔다. 세린이 진실을 보기 위해서 로이드의 시신이 필요했던 것이다. 아들의 시신이 담긴 관이 대전으로 들어오는 것을 보는 카류일 국왕의 눈은 잔잔히 떨렸다.

아직 아들이 죽은 지 열흘도 채 되지 않았으니 당연한 반응이다.

곧 관은 카류일 국왕과 세린의 앞에 놓였다. 세린에게 제일 잘 보이는 위치에 관을 놓자 네 기사 중 하나가 관 뚜껑을 열었다. 보존 마법 덕에 로이드의 시신은 그대로 잘 보존되어 있었다.

이미 염이 되어 있는 시신이라 깨끗하기 그지없었다. 눈을 감고 있는 로이드의 모습은 평안히 잠들어 있는 듯했다.

세린은 로이드의 시신을 한참 동안 유심히 바라보았다. 그런 세린의 모습에 대전에 모인 이들은 모두 조용히 그녀를 주시했다. 혹여 방해라도 될까 숨도 조심해서 쉬었다.

그렇게 로이드의 시신을 유심히 바라보던 세린은 갑자기 눈물을 주르륵 흘렸다. 갑작스런 세린의 눈물에 사람들 모두 놀라 웅성거렸다. 그녀가 흘리는 눈물의 의미를 알 수 없었기 때문이다.

"슬퍼요……. 이토록 슬플 수가……."

눈물을 흘리며 세린은 흐느끼는 목소리로 중얼거렸다. 그 모습에 국왕의 얼굴은 딱딱하게 굳었다. 설마 트빌리시 후작의 주장이 맞는 것은 아닌가 하는 불길한 생각이 들었기 때문이다.

"세린님, 이만 설명을 해주시는 것이……."

그 모습에 바볼랏이 세린에게 다가가 작게 말했다. 모두가 바라는 말을 바볼랏이 해주자 다들 속이 시원해지는 듯했다. 갑자기 아무런 말도 없이 눈물을 흘리며 슬프다고만 하는 세린의 모습에 얼마나 답답해했는가.

바볼랏의 말에 세린은 눈물을 훔치며 고개를 끄덕였다. 그리고는 입을 열었다. 대전에 모인 모든 이들의 눈은 세린의 입으로 향했다. 옆에 앉은 카류일 국왕의 눈도 세린의 입으로 향했다.

세린은 지극한 슬픔 속에서 자신이 본 것들을 이야기했다.

"시종이 로이드 세자 저하를 찾아왔어요. 그리고 세자 저하는 시종을 따라 자일론 왕자의 궁으로 걸음을 옮겨요. 시종과 세자 저하가 함께 서재로 들어가요. 저하가 서재의 가운데에 이르자 시종이 문을 잠그는군요. 그리고 서서히 시종의 모습이 변해요. 누구인지는 모르겠지만 세자 저하가 게일이라고 불렀어요."

세린의 말이 거기에 이르자 모든 사람의 얼굴이 경악으로 물들었다. 그리곤 황급히 게일의 자리로 시선을 돌렸다. 하지만 조금 전에 몸이 아프다며 대전을 벗어난 게일이 그곳에 있을 리 없었다.

카나카인 후작이 황급히 곁에 있던 실버 기사에게 귓속말로 무어라 지시를 내렸다. 그녀의 지시를 받은 실버 기사는 조용히 대전을 나갔다.

세린의 말은 계속되었다.

"게일이라는 사람이 검을 뽑는군요. 그리고는 다크 오러라고 중얼거렸어요. 그러니까 검이 빛에 휩싸여요. 그는 그것이 흑마법이라고 하는군요. 성질은 오러 블레이드와 완전히 똑같다고 해요."

그녀의 말에 다들 침음성을 흘렸다. 드디어 가장 큰 의문이 풀린 것이다. 그리고 그녀의 말로 인해 케이와 자일론이 누명을 벗게 된 것이기도 했다. 세린의 말이 여기에 이르렀을 때 트빌리시 후작의 얼굴은 처참하게 일그러졌다. 설마 자신의 외손자 게일이 범인일 줄이야.

이미 귀족들은 여기까지만 듣고도 게일이 범인이라는 것을 알 수 있었다.

"그리고 그 검으로 세자 저하의 가슴을 찔러요. 로이드 저하는 죽고 게일은 텔레포트를 사용해서 사라졌어요."

모두 마지막 말에는 아무런 반응을 보이지 않았다. 이미 그럴 것을 예상했기에.

카류일 국왕은 아무 말이 없었다. 한 아들을 살리는가 했더니 다른 아들이 죽게 생겼다. 형제 간의 상잔이라니. 현재 그의 심정은 처참하기 이를 데 없었다. 그렇게 카류일 국왕이 말없이 있을 때 프란시스카 백작이 자리에서 일어났다.

"세린님, 방금 이야기는 신안으로 보신 것을 간략히 줄여서 말씀하신 것인가요?"

프란시스카 백작의 물음에 세린은 고개를 끄덕였다.

"그렇다면 무례한 부탁입니다만 자세히 말씀해 주실 수 있는지요?"

프란시스카 백작의 돌연한 부탁에 모두의 시선은 그녀를 향했지만 몇몇은 고개를 끄덕였다. 범인이 게일이라는 것은 알았지만 아직 그 사건에 대한 자세한 내막은 모른다. 현재 그것을 알고 있는 사람은 단 둘, 세린과 게일이었다. 다른 사람들 역시 이번 사건을 처리하기 위해서 그것을 알아야 하기에 프란시스카 백작이 그런 부탁을 한 것이다.

그녀의 말에 세린의 입은 다시 한 번 떨어졌다. 그녀의 목소리는 더욱 슬픔에 잠겨 있었다. 세린의 입에서 흘러나오는 소리를 모두 담담히 들었다. 이미 결말을 알았기에 담담함을 유지할 수 있는 것이리라.

한참 세린의 말이 이어질 때 카나카인 후작이 내보냈던 실버 기사가 조용히 카나카인 후작에게로 다가왔다. 그리고 작게 귓속말로 무엇인가 보고했다. 그의 말을 들은 카나카인 후작은 얼굴이 딱딱해진 채 고개를 끄덕였다. 그리곤 다시 무어라 지시를 하자 그 기사는 다시 대전을 벗어났다.

그리고도 세린의 이야기는 한참 동안 이어졌다. 그리고 모두의 심정이 참담해질 때쯤에야 세린의 이야기는 끝을 맺었다.

"제가 로이드 세자 저하의 시신으로부터 알 수 있는 사실은 여기까지예요. 그것 외에 또 다른 사실을 알아보려면 로이드 세자 저하가 죽은 자일론 왕자님의 서재에 가봐야 할 것 같아요."

그녀의 말은 그렇게 끝났지만 아무도 입을 열지 않았다. 카류일 국왕은 두 눈을 감은 채 고개를 뒤로 젖히고 있었다. 이미 게일이 범인이라는 사실이 밝혀지는 순간부터 그 자세를 지키고 있었다.

"이걸로 자일론과 지니어스 후작은 누명을 벗었구려. 앞으로 어찌해야 좋을지 경들이 말씀해 보시오."

카류일 국왕은 여전히 눈을 감은 채 힘없는 목소리로 말했다.

"일단 게일 왕자님을 체포하는 것이 시급합니다. 이제 일이 틀린 것이란 걸 깨닫고 도망간 듯싶습니다. 제가 조금 전 실버 기사 한 명을 내보내 알아본 결과, 게일 왕자님은 이미 라디칼을 벗어났다 합니다."

카나카인 후작이었다. 그녀의 말에 대전에 모인 귀족들은 아무 말도 하지 않았다. 이미 어느 정도 예상한 일이었다. 하지만 게일의 발 빠른 움직임에 속으로 혀를 내두르는 이도 몇 있었다. 일이 틀린 걸 알자 그리도 빨리 도망치다니.

"게일에 대한 수배령을 내리도록 하시오. 그리고 세린님, 자일론의 서재도 살펴봐 주시겠습니까? 게일이 대체 왜 그랬는지 알고 싶군요."

카류일 국왕의 부탁에 세린은 고개를 끄덕이며 자리에서 일어났다.

"알겠습니다, 자일론 왕자님의 서재로 가보도록 하죠."

세린의 말에 카류일 국왕은 귀족들을 돌아보았다.

"이것으로 회의를 마칠 테니 경들은 이만 돌아가시오. 그리고 콘티넌트 공작, 레시페 공작, 카나카인 후작, 라이트 후작, 프란시스카 백작은 따라오시오."

국왕의 명령이 떨어지자 호명된 다섯 귀족을 제외하고 모두 대전을 빠져나가기 시작했다. 대전을 빠져나가는 이들은 아직도 충격에서 벗어나지 못한 채 멍한 얼굴이었다.

"그럼, 이제 가시죠."

귀족들이 빠져나가는 모습을 지켜보던 국왕이 세린에게 그렇게 말하고는 앞장서 걸음을 옮겼다. 그런 국왕의 주위를 릭본 라이트 백작을 위시한 근위기사들이 둘러쌌다.

제   58   식

석방

자일론의 서재를 다녀온 카류일 국왕은 시종과 기사들을 물리고 홀
로 자신의 서재에 앉아 있었다. 그의 오른손에는 붉은 빛깔이 감도는
액체가 절반쯤 찬 잔이 들려 있었다. 잠시 공허한 눈으로 천장을 올려
다보던 카류일 국왕은 단숨에 그 잔을 비웠다. 그리고 탁자 위에 놓인
병을 들어 다시 그 붉은 액체를 잔에 채웠다. 병에는 '시바로스의 숨
결'이라는 이름이 붙어 있었다. 파괴의 여신인 시바로스. 그런 그녀의
숨결이라니. 이 액체는 류블라드에서 가장 독하기로 유명한 술이었다.

결국 카류일 국왕은 참담한 심정을 독한 술에 의지해 잊으려 하고
있었던 것이다. 그가 자일론의 서재에서 들은 이야기가 그를 이렇게
만들었다.

형인 로이드를 제치고 왕이 되려는 욕망. 자일론과 로이드에 의해

좌절되어 버린 욕망. 그래서 품게 된 원한. 그 원한을 갚기 위한 계획. 결국 죽음에 이른 로이드와 더불어 누명을 쓴 자일론.

그의 야망이 그리도 컸던가? 그리고 그 좌절이 그리도 컸던가? 대체 무엇이 그로 하여금 그렇게 왕이 되고 싶도록 만든 것일까?

카류일 국왕은 마음이 아팠다. 일국의 왕이기에 겪어야 하는 아픔. 그는 지금 이 순간만큼은 왕이 아닌 보통 평민이었으면 하는 소망을 간절히 가졌다. 하지만 그건 있을 수 없는 일이다. 그는 카류일 폰 카이렌이라는 이름을 가지고 있었으니까.

카류일 국왕이 술로 시름을 달래고 있는 그 시간, 카나카인 후작은 왕궁의 지하 감옥으로 향했다. 이제 결백이 증명된 자일론과 케이를 풀어주기 위해서였다.

"카나카인 후작이로군요. 드디어 심문을 하는 겁니까?"

카나카인 후작이 쇠창살 앞에 서자 눈을 감고 누워 있던 케이의 입이 움직였다. 그 자세 그대로 그저 말소리만 새어 나왔다. 그 모습에 카나카인 후작은 씁쓸히 웃었다.

"범인이 밝혀졌습니다. 두 분의 누명은 벗겨졌고요. 석방시켜 드리기 위해 찾아왔습니다."

"뭐라구요?"

카나카인 후작의 말에 케이는 몸을 일으켜 그녀를 쳐다보았다. 그녀의 눈을 응시하는 케이의 표정은 모호했다. 도무지 알 수 없다는 그런 표정.

그가 이곳 감옥에 누워 아무리 머리를 굴려도 뾰족한 수가 없었다. 자신이 누명을 벗는 것이야 쉬운 일이었지만 진범을 잡는 것은 불가능해 보였다. 그런데 진범을 잡았다니.

"어떻게 된 일인지 물어봐도 될까요?"

카나카인 후작이 열쇠로 감옥의 문을 여는 동안 앉은 자세로 꼼짝도 않은 채 케이가 물었다. 그 모습에 문을 열던 것을 중단한 카나카인 후작이 케이에게 설명을 시작했다.

"그렇게 된 것인가?"

모든 설명을 듣고 케이는 조용히 중얼거렸다.

흑마법 중 오러 블레이드와 똑같은 것을 만들어내는 방법이 있었다니. 이제야 모든 것이 아귀가 맞아 들어갔다. 자일론의 궁 여기저기에 흩어져 있던 흑마법의 기운, 로이드의 가슴에 난 상처.

모든 것을 이해한 케이는 몸을 일으켰다. 그의 옆에는 여전히 정신이 돌아오지 않은 자일론이 있었다. 자일론을 부축한 채 케이는 걸음을 옮겨 감옥 밖으로 나왔다.

"우리 일행은 어디에 있죠?"

"콘티넌트 공작의 저택에 있습니다."

"그러면 그리로 가도록 하죠. 제 저택에 가도 되겠지만 다들 거기에 있다니. 자일론도 제가 데리고 가도록 하죠. 이 상태로는 혼자 두기도 불안하니."

케이의 말에 잠시 자일론을 바라본 카나카인 후작은 고개를 끄덕였다.

"알겠습니다."

두 사람은 함께 지하 감옥의 입구로 향하는 계단을 걸어 올라갔다. 조용한 가운데 두 사람의 발소리만이 공허하게 울려 퍼졌다. 어느새 자일론은 케이의 등에 업혀 있었다.

"그런데… 카나카인 후작님. 만일 세린이 나서지 않았다면 이번 일을 어떻게 해결할 생각이었습니까?"

조용히 걸음을 옮기던 케이가 지나가는 투로 물었다. 그의 물음에 잠시 생각을 해보던 카나카인 후작은 고개를 저었다.

"제 능력으로는 도무지 풀 수 없는 사건이었습니다. 아마 두 분이 감옥에 갇힌 채로 쓸데없는 공방만 계속 되었겠죠."

"그래요?"

그녀의 말에 케이는 작게 웃었다.

"그런데 지니어스 후작께서는 어떻게 그렇게 침착하실 수 있었던 거죠? 세자 저하의 살해는 반역죄나 다름없는데. 반역으로 몰려 옥에 갇혔는데도 침착하게 지내는 모습이라니. 정말 놀라웠습니다."

카나카인 후작의 물음에 케이의 얼굴에 떠오른 미소는 더욱 짙어졌다.

"별거 아닙니다. 결백했으니까 침착했던 거죠. 오히려 저는 심문을 기다리고 있었습니다. 그래서 후작께서 다시 들어섰을 때는 무척이나 반가웠죠. 드디어 이곳을 벗어날 수 있겠다 싶어서요. 뭐, 어쨌든 이렇게 벗어났지만 말이죠."

"그게 무슨 말이죠?"

케이의 말에 이해할 수 없다는 얼굴로 카나카인 후작이 다시 물었다.

"간단합니다. 심문만 진행되면 전 누명을 벗을 자신이 있었다는 거죠. 그것도 두 가지 방법이나 있었습니다."

케이의 말에 카나카인 후작의 얼굴에는 은은한 놀람이 떠올랐다. 그가 무력뿐 아니라 지략도 뛰어난 것은 알았지만 그와 같은 상황에서 누명을 벗을 수 있었다니. 어찌 놀라지 않을 수 있겠는가. 자신도 속수무책이었는데.

"그렇다면 게일 왕자가 범인이었다는 걸 알았단 말씀인가요?"

"저는 누명을 벗을 수 있었다고 했지, 범인을 잡을 수 있다고는 하지 않았습니다."

케이는 쓴 웃음을 지으며 대답했다.

"어떤 방법이죠?"

"한 가지는 저만 알고 있는 방법이고 다른 한 가지는 조금만 생각하면 누구라도 떠올릴 수 있는 방법이죠. 하지만 후작께서도 떠올리지 못하셨으니 아마 생각한 사람은 하나도 없겠군요."

케이의 말에 카나카인 후작은 고개를 갸웃거렸다.

"궁금하시면 함께 가도록 하죠. 그렇지 않아도 둔하기 짝이 없는 우리 일행에게 한마디 해줄 생각이니까요."

케이의 말에 카나카인 후작은 고개를 끄덕이며 동행을 결심했다. 그 사이 그 많은 계단을 올라 어느새 지상의 감옥 입구에 도달해 있었다.

"제가 마차를 준비시키도록 하죠. 함께 가시죠."

그녀의 말에 케이는 그녀의 뒤를 따라 실버 기사단의 본부로 향했다. 그곳에서 이곳으로 잡혀왔으니 길은 알았지만 그녀가 실버 기사단의 단장이었기에 그냥 뒤를 따랐다.

본부에 도착하자 그녀의 명령에 따라 곧 멋들어진 마차가 준비되었다. 케이는 자일론을 데리고 그 마차에 몸을 실었다. 카나카인 후작은 케이와 자일론을 마주 보며 마차에 앉았다. 곧 말은 힘찬 말발굽 소리를 내며 앞으로 가기 시작했고 마차는 부드럽게 미끄러져 나갔다. 역시 실버 기사단의 단장이 타고 다니는 마차라 그런지 승차감이 좋았다. 마차가 움직이는지 멈춰 있는지 구분이 안 갈 정도였으니.

콘티넌트 공작의 집을 몰랐기에 케이는 마차의 창밖으로 라디칼의 시가지를 둘러보았다. 가만히 보고 있으니 마차가 향하는 방향은 자신의 저택이 있는 지구로 향했다. 그럴 수밖에 없는 것이 그곳은 이 나라의 최고위 귀족들이 모여 사는 곳이다. 당연히 콘티넌트 공작의 저택도 그 지구에 있으리라.

얼마 되지 않아 마차는 곧 거대한 문을 지났다. 콘티넌트 공작의 저택에 들어선 것이다. 그렇게 정문을 지나서 마차는 한참을 더 가서야 비로소 멈췄다. 카나카인 후작이 먼저 내렸고, 그 뒤로 케이가 자일론을 데리고 내렸다.

이미 정문의 경비병이 소식을 전했는지 집사가 문 앞에 마중 나와 있었다.

"어서 오십시오, 카나카인 후작님, 지니어스 후작님."

공작가의 집사답게 그는 단번에 카나카인 후작과 케이를 알아보았다. 다만 자일론은 케이가 부축한 상태라 알아보지 못했다.

"테리토리 후작님과 그 분의 친구들을 만나러 왔어요."

카나카인 후작의 말에 집사가 앞장서 걸음을 옮겼다.

"이리로 오시죠. 제가 안내해 드리겠습니다."

집사의 뒤를 따라 커다란 저택 안을 이리저리 움직인 끝에 셋은 브라이튼의 방에 도착할 수 있었다.

"케이! 어서 와. 석방될 거란 소식은 들었는데 이렇게 빨리 올 줄은……."

브라이튼이 가장 먼저 달려와 케이의 손을 잡았다. 하지만 그 일행을 바라보는 케이의 얼굴은 그다지 밝지만은 않았다.

"일단은 자리를 옮기지. 바볼랏, 내 집으로 가자. 라디칼에 있는 저택으로."

심상치 않은 케이의 말에 소파에 앉아 있던 일행은 케이 주위로 모였다. 카나카인 후작도 방 안의 분위기에 따라 케이 곁에 섰고, 바볼랏은 모두 모인 것을 확인하고는 시동어를 외웠다. 곧 밝은 빛과 함께 모두 사라졌다.

잠시 후 차와 간단한 다과를 준비해 가지고 온 하인은 아무도 없는 방을 보고는 고개를 갸웃거리며 돌아갔다.

"케이, 왜 그러죠? 얼굴이 좋지 않아요."

심상치 않은 케이의 기운에 바볼랏이 조심스레 물었다.

"왜 그랬지?"

"예?"

밑도 끝도 없는 케이의 물음에 바볼랏이 되물었다.

"왜 세린의 능력을 밝혔냐고. 밝혀져서 좋을 것 하나 없다는 것을 잘 알고 있으면서."

케이의 말에 바볼랏은 꿀 먹은 벙어리마냥 아무 말도 못했다. 그도 그 사실을 잘 알았기에.

"그건 제가 원한 거예요, 케이 오빠."

　세린이 나서며 말했다. 그녀의 얼굴에는 당찬 기운이 어려 있었다. 그 모습을 지켜본 케이는 고개를 가로저었다.

　"후우. 그러니까 왜 네가 그런 결심을 했냐는 거야? 그렇게 우리 누명을 벗겨줄 생각이 떠오르지 않은 거야?"

　"제가 나서는 것 말고 무슨 수가 있었다는 거죠?"

　세린의 반문에 케이는 역시나 하는 얼굴을 했다. 역시 이들은 아무런 방도도 떠올리지 못한 것이다. 퓨어와 함께 있으면서도 말이다.

　"아무런 방도도 떠올리지 못했다면 그냥 기다리고 있었어야지. 그렇게 나를 못 믿은 거야?"

　케이의 말에 세린의 눈썹이 치솟아올랐다.

　"무슨 말을 그렇게 해요? 우리는… 나는 케이 오빠와 자일론이 걱정되어서 그랬던 건데. 나도 내 능력을 밝히는 것이 얼마나 위험한 일인지 알아요. 아무리 많은 사람이 지켜주려고 해도 한계가 있다는 것을, 언제 어디서 무슨 일을 당할지 모른다는 것쯤은 알고 있다고요. 그런데도 불구하고 두 사람 때문에 밝힌 건데, 고맙다는 말은 못할망정 그렇게 말할 수 있는 거예요?"

　세린은 쉬지 않고 케이를 쏘아붙였다. 그 와중에 그녀의 눈은 붉게 물들었고 곧 그렁그렁 맺힌 눈물이 뺨을 타고 흘러내렸다. 그 모습에 케이는 아무런 말도 못하고 방 한쪽에 있는 소파에 몸을 기댔다.

　"후우. 일단 앉자구. 서서 그럴 게 아니라."

　케이의 말에 퓨어가 세린에게 다가와 조용히 등을 토닥이며 다른 쪽 소파로 데리고 갔다. 세린의 울음에 방 안의 분위기는 어색해졌지만 다들 자리를 찾아 앉았다.

“세린, 물론 네가 우리를 걱정해 준 건 고마워. 하지만 며칠만 더 기다리지 그랬어. 그래도 안 되면 그때 밝혔어도 늦지 않았어. 이번만큼은 네가 너무 성급했어.”

“그 말은 케이 네게 무슨 방도가 있었다는 거야?”

브라이튼이 물었다. 그의 물음에 케이는 검지와 중지를 들어 보였다.

“무슨 말이야, 그건?”

“두 가지. 나와 자일론이 누명을 벗을 방법은 두 가지가 있었어. 적어도 말야.”

케이의 말이 떨어지자 카나카인 후작의 눈이 빛났다. 그것이 궁금해 이곳까지 따라온 그녀였으니.

“뭐죠, 그게? 우리는 아무리 생각해도 도무지 방법이 없었는데……”

카트린이 몸을 케이 쪽을 향하며 물었다. 그녀는 아무리 생각해도 두 가지씩이나 되는 방법이 떠오르지 않았다.

“한 가지는 누구나 조금만 머리를 쓰면 떠오릴 수 있었을 거야. 특히 우리 일행이라면. 그런데도 몰랐다니… 너희는 정말 머리 쓰기 싫어하는구나.”

케이의 말에 모두의 얼굴에 은은하게 붉은빛이 떠올랐다. 다들 살짝 화가 난 것이다. 자신들이 얼마나 걱정했던가? 그리고 머리를 맞대고 얼마나 고민했던가? 그런데 돌아온 것이 머리를 쓸 줄 모르는구나라는 말이니 기분이 좋을 리가 없었다. 일행의 그런 변화를 눈치 챈 것인지 케이는 행동을 빨리 했다.

그들이 화를 터뜨리기 전에 선수를 친 것이다. 화를 내기 전에 저들이 얼마나 마리를 쓰지 않았는지를 깨닫게 해준다면 아무런 말도 못할 것이기에.

케이는 손가락으로 퓨어를 가리켰다.

"케이, 그게 무슨 뜻이에요?"

케이의 행동에 바볼랏이 곱지 않은 목소리로 물었다.

"누구지?"

너무나 뻔한 케이의 물음. 그 물음에 한심하다는 듯 카트린이 대답했다.

"퓨어 언니잖아요."

그 대답에 케이는 고개를 가로저었다.

"퓨어의 종족이 뭐냐구?"

"그거야 하이 엘프죠."

바볼랏이 뭘 그런 걸 묻느냐는 듯 대답했다.

"그들의 능력 중 하나는?"

"하이 엘프의 능력은 왜요? 지금 스무 고개 하는 것도 아니고. 그냥 속 시원히 말해요. 하이 엘프의 능력이라면 숲에서 빠르게 움직이는 것, 뛰어난 활 솜씨, 동물과의 의사소통, 거짓말을 못하는 것, 그리고 또 아!"

반복되는 케이의 물음에 귀찮다는 듯 대답하던 바볼랏은 그러다 무엇인가가 머리를 세게 두드리는 듯한 느낌을 받았다. 케이가 말하고자 하는 바를 깨달은 것이다. 그리고 그것은 카나카인 후작 역시 마찬가지였다. 바볼랏의 대답을 듣던 중 바볼랏보다 한 박자 빠르게 케이가 말한 두 가지 방법 중 한 가지를 알 수 있었다.

그 사실을 떠올린 카나카인 후작은 스스로를 자책했다. 이 얼마나 어리석은 자신인가. 이토록 간단한 방법을 놔두고 그토록 머리를 싸매고 고민했다니. 정말 한심하기 짝이 없었다.

"알겠어, 바볼랏?"

케이는 빙그레 웃으며 그런 바볼랏에게 물었다.

"예."

바볼랏은 힘없이 대답했다. 머리를 쓰지 않았다는 케이의 말이 맞았기 때문이다. 알고 보면 간단한 방법이 있었으니.

"대체 무슨 말이에요?"

두 사람의 대화에서 아무것도 알아차리지 못한 카트린이 답답하다는 듯 케이를 향해 물었다. 다른 사람들도 카트린과 같은 생각인지 뚫어져라 케이를 쳐다보았다.

"후. 알았어. 말해 줄게. 퓨어는 하이 엘프야. 그래서 거짓말을 못해. 그리고 상대의 거짓말도 간파할 수 있어. 이건 누구나 알고 있는 사실이야. 하이 엘프뿐만 아니라 엘프가 거짓말을 못하고 거짓말을 간파할 줄 안다는 것은. 그러니 퓨어가 나와 자일론에게 '로이드 세자 저하를 죽였어요?'라고 묻기만 하면 되는 문제였다구. 물론 나랑 자일론은 아니라고 대답하겠지. 그리고 그 대답에 대한 진실 여부를 퓨어가 판단하면 되는 거야. 엘프인 퓨어는 그 진실 여부를 완벽하게 파악할 수 있고 또한 절대 거짓말을 못하니까 그거면 우리의 결백이 증명될 수 있는 거지."

케이의 설명이 끝나자 모두 입을 벌렸다. 그렇다. 듣고 보니 정말 간단한 방법이 있었다. 그런데 왜 그 생각을 못했을까? 자신들은 정말 생각이라는 것을 한 것일까? 고민이라는 것을 한 것일까? 그런 자괴감이 몰려들었다.

"그리고 게일이 범인이라는 말을 듣고야 떠오른 건데, 퓨어가 회의 때 모이는 고위 귀족들에게 '당신이 로이드 세자 저하를 죽였나요?' 라고 묻는 것만으로도 범인을 잡아낼 수 있었다구. 게일이라는 작자를 말이야. 뭐, 나도 설마 왕국 내의 인물이 범인일 줄은 생각도 못해 그 방법은 떠올리지 못했지만 말이야."

"과연 그런 방법이 있었군요. 듣고 나니 너무나 손쉬운 방법인데… 왜 그 생각을 못했는지……."

카나카인 후작이 작게 중얼거리자 케이는 빙그레 웃었다.

"콜럼버스의 달걀이라는 거지."

"예?"

"아, 아닙니다. 아무것도."

카나카인 후작의 말에 전생의 한 일화가 생각난 케이는 무심코 중얼거리다가 되묻는 카나카인 후작의 말에 급히 말을 얼버무렸다.

"그런데 다른 한 가지 방법은 뭐죠?"

지금까지 잠자코 있던 퓨어가 물었다. 한 가지 방법이 자신이었다면 다른 하나는 뭘까? 한 가지는 누구나 떠올릴 수 있다고 했다. 그렇다면 다른 한 가지는 쉬운 것은 아닐 텐데, 그게 무엇인지 궁금해진 것이다.

"뭐, 별거 아니야."

케이가 대수롭지 않게 대답하자 다시 한 번 모두의 얼굴에는 의혹이 어렸다. 사람들의 시선을 받은 케이는 몸을 일으켰다.

“일단 나가자구. 아무래도 실험이 필요할 테니까. 음… 아냐. 아무래도 아무 생명이나 빼앗을 수는 없지. 좋아. 몬스터 사냥이나 가볼까? 바볼랏, 미드 산맥으로 부탁해.”

소파에서 일어나 자신의 저택 정원으로 나가려던 케이는 생각이 바뀌었는지 멈춰 서서는 바볼랏에게 말했다. 그의 말에 바볼랏의 얼굴이 찌푸려졌지만 별말없이 모두를 미드 산맥으로 텔레포트시켰다.

아무도 없는 숲 길에 텔레포트된 모두는 상쾌한 숲 공기가 폐 속 가득 차 오르는 것을 느꼈다.

“음. 근처에는 몬스터가 없나?”

주위를 둘러본 케이가 중얼거렸다. 잠시 정신을 집중해 주위를 살펴봐도 몬스터의 기척이 느껴지지 않자 케이의 시선이 세린을 향했다.

“좀 부탁해도 될까?”

케이의 말에 세린은 실프를 소환해 숲 속으로 보냈다. 잠시 후면 몬스터가 있는 곳을 알려줄 것이다. 기대에 어긋나지 않게 잠시 후 실프가 돌아왔다.

“그럼, 몬스터도 찾은 것 같으니 그리로 갈까?”

케이가 앞장서 걸음을 옮기자 다들 그 뒤를 따랐다.

“케이, 대체 뭘 어쩌려는 거야?”

잠자코 뒤따르기에는 궁금한 것이 너무 많았는지 브라이튼이 케이에게 바짝 다가가 물었다.

“하긴, 몬스터가 있는 곳까지 그냥 가는 것도 심심하겠지? 그럼 설명해 줄게. 사실 결론부터 말하자면 나와 자일론이 범인일 거라는 주장이 나온 가장 큰 증거는 사실 증거가 될 수 없었어.”

“그게 무슨 말이죠? 오러 블레이드에 의한 상처가 증거가 될 수 없다니?”

카나카인 후작이 잠자코 듣다가 말도 안 되는 소리에 급히 되물었다. 그 조사는 자신이 한 것이다. 그런데 그것이 증거가 될 수 없다니 그녀로서는 결코 납득할 수 없는 말이었다.

“뭐, 아는 사람은 아는데, 자일론에게 검을 가르친 것은 나예요. 그리고 나는 이곳 류블라드에 퍼져 있는 검술과는 전혀 다른 검술을 사용하죠. 나와 같은 검술을 사용하는 사람은 딱 둘입니다. 자일론과 퓨어. 그 둘이죠. 내가 둘에게 검을 가르쳤으니 당연한 일입니다. 아무튼 그 덕에 우리의 오러 블레이드는 다른 사람의 오러 블레이드와는 달라요. 얼핏 보면 유사하지만 자세히 보면 확연히 다르죠. 뭐, 그 사실을 알려주려면 내가 사용한 오러 블레이드에 의한 상처를 확인해야 할 테니, 실험의 희생양이 될 몬스터를 찾아가는 거예요. 오, 이제 다 왔군요. 이 기척은 아무래도 오우거 같은데요.”

“잠깐만요. 자일론 왕자님께 검을 가르친 것이 지니어스 후작이시라고요? 제가 알기로는 자일론 왕자님은 릭본 라이트 백작께 검을 배웠을 텐데…….”

케이가 자일론을 가르쳤다는 말을 믿을 수 없었던 카나카인 후작은 다시 물었다. 그녀가 알기로 자일론에게 검을 가르친 것은 릭본이었으니까. 자일론이 어릴 때 그녀 자신이 직접 찾아가서 보지 않았던가.

“라이트 백작이 가르친 것치고는 자일론의 검술이 라이트 백작의 그것과는 완전히 다르지 않았나요? 이미 나에게 검을 배운 후 라이트 백작과는 그것을 홀로 수련한 것 정도예요. 내가 자일론에게 검을 가르쳐 준 것은 자일론이 다섯 살 때였으니까."

"그런… 어떻게… 그때 자일론 왕자님은 왕궁에만 계셨어요. 그런데 어떻게……."

"뭐, 나는 당시에도 이미 소드 슈페리어였어요. 왕궁의 경비를 따돌리고 자일론을 만나는 일이야 우습죠."

케이의 대답에 카나카인 후작은 걸음을 멈춰 그를 멍한 눈으로 쳐다보았다. 도대체 눈앞의 이 인간은 인간이 맞단 말인가? 그의 말 한마디 한마디가 자신을 이렇게 경악에 빠뜨리니 계속해서 대화할 엄두가 나지 않았다.

캬오!

그때 앞쪽의 나무가 쓰러지며 오우거가 모습을 드러냈다. 오우거도 케이들의 기척을 느끼고 몸을 드러낸 것 같았다. 케이 일행을 둘러보는 오우거의 눈은 살기로 번들거렸다.

"쩝, 저 녀석 식사 시간이었나 보군. 저 눈을 보면."

그런 오우거의 모습에 케이가 입맛을 다시며 중얼거렸다.

"조금은 미안한걸. 먹고 죽은 귀신이 때깔도 좋다던데… 배고파서 먹이를 찾아다니는 녀석을 죽이다니……."

그렇게 말하는 케이는 어느새 실버레이를 뽑아 들고 있었다. 케이의 말에 나머지 일행은 어이없는 표정으로 케이를 쳐다보았다. 두 발로 걷는 육상의 몬스터 중 최강이라는 오우거를 앞에 두고도 저런 태연한 반응이라니…….

일행의 반응에는 아랑곳 않고 케이는 실버레이에 마나를 주입하기 시작했다. 찰랑거리며 춤을 추던 실버레이는 케이의 마나에 의해 꼿꼿하게 서 검끝에서 예기를 흘리고 있었다.

그러더니 검끝에서 서서히 마나의 가닥이 하나하나 나와 검신을 감싸며 내려왔다. 그 수가 차츰 늘어가더니 완전히 검을 뒤덮어 버렸다.

"오러 블레이드……."

그 모습에 카나카인 후작이 나직이 중얼거렸다. 케이가 소드 슈페리어라는 것을 그녀는 말로만 들었다. 이렇게 케이가 직접 검을 뽑은 모습을 보는 것은 처음이었다. 처음 보는 소드 슈페리어의 실력. 같은 검의 길을 걷는 자로서 무척이나 기대가 되었다.

'분명 보기에도 콘티넌트 공작의 오러 블레이드와는 조금 다른 것 같아. 훨씬 더 맑다고 해야 하나?'

케이의 오러 블레이드를 유심히 살피던 카나카인 후작은 곧 전에 본 콘티넌트 공작의 그것과는 미세한 차이를 발견했다. 하지만 그 차이라는 것이 눈에 보이는 것이 아니라 그저 느낌으로 전해지는 것이었다. 그랬기에 그렇게 생각하면서도 고개를 갸웃거렸다.

케이가 오러 블레이드를 펼치기까지는 제법 시간이 걸렸다. 사실 케이의 입장에서는 오러 블레이드와 오러 소드는 종이 한 장 차이였다. 아차 하는 순간 검사(劍紗)의 뭉치가 검강(劍罡)으로 변해 버린다. 케이의 입장에서는 솔직히 오러 블레이드가 오러 소드보다 펼치기가 어려웠던 것이다. 이런 사실을 알면 콘티넌트 공작이나 카나카인 후작은 기 막혀 하겠지만.

덕분에 케이가 오러 블레이드를 펼치기까지 제법 시간이 걸렸다. 하지만 그 시간 동안 오우거는 가만히 있었다. 처음 만났을 때 괴성을 지른 이후 오우거는 케이를 보며 가만히 서 있었다. 아니, 가만히 있는 것이 아니라 온몸을 떨고 있었다. 케이가 발산하는 살기에 압도되어 겁먹고 떨고 있었던 것이다.

"휴. 아무리 몬스터라지만 실험을 위해 죽인다니 좀 미안한걸. 그것도 이렇게 겁을 먹고 떨고 있는 녀석을 말야. 부디 다음 생에는 좀 더 나은 존재로 태어나라. 미안하다."

퓨어를 의식한 것일까? 케이는 퓨어를 한 번 힐끔거린 후 오우거를 보며 정말 미안한 표정으로 말했다. 그것은 진심이었다. 거짓으로 그런 말을 해봤자 어차피 퓨어는 알 테니까.

말을 마친 순간 케이의 검은 오우거의 심장을 꿰뚫었다. 그 모습을 지켜본 카나카인 후작은 눈을 부릅떴다.

깔끔하고 빨랐다. 군더더기라고는 전혀 없는 동작. 경지에 오른 검이란 저런 것이구나, 라는 생각이 들었다. 케이를 따라온 덕에 한 번 더 안목을 넓힌 것이다. 콘티넌트 공작의 일검을 봤을 때도 놀랐지만 방금 케이의 한 수는 거기에 비할 바가 아니었다.

카나카인 후작이 가만히 눈을 감고 조금 전 본 케이의 동작을 되새기고 있을 때 오우거는 요란한 소리를 내며 뒤로 쓰러졌다. 어느새 케이는 실버레이를 검집에 넣어두고 있었다.

─우우. 기분 나빠. 오우거의 심장을 내가 헤집다니. 야만인! 어떻게 숙녀를 그런 일에 쓸 수가 있어요! 어쩌면 이리도 끔찍한 짓을……

케이는 자신의 머리를 울리는 실버레이의 음성에 쓴 웃음을 지었다. 그러고 보니 은무, 아니, 실버레이가 자아를 얻은 후 검의 용도로 사용된 것은 이번이 처음이었다. 실버레이로서는 첫 경험이라고 할까? 오우거의 몸을 꿰뚫고 심장을 찔렀던 경험이 몹시 끔찍했는지 계속해서 케이에게 투덜거리고 있었다. 하지만 이미 실버레이에게 익숙해졌는지 케이는 한 귀로 듣고 한 귀로 흘렸다.

케이가 실버레이의 불평을 듣는 사이 카나카인 후작은 오우거의 시체를 꼼꼼히 살피고 있었다. 오우거가 쓰러지는 소리에 그녀는 무아지경의 상태로 케이의 검로를 그리다가 정신을 차렸다. 그리고는 곧 오우거의 시체를 살피기 시작한 것이다.

그 옆에서 브라이튼이 함께 살피고 있었다. 그로서도 케이와 자일론, 그리고 퓨어가 사용하는 오러 블레이드가 다른 이들의 그것과 다르다는 이야기는 처음 들었다. 그랬기에 오우거의 상처를 꼼꼼히 살피는 것이다. 언젠가 자신이 오러 블레이드를 사용하게 되는 날이 오면 비교하기 위해서.

한참을 살피던 카나카인 후작은 몸을 일으켰다. 그리고는 경탄 어린 눈길로 케이를 쳐다보았다.

"정말이군요. 세자 저하의 가슴에 난 상처와는 달라요. 뭐라고 해야 할까… 훨씬 더 깔끔하다고 할까요? 한 차원 높은 수준이라는 것이 보이는군요."

"그러니까 애초에 우리가 혐의를 쓸 일도 없었던 거죠."

"인정해요. 콘티넌트 공작님의 오러 블레이드만 보고 두 분의 그것과 같을 거라 생각한 제 실수예요."

"아니, 그렇지는 않아요. 누구나 그렇게 생각할 테니까. 나와 자일론이 특이한 거죠. 훗."

"자, 그럼 이만 돌아가죠."

바볼랏이 카나카인 후작과 케이의 대화에 끼어들었다. 미드 산맥에서 볼일은 끝났으니 이만 돌아가자는 것이다. 하긴 바볼랏은 산길을 무척이나 싫어했으니까.

케이가 고개를 끄덕이자 바볼랏은 바로 시동어를 외웠다. 케이 일행이 사라진 그 자리에는 오우거의 시체만 쓸쓸히 누워 있었다.

"휴우. 그럼 난 정말 쓸데없는 짓을 한 거네요."

케이의 저택으로 돌아오자마자 세린은 한숨을 쉬며 말했다. 케이가 말한 두 가지. 그 두 가지는 모두 너무나 확실하게 케이와 자일론의 누명을 벗겨줄 수 있었다. 결국 그녀가 나설 필요도 없었던 것이다. 그런 생각을 하자 스스로가 한심했다. 그런 심정이 고스란히 담긴 말이었다.

"아니, 그렇지는 않아, 세린."

그녀의 말에 담긴 그녀의 심정을 느낀 것일까? 케이는 빙긋 웃으며 말했다.

"내가 말한 방법으로는 나와 자일론의 누명만 벗을 수 있었어. 범인이 누군지는 찾지 못하지. 내가 감옥에서 계속 머리를 굴리며 생각해 봤지만 도저히 우리에게 누명을 씌운 범인을 찾을 방법은 없었어. 솔직히 난 그게 걱정이었지. 이번에는 누명을 벗더라도 범인이 남아 있다면 다음에 어떤 일이 벌어질지 알 수 없는 거니까. 세린 덕에 범인이 누군지 알 수 있었으니까 세린이 쓸데없는 일을 한 건 아니지."

그 말에 세린의 얼굴은 눈에 띄게 밝아졌다.

세린의 얼굴이 밝아지자 다른 사람들의 얼굴도 덩달아 밝아졌다. 그렇게 누명 사건은 일단락되었다.

"그나저나 자일론이 걱정이군."

누명에 대한 사건은 일단락되었지만 자일론이 남아 있었다. 아직도 자일론은 로이드의 죽음이 준 충격에서 벗어나지 못하고 있었다. 케이의 걱정 어린 말에 잠시 밝아졌던 일행의 얼굴은 다시 어두워졌다.

"시간이 해결해 줄 거예요."

퓨어의 조용한 말에 모두 고개를 끄덕였다. 그것 말고는 다른 해결책이 없으니. 자일론의 의지를 믿고 시간이 치유해 주길 기다리는 것이 현재로서는 유일한 방법이었다.

"그럼, 전 이만 가보도록 하겠습니다."

그때 카나카인 후작이 말했다. 그녀 역시 자일론이 걱정되었지만 언제까지 여기서 이러고 있을 수는 없었다. 개인적인 호기심으로 이곳까지 왔지만 그녀가 해야 할 일은 많았다.

그녀는 실버 기사단의 단장이다. 그리고 로이드의 죽음에 얽힌 사건을 해결해야만 했다. 범인이 밝혀졌지만 아직 도주 중이기에 그녀가 할 일은 태산이었다.

"아, 잠시만요. 브라이튼의 집에서 이리로 텔레포트해 왔으니 마차가 없으시죠? 제가 준비해 드리죠."

인사를 하고 몸을 돌려 나가는 카나카인 후작의 모습을 보던 케이는 깜빡 잊고 있던 사실이 생각나자 황급히 말했다. 그제야 자신이 타고 온 마차가 콘티넌트 공작의 저택에 있다는 사실을 기억해 낸 카나카인 후작은 고개를 끄덕였다.

"그럼 부탁드리겠습니다."

그렇게 케이가 준비해 준 마차를 타고 카나카인 후작은 돌아갔다.

"이제 어쩔 거죠, 케이?"

카나카인 후작이 떠나고 일행만 남자 바볼랏이 케이를 보며 물었다.

"일단 당분간은 라디칼에 있어야지. 자일론도 저런 상태니까. 게일이라는 녀석이 어떻게 되는지도 궁금하고 말이야. 그러니까 다들 이제 좀 쉬라구. 그동안 걱정 많았지?"

"하아, 자일론이 걱정이긴 하지만 그래도 이젠 한시름 놓고 있을 수 있겠네요. 그동안 두 사람이 죽는 건 아닌가 하고 얼마나 마음을 졸였는지……."

케이의 말에 카트린이 소파에 몸을 묻으며 중얼거렸다. 그런 그녀의 목소리에는 힘이 하나도 없었다. 그동안 긴장으로 인해 모여 있던 피로가 일시에 터져 나온 것이다.

"그러니까 다들 쉬라구. 자일론은 내가 방에 데려다 놓을 테니. 자일론도 당분간은 혼자 있는 편이 나을 테고."

케이의 말에 다들 자신의 방으로 찾아 들어갔다. 케이의 영지로 가기 전에 얼마간 이 저택에서 지냈기에 자신들의 방이 있었다. 오랜만에 온 것이긴 하지만 저택을 관리하던 집사가 잘 정리를 해놓았기에 방은 금방 돌아온 자신의 집처럼 깔끔했다.

모두 피곤한 심신을 침대 속으로 이끌었다. 그동안 두 사람을 걱정하느라, 구해낼 방법을 궁리하느라 몸도 마음도 무척이나 지쳐 있었다. 게다가 세린과 바볼랏은 헤이트까지 가서 신안의 인증을 위한 행사에도 참여했고, 왕궁의 회의에도 참여했다. 이미 피로가 한계를 넘어 쌓여 있었기에 침대에 몸을 누이자마자 곯아떨어졌다.

　　다만 퓨어는 평소대로 자신의 방에서 조용히 운공을 시작했다. 자일
론을 침대에 눕히고 자신의 방으로 돌아온 케이는 그저 발코니에 서서
창밖의 정원을 물끄러미 바라보고 있었다.

제 59 식

도주, 추적,
그리고
게일 최후의 한 수

다그닥. 다그닥.

먼지가 잔뜩 묻은 갈색 말 한 필이 열심히 달리고 있었다. 지친 기색이 역력했으나 계속해서 옆구리를 차는 발의 주인 덕에 말은 자신의 한계를 넘어 발을 놀리고 있었다. 사실 지금 말의 모습은 당장 쓰러져도 이상할 게 없을 정도였다.

"헉헉헉."

말을 모는 사람 역시 말만큼이나 지쳤는지 거친 숨을 내쉬고 있었다. 얼굴은 먼지와 땀으로 범벅이 되어 지저분하기 짝이 없었다.

"젠장. 일이 이렇게 틀어지다니. 추적대 녀석들이 따라붙기 전에 조금이라도 더 멀리 가야해."

말을 죽어라 모는 사내, 게일은 얼굴을 잔뜩 찡그린 채 중얼거렸다.

수도인 라디칼을 벗어난 후 게일은 쉬지 않고 말을 몰았다. 덕분에 말도 자신도 지칠 대로 지쳐 있었지만 절대로 쉴 수 없었다.

자신이 로이드를 죽였다는 사실이 밝혀지는 즉시 추적대가 구성될 것이다. 분명 실버 기사단의 기사들로.

실버 기사단, 그들의 실력이 두려운 것은 아니다. 실버 기사들 중 최고의 실력을 가졌다는 이가 기껏해야 소드 익스퍼트 중급에서 상급 정도니. 물론 단장인 카나카인 후작은 예외다. 현재 자신의 실력이 소드 익스퍼트 상급임을 감안하면 어느 정도 상대할 수 있었다.

자일론만큼은 아니지만 자신도 검에 대한 재능은 뛰어나다고 자부할 수 있었다. 사실 그 또래에 상급의 소드 익스퍼트에 이른 이는 많지 않았다. 자일론이나 브라이튼 같은 이들이 괴물 같은 천재일 뿐인 것이다.

하긴 그 정도의 실력을 가졌으니 다크 오러를 사용해 자일론에게 누명을 씌울 수 있었다. 하지만 실버 기사단의 두려운 점은 기사들의 실력이 아니라 기사들의 수와 그들의 은밀함이었다.

사실 그들을 기사라고 부르기는 뭔가 이상한 것이 한둘이 아니었다. 기사이면서 정보를 다루고 감찰을 한다. 그들은 검술보다는 매복에 능했고 정면 대결보다는 기습에 능했다.

그런 그들의 특성을 보면 그들은 절대 기사라 불릴 수 없었다. 하지만 기사다. 그것도 카이렌의 3대 기사단 중 하나다.

왕국 내의 감찰과 정보 수집을 주로 담당하는 기사단이다 보니 왕국 곳곳에 실버 기사들이 존재했다. 몇 년 전 자일론이 가출했을 때는 은밀히 추적해야 했기에 자일론을 놓쳤지만 지금은 사정이 달랐다. 보나

마나 자신에 대한 수배령을 내렸을 테니 각 영지에 파견되었던 실버 기사들이 공개적으로 자신을 찾고 있을 것이다.

수배령을 내렸다면 지방 영지의 영주들도 적극 협력할 것이다. 중앙 정계로 진출할 기회라 여기고 먹이를 노리는 이리 떼처럼 덤벼들지도 몰랐다.

카이렌의 제2왕자인 자신이 이런 꼴이라니, 비참하기 짝이 없었다. 하지만 살고 봐야 했다. 돈은 충분히 챙겨왔다. 이 정도면 목숨만 건지면 어디서든 제법 떵떵거리며 살 수 있으리라.

"일단은 국경부터 벗어나야 해."

현재 상황을 정확히 인식하고 있기에 말의 옆구리를 차는 그의 발에 더욱 힘이 들어갔다. 그렇게 무리를 하면서 말을 달리기를 얼마일까? 말의 속도가 서서히 느려지는가 싶더니 풀썩 쓰러졌다. 말이 쓰러지자 게일은 황급히 몸을 날렸다. 사뿐히 땅에 착지하는 모습이 과연 상급의 소드 익스퍼트다웠다.

"젠장. 이럴 때 말이 죽다니. 여기까지 쉬지 않고 달려 왔으니… 어쨌든 빨리 서둘러야 해."

말은 절대로 앉지 않는다. 잘 때도 서서 잔다. 말이 쓰러졌다는 것은 결국 그 생을 다했다는 것을 의미했다. 말이 쓰러지는 순간 그 사실을 깨달은 게일은 일그러진 얼굴로 말을 뱉었다. 하지만 그렇다고 서 있을 수만은 없었다. 가까운 마을에 들어가 다시 말을 사야 했다. 언제 추적대들이 쫓아올지 모른다. 게일은 쓰러진 말을 힐끔 쳐다보고는 달리기 시작했다.

숨이 턱까지 차올랐다. 하지만 멈출 수 없었다. 한시라도 빨리 조금

이라도 멀리 가야 했다. 게일은 자신이 움직일 수 있는 최대의 속도로 꿋꿋이 앞으로 나갔다.

"수배령은?"

"이미 전 영지에 마법 통신을 사용해 알렸습니다."

실버 기사단의 본부로 돌아온 카나카인은 돌아오자마자 자신이 지시했던 일을 확인했다. 부관은 그녀의 말에 절도있게 대답했다.

"게일 왕자의 얼굴 영상도 함께 보냈는가?"

"아, 거기까지는 생각하지 못했습니다."

부관의 대답에 카나카인 후작의 얼굴에 못마땅한 기색이 어렸다.

"뭐? 자네, 게일 왕자의 얼굴을 아는가?"

"예, 압니다."

"만나본 적은?"

"없습니다."

"그런데 어떻게 알지?"

"기사단 정보실에 있는 왕족들의 마법 영상을 보고 익혔습니다."

"수도에 있는 실버 기사인 자네도 게일 왕자의 얼굴을 본 적이 없는데, 지방의 귀족들이 과연 게일 왕자의 얼굴을 알까? 그냥 게일 왕자를 수배하라고 해봤자 아무 소용이 없잖아. 지방 귀족들이 수도에 오는 것은 기껏해야 2, 3년에 한 번이야. 그 정도 시간이면 사람의 얼굴은 얼마든지 바뀐다고. 그리고 사람의 기억이란 게 한계도 있고 말이지. 국왕 폐하나 세자 저하의 얼굴이라면 기억하겠지만 2왕자인 게일 왕자의 얼굴까지 일부러 기억해 둘 지방 영주는 없어. 그런데 얼굴 영상을 보낼 생각도 못했다고? 일을 어떻게 처리하는 거야?”

숨도 쉬지 않고 빠른 속도로 나오는 카나카인 후작의 호통에 부관은 얼굴이 시뻘게진 채 고개를 숙이고 있었다. 그녀의 말이 맞았기에 아무런 대꾸도 못했다. 수도에, 그것도 왕국의 3대 기사단 중 하나라는 실버 기사단 단장의 부관인 자신도 게일을 직접 만난 적이 없었다.

게일은 대외적으로 얼굴을 드러내지 않았다. 물론 야심이 있었기에 수도의 귀족들과 안면이야 많이 있었지만 게일은 자신에게 도움이 되지 않는 자리에는 나가지 않았다. 결국 고위 귀족이 아니고선 게일의 얼굴을 볼 수 있는 기회가 거의 없었던 것이다.

3대 기사단 중 하나인 실버 기사들에게도 얼굴을 드러내지 않았는데 하물며 자신에게 별 도움이 안 되는 지방 영주들이 나오는 자리에 얼굴을 내밀 리가 없었다. 게일은 왕위를 차지하겠다는 야망은 가졌지만 그렇다고 반란을 꿈꾸지는 않았다.

반란을 생각했다면 수도의 기사들이나 지방 영주들과 접촉이 잦았을 것이다. 반란을 일으킨다면 그들은 큰 힘이 될 테니까. 하지만 게일은 그렇게까지 할 생각은 없었다. 반란은 위험 부담이 너무 컸다.

자신의 외할아버지인 트빌리시 후작을 중심으로 세를 규합해 때를 보아 로이드를 내칠 계획이었다. 물론 로이드가 워낙 뛰어나 트집을 잡을래야 잡을 수 없어서 힘들었지만.

사실 지난번 로이드의 마케인 행에서 그의 이동 경로를 반란군에 흘린 것도 트빌리시 후작이었다. 그는 이미 반란이 일어났던 10년 전에 그 사실을 어느 정도 알고 있었다.

버려진 땅으로부터 매년 꾸준히 들어오던 뇌물이 그때부터 끊겼기에 나름대로 조사를 했고 사단이 일어난 것을 알았다. 하지만 자신과는 큰 상관이 없었고 또 조용했기에 그냥 덮어두었었다.

그러다가 반란군이 봉기한 사실이 중앙에 알려지고 로이드가 급히 귀환한다는 소식을 들었을 때, 그것을 이용해 로이드를 죽이려 시도했던 것이다. 물론 실패했지만. 하지만 후일을 기약할 수 있었기에 별로 신경 쓰지는 않았었다. 그는 설마 반란이 끝나면서 모든 세력을 잃을 것이라고는 예상하지 못했었다.

세력을 잃게 될 줄 알았다면 차라리 처음부터 반란을 준비했을 것이다. 어쨌든 게일은 그 사건 이후 자신은 왕좌에서 영영 밀려나 버렸기에 로이드를 죽이기로 결심한 것이다. 복수의 하나로, 물론 자일론까지 같이 엮어서. 케이가 공범으로 지목된 것은 의외의 수확이었지만.

어쨌든 게일은 개인적인 복수이기에 처음부터 끝까지 혼자서 진행했다. 자신이 가진 흑마법서에 대한 사실을 아는 사람은 단 한 명이었다, 자신에게 흑마법서를 던져 준 곤이라는 자. 그 자만이 그 사실을 알았다. 그랬기에 은밀히 진행할 수 있었다.

세린이라는 계집 덕에 모든 것이 파도에 스러지는 모래성처럼 허물어져 버렸지만.

지금 도주 중인 게일은 미처 생각지 못했지만 자신의 그러한 행동 때문에 의외로 자신의 얼굴이 알려지지 않았다. 비록 본인은 도주에 급해 그 사실을 떠올리지 못하고 있지만.

만약 그 사실을 깨닫고 깊숙이 숨어버린다면 오히려 도망칠 확률이 더욱 높아지리라. 하지만 그의 얼굴 영상은 실버 기사단에 있기에 그 것이 전국적으로 퍼지면 그 수도 소용이 없었다.

한데 지금 카나카인 후작의 부관은 그런 중요한 게일의 얼굴 영상을 전송할 생각도 못한 것이다.

"당장 마법 통신으로 전 영지에 게일 왕자의 얼굴 영상을 전송해!"

카나카인 후작은 신경질적으로 소리를 질렀다. 잠시 자리를 비웠다고 그 정도 일도 제대로 처리하지 못한 부관에 대해 무척이나 화가 났다. 물론 자신이 전국에 수배령을 내리라는 지시만 내린 후 케이와 자일론을 석방하러 갔지만 그 정도 머리는 부관에게도 있을 줄 알았다. 그런데 결과가 이거다.

'아무래도 부관을 바꿔야겠군.'

순간의 실수로 자신의 자리가 날아가 버렸다는 사실도 모른 채 부관은 부관으로서의 마지막 일을 수행하기 위해 열심히 달렸다. 물론 그는 이것이 부관으로서 마지막 일일 줄은 생각도 못하였다.

"쯧쯧. 대역죄인을 수배하면서 그 얼굴도 공개를 안 하다니, 멍청하기는……."

가만히 중얼거리며 그런 그의 모습을 못마땅하게 바라본 카나카인 후작은 자신의 자리에 앉았다. 이번 일로 처리할 서류가 잔뜩 밀려 있었던 것이다.

단장이라는 자리는 휘하의 수하를 부리기만 하는 것이 아니라 그에 대한 책임이 따랐다. 결국 중요한 일들은 모두 자신의 허락이 있어야 했고 덕분에 자신에게 올라오는 서류의 양이 장난이 아니었다.

이번 일 같이 큰일일 경우에는 특히 그 양이 많았다. 단장인 자신이 반드시 봐야만 하는 서류들이.

　책상에 잔뜩 쌓인 서류를 암담하다는 듯 쳐다본 카나카인 후작은 곧 펜을 들어 서류에 사인을 하기 시작했다. 물론 꼼꼼히 읽어본 후. 자신의 사인이 지닌 위력을 잘 알기에 그녀는 일을 허투루 처리할 수 없었다.

　그렇게 얼마나 사인을 하며 서류를 넘겨보았을까? 뻐근해진 어깨와 목을 풀기 위해 잠시 작업을 멈추고 팔을 돌리며 숨을 돌렸다. 그 순간 왜일까? 자일론이 가출했던 일이 떠올랐다.

　아마 그때도 지금처럼 처리할 서류가 많았기에 그 일이 떠올랐을 것이다.

　'훗. 그때도 서류 더미에 파묻혀 보냈었는데……. 그때 자일론 왕자님을 생각하면서 얼마나 이를 갈았는지… 설마 용병으로 등록해서 국영을 벗어날 줄은 생각도 못했지. 덕분에 일은 일대로 하고 결과도 없이 흐지부지 되어버렸었지. 내가 처리했던 그 많은 서류들이 휴지 조각이 되어버렸을 때의 그 허탈감이란…….'

　뻐근해 오는 어깨에 카나카인 후작은 그때의 일을 떠올리며 웃음 지었다. 그러고 보니 이렇게 많은 서류는 자일론이 가출했던 사건 이후 처음이었다.

　'가… 가만 이런, 그걸 빠뜨리다니! 이거 자일론 왕자님에게 감사해야 하나.'

　그러다가 어딘가에 생각이 미친 카나카인 후작의 동작이 멈췄다. 그리고는 즉시 문밖을 향해 외쳤다.

　"밖에 누구 없나?"

“예.”

외침과 동시에 문밖에 있던 기사 하나가 들어왔다. 아까 내보낸 부관은 지금 전국의 영지에 마법 영상으로 게일의 얼굴을 전송하느라 바쁠 것이다. 자신의 마지막 일을 수행하느라.

문을 열고 들어온 기사를 카나카인 후작은 힐끔 쳐다보았다. 오늘 자신의 방 경비를 서는 기사 중 하나였다. 잠시 보니 얼굴은 제법 똑똑해 보였다. 그렇게 느끼자마자 그녀는 이번 일을 시켜보고 잘 처리하면 그를 부관으로 삼기로 결정했다. 그녀답지 않은 즉흥적인 결정이었다.

“지금 즉시 카이렌 내 모든 용병 길드에 협조 공문을 보내라. 게일 왕자의 얼굴 영상을 전송해서 그자가 길드에 나타나 용병으로 등록하려 하면 거부하라고. 그리고 즉시 억류하라고.”

“예. 알겠습니다. 한데 왜 그러시는지······?”

우렁차게 대답하던 기사는 즉시 일을 수행하러 나가지 않고 그 이유를 물었다. 그 모습에 카나카인 후작의 눈살이 찌푸려졌다.

“용병은 모든 국가의 국경에서 통용되는 신분이니까. 게다가 전래도 있고.”

언짢은 기색으로 그녀가 대답하자 기사는 알았다는 듯한 얼굴을 했다.

“아, 그렇군요. 알겠습니다. 즉시 시행하겠습니다.”

그 말을 남기고 기사는 황급히 방을 빠져나갔다. 그 모습에 카나카인 후작의 얼굴에 이채가 어렸다.

“호오. 제법 똑똑한걸. 그 말만 듣고 이해하다니. 부관이라는 녀석보다 훨씬 낫잖아. 좋았어. 아까 생각대로 네가 부관이다.”

카나카인 후작은 빙그레 웃으며 중얼거렸다. 그가 영상을 전송할 용병 길드는 몇 되지 않기에 아마도 금방 돌아올 것이다. 카이렌 내에 용병 길드는 무수히 많았지만 그 용병 길드도 체계가 있었다.

일정 지역 내에 상위 길드 하나에 무수한 하위 길드가 있었고, 그 사이의 연락 체계도 아주 잘 잡혀 있었다. 그러니 상위의 용병 길드 십여 군데에만 협조를 요청하면 금세 전국으로 퍼진다. 물론 시간은 조금 걸리겠지만 이곳에서 전국에 산재한 모든 용병 길드에 일일이 알리는 것보다는 훨씬 빠를 것이다.

“그나저나 늦지 말아야 할 텐데⋯⋯.”

자일론이 용병 신분을 얻은 후 카이렌을 빠져나간 전래가 있어서 다행이었다. 그런 일이 없었다면 생각도 못했을 테니까. 용병은 길드에서 인증한 용병패만 있으면 어느 나라에서나 신분을 인정했다. 즉, 국경의 출입이 자유로웠다.

게일 역시 그 사실을 알 터. 혹시라도 용병으로 등록한 후 국경을 넘으면 곤란했다. 자일론이 그 수를 쓰지 않았다면 설마 왕족이나 되는 이가 신분이 하찮은 용병이 될까 하고 생각했을 것이다. 하지만 가출한 왕자도 그랬는데 도망자인 왕자가 그러지 말란 법은 없었다. 그런 일은 미리미리 대비를 해두는 편이 좋았다.

단지 걱정되는 것은 자신이 보낸 협조 요청보다 게일이 먼저 용병 등록을 하는 것이다. 과연 황급히 도망치는 가운데 게일이 그런 생각을 할 수 있을까를 곰곰이 따져 본 카나카인 후작은 고개를 가로저었다. 가능성은 반반이었다. 그저 떠올리지 못했다라는 절반의 가능성에 기대를 걸 뿐.

다시 자리에 앉아 서류를 검토하기 시작했다. 몇 장이나 서류를 더 넘겼을까? 문이 열리며 먼저 내보냈던 부관이 들어왔다. 카나카인 후작의 머리 속에는 '부관이었던' 기사지만 그에게 있어서는 현재 부관이었다.

"전국의 영지에 모두 게일 왕자의 영상을 보냈습니다."

"수고했어. 참, 그런데 추적대는 어떻게 됐지?"

서류를 처리하다 보니 조금 전 부관에게 화를 내며 내보내는 바람에 추적대에 대해 묻는 것을 깜빡한 것이 떠올랐다.

"예. 20명이 한 조로 총 20개 조의 실버 기사들이 남쪽으로 향했습니다."

그녀의 물음에 부관은 즉시 대답했다. 조금 전의 일도 있고 해서 잔뜩 군기가 든 모습이었다.

"그래? 그럼 마케인과의 국경 쪽으로는 얼마나 보냈지?"

"예? 무슨 말씀이신지… 추적대를 보내라는 말씀에 즉시 추적대를 구성해서 내보낸 것밖에는 없습니다만."

그의 대답에 다시 한 번 카나카인 후작의 얼굴이 일그러졌다. 정말이지 부관이라는 녀석은 시킨 것만 할 줄 알았지 도무지 스스로 생각을 할 줄 몰랐다.

물론 바쁘게 지하 감옥으로 가느라 수배령을 내리고 추적대를 보내라는 간략한 명령만 남긴 자신의 과실도 있었다. 하지만 그 간단한 명령을 정말로 그리 간단히 처리해 버리다니 어이가 없었다. 왕국 내의 정보를 처리하는 정보부인 실버 기사단의 기사가 그 정도 머리도 돌아가지 않는다니 한심하다 못해 한숨도 안 나왔다.

"명령하신 일을 끝내고 왔습니다."

그때 용병 길드에 협조 공문을 보내는 일을 하러 갔던 기사가 돌아왔다. 그의 모습을 본 카나카인 후작의 얼굴이 조금 펴졌다.

"자네, 이름과 보직이 뭔가?"

"예. 보더린 아틀라스라고 합니다. 보직은 단장실 경비입니다."

우렁찬 소리로 대답하는 그의 모습에 카나카인 후작은 흡족한 듯 고개를 끄덕였다.

"좋아. 아틀라스 경, 지금부터 자네는 내 부관이네."

"예?"

그 말에 대한 대답은 두 곳에서 동시에 터져 나왔다. 전직 부관과 현직 부관.

"그러면 저는 어떻게 되는 겁니까, 단장님?"

"넌 단장실 경비야."

카나카인 후작의 대답에 전직 부관은 멍한 얼굴을 한 채 가만히 서 있었다. 갑작스런 보직 변경을 받아들이기 힘든 모양이었다.

"알았으면 어서 자리로 가!"

뾰족한 소리로 울리는 카나카인 후작의 고함에 그는 급히 단장실의 문을 빠져나갔다. 바로 그 문 앞을 지키기 위해. 단장실의 경비를 맡고 있던 또 하나의 기사는 갑자기 자신의 파트너 대신 부관이었던 이가 경비를 서자 의아한 듯 고개를 갸웃거렸지만 그에게 직접 묻지는 않았다. 그의 얼굴에 모든 질문은 거부한다고 써 있었기 때문이다.

"자넨 즉시 나가서 마케인과의 모든 국경 초소에 한시라도 빨리 기사들을 보내. 게일 왕자의 실력이 상급의 소드 익스퍼트이니 중급의 소드 익스퍼트 이상인 자들로 열 명씩 조를 짜서 빨리 보내. 그 정도는 되어야 생포할 수 있을 테니까."

"예."

이번에는 명령의 의미를 아는지 전처럼 되묻지 않고 즉시 나갔다. 그 모습에 카나카인 후작은 다시 한 번 흡족한 미소를 지었다.

반역이나 다름없는 죄를 짓고 게일은 남쪽으로 도망쳤다. 라디칼 남문의 경비들이 그렇게 증언했으니 틀림없었다. 그렇다면 게일의 목적은 뻔했다. 마케인의 국경을 넘는 것. 라디칼에서 국경이 가장 가까운 나라는 마케인이었으니 게일이 남쪽을 택했으리라.

물론 서쪽의 훈트 연합 쪽 국경이 거리상으로는 가장 가까웠으나 그곳에는 미드 산맥이 있었다. 그것도 카이렌 쪽의 미드 산맥은 대형 몬스터가 많이 나오기로 유명한 곳이다. 그런 미드 산맥에 혼자 들어가는 것은 자살 행위다. 살려고 도망친 게일이 그리로 갈 리는 없었다.

그 정도는 척 보면 착이다. 그렇기에 추적대를 보내는 한편 국경으로 발 빠르게 기사들을 파견해야 할 것을 전의 부관은 멀뚱히 추적대만 보내고는 제 할 일을 다했다고 하고 있었으니. 하지만 새 부관은 즉시 명령의 의미를 이해하고는 명령을 수행하기 위해 나갔다. 참으로 마음에 드는 부관이었다.

"저런 녀석을 왜 경비로 놔두고 있었지? 나 참. 인사부 녀석들은 일을 어떻게 처리하는 거야? 안 되겠어. 이번 일이 끝나면 인사부를 한 번 족쳐 봐야지."

능력에 전혀 맞지 않는 보직을 가진 두 기사를 본 후 카나카인 후작은 아무래도 실버 기사단의 인사부가 못 미더워졌다. 왠지 두드리면 뭔가가 나올 듯했다. 자신의 머리 속에 있는 메모지 한쪽에 그렇게 인사부에 대한 생각을 적어둔 카나카인 후작은 다시 서류로 눈을 돌렸다.

"그나저나 설마 게일 왕자가 미친 척 엘프의 숲에 들어가지는 않겠지? 그렇다면 추적이 곤란해지는데……. 뭐, 일라나 강을 건너야 하니까 이스트 산맥에 들어갈 리는 없겠지만 엘프의 숲은 걱정인걸. 차라리 이스트 산맥이면 추적대라도 보내지. 엘프의 숲으로 들어가면 손놓고 구경만 해야 하는데……."

서류로 눈을 돌리던 카나카인 후작은 갑자기 떠오른 생각에 걱정스레 중얼거렸다. 엘프의 숲은 카이렌의 영토 내에 있었지만 엘프의 땅이었다. 인간의 영토 안에 있되 인간의 영토가 아닌 곳.

그곳이 엘프의 숲이었다. 엘프들은 자신들의 영역에 인간들이 들어오는 것을 극도로 꺼렸다. 물론 소규모의 여행자들은 크게 상관치 않았으나 대규모의 군사들이 들어오는 것은 철저히 거부했다.

그들은 대규모의 군사들이 들어오는 것을 엘프에 대한 인간의 전쟁 선포로 받아들였다. 그랬기에 게일이 엘프의 숲으로 들어가 버리면 속수무책인 것이다.

"아냐. 뭐, 보고서를 보니 보석들을 제법 챙겨 달아났다고 했으니……. 돈이 될 것들을 챙겨갔다는 것은 어디선가 숨어 살겠다는 뜻이니 엘프의 숲으로 들어가지는 않겠지. 그곳에 들어가면 당장 살 수는 있겠지만 평생 수렵이나 하며 살다 죽어야 하니 그럴 리는 없지."

스스로를 안심시키기 위해서일까? 카나카인 후작은 보고서 내용 중의 하나를 떠올리며 게일이 절대 엘프의 숲에 들어갈 리 없다며 스스로에게 되뇌었다. 그리고는 다시 서류를 읽기 시작했다.

＊　　　＊　　　＊

"젠장! 빌어먹을!"

어둠이 깔린 숲 속에서 케일은 연신 입 밖으로 욕설을 내뱉고 있었다. 그의 몸 여기저기에서 크고 작은 상처가 보이는 걸로 보아 누군가와 싸운 듯했다.

"설마 용병 길드에까지 손을 썼을 줄이야."

상처에 포션을 부으며 게일은 살기 어린 목소리로 중얼거렸다.

말을 사기 위해 들른 마을에서 용병 길드를 발견하고는 한 가지 생각이 머리를 스쳤다. 이미 자신에 대한 수배는 국경 초소에까지 내려졌을 것이다.

라디칼의 남문으로 그렇게 요란하게 빠져나왔으니 생각을 못할래야 못할 수도 없다. 자신이 뻔히 남문으로 빠져나온 걸 알면서도 마케인과의 국경을 넘을 것도 생각 못한다면 바보도 보통 바보가 아니라고 생각했다. 그 마을에서 그 생각을 떠올렸을 때 마법사들과 함께 게일 자신의 얼굴을 카이렌 전국의 지방 영지에 전송하는 일을 하던 기사가 커다란 재채기를 한 것을 게일이 알 리 없었다.

게다가 실버 기사단의 단장은 검에 관한 재능에 있어서는 카이렌 내에서 최고라고 칭송받던 카나카인이었다. 자일론과 케이의 등장으로 그 칭송은 사라졌지만 한때는 카이렌에서 재능이 가장 뛰어난 소드 마스터라는 말을 듣던 인물이다. 그리고 그녀의 여우 같은 머리는 검술 실력보다 더 뛰어났다.

자신이 남문으로 빠져나갈 걸 아는 그녀가 국경 초소를 그냥 놔뒀을 리 없다. 자신을 뒤쫓는 추적대를 보내는 한편 국경 초소로 별도의 기사들을 파견했을 것이다.

거기까지 생각이 미치자 지금까지 잊고 있던 사실이 떠올랐다. 실상 자신의 얼굴을 아는 기사가 몇 없다는 것이다. 실버 기사단에서는 단장인 카나카인 후작만이 자신을 만난 적이 있었다. 그렇다면 그럴 듯한 신분만 손에 넣는다면 국경을 넘는 것은 의외로 쉬울 수 있었다.

현재 자신의 상황에서 가장 위장하기 좋은 신분은 용병이었다. 하찮기 그지없는 용병 따위가 된다는 것이 좀처럼 내키지 않았지만 자신이 지금 찬밥 더운밥 가릴 때인가? 일단은 살고 봐야 했다.

그 많은 생각이 용병 길드를 보는 순간 게일의 머리를 스치고 지나갔던 것이다. 게일은 검술에 대한 재능만 뛰어난 것이 아니라 머리도 뛰어났다. 하긴 스스로 그런 재능을 가지고 또 그것을 알았으니 왕의 자리를 꿈꿨으리라.

국왕의 야망은 그저 신분만 된다고 해서 아무나 갖는 것이 아니었다. 그만한 능력이 받쳐 줘야 했다. 게일이 그랬다. 그에게 불행이 있었다면 세자인 로이드 역시 뛰어났다는 것이다.

아무튼 순식간에 계획을 세운 게일은 용병 길드로 들어갔다. 처음에는 모든 것이 순조로웠다. 접수원이 내미는 서류를 거짓으로 작성하는 것쯤은 우스웠다. 게이드라는 그럴 듯한 가명도 즉석에서 만들어 적었다. 물론 성을 적는 어리석은 짓 따위는 하지 않았다.

그렇게 안내를 받아 실력을 테스트한다는 연무장까지 나갔다. 그리고 그곳에서 제법 강한 용병과 대련도 했다. 처음에는 제법 강한 줄 알았으나 계속해서 검을 부딪쳐 보니 자신과 막상막하의 뛰어난 실력을 가진 자였다. 그렇게 테스트도 순조롭게 끝났다.

상급의 소드 익스퍼트라는 것이 인정되어 특급 용병패가 나올 거라 했다. 그 말에 게일은 자신의 상황도 잊고 흡족한 미소를 지었다. 어디를 가나 검을 익힌 자로서 자신의 실력을 인정받는다는 것은 기분 좋은 일이었다.

용병패라는 것을 받기 위해 처음 접수했던 곳으로 다시 발걸음을 옮겼다. 자신의 얼굴을 보자 접수원은 잠시 기다리라고 했다. 특급 용병패는 특급인 만큼 만드는 데 시간이 좀 걸린다는 것이었다. 그것도 그렇다 싶어 게일은 접수대 한쪽에 마련된 의자에 앉아 기다렸다.

방심한 것일까? 시간이 걸린다고 말할 때 접수원의 어색한 표정을 알아차리지 못했다. 그리고 그것은 뼈아픈 실책이었다. 얼마나 기다렸을까? 용병패가 완성되었다는 소리 대신 온몸을 찌르는 살기가 느껴졌다.

황급히 자리에서 일어나 검을 뽑았다. 그러자 자신에게 살기를 뿜어내던 자들이 모습을 드러냈다. 아까 연무장에 있던 용병들이었다. 그 중에는 자신을 테스트했던 용병도 끼어 있었다.

"후우. 뭐, 용병이 될 때에 과거는 안 묻는다는 암묵적인 약속이 있기에 실력만 있다면 아무나 다 받아주지만, 이런 일이 있을 줄은 몰랐군."

"그게 무슨 말이지?"

게일을 테스트했던 용병이 말했다. 그가 이 중에서 가장 강한 듯 맨 앞에 나서 있었다. 게일을 둘러싼 용병들이 그를 향해 검을 겨누고 있었기에 게일은 검을 든 채 긴장을 풀지 않고 물었다.

"뭐, 그런 거야. 자네는 용병 길드에서 받아주기에는 무리가 있다는 거지. 반역죄인 게일 씨."

그의 말에 게일의 얼굴이 처참하게 일그러졌다.

"어떻게 알았지?"

"조금만 늦었어도 모를 뻔했어. 나와의 테스트가 조금 길어지는 바람에 알았지. 뭐, 오랜만에 상대가 되는 녀석을 만난 덕에 내가 시간을 끈 덕을 톡톡히 봤지. 네가 테스트 중일 때 왕궁에서 공문이 왔다. 네 얼굴 영상을 담아서 말이지."

대답을 듣자마자 게일은 즉시 입구를 막고 있는 용병을 향해 검을 찔러갔다. 자신의 정체가 들통났다는 것은 커다란 충격이었지만 그럴수록 한시라도 빨리 이곳에서 벗어나야 했다. 그러지 않으면 죽음만이 자신을 기다릴 뿐이었으니까.

대답을 듣는 중에도 거기까지 생각을 한 게일은 용병의 말이 끝나자마자 미리 입구를 향해 몸을 날렸다.

갑작스러운 게일의 기습에 그곳을 막고 있던 용병은 일검에 목숨을 잃었다. 포위되었다고는 하지만 특급 용병으로 실력을 인정받은 게일이었다. 기습의 이득을 톡톡히 봐서 게일은 무사히 몸을 빼낼 수 있었다. 길드 건물 밖으로 나오자마자 미리 사둬 앞에 매둔 말에 올랐다. 그리고는 생각할 것도 없이 말의 허리를 박찼다.

미리 말을 산 후 용병 길드에 들르기를 정말 잘했다는 생각이 들었다. 그러나 한편으로는 씁쓸하기도 했다. 기사로서 검술을 익힌 자신이 한낱 용병 따위에게 기습을 하고는 살기 위해 도망치다니, 자신의 신세가 처량하기 그지없었다.

사투는 그때부터 시작되었다. 쫓는 용병들과 쫓기는 자신. 그렇게 치열한 사투를 벌이며 도주한 끝에 죽지 않고 몸을 빼낼 수 있었다. 온몸이 상처투성이였지만 사지가 멀쩡한 채 살아 있다는 사실이 중요했다. 상처는 포션이 있으니 금방 치료할 수 있을 것이다.

급하게 빠져나왔지만 보석과 포션은 충분히 챙겼으니까.

포션이 상처에 떨어지자 쓰라린 감각이 온몸을 지배했다. 하지만 그 덕에 정신은 더욱 맑아졌다. 모든 상처에 포션을 바른 게일은 나무등치에 기댄 채 한숨을 쉬었다.

"후우. 이제 좀 살겠군. 체력도 회복해야 하니 상처가 어느 정도 회복될 때까지 쉬어야겠어."

왕궁에서 가지고 있던 최고급 포션이었기에 효과는 탁월했다. 상처가 아물어가는 것이 눈에 보일 정도로 포션의 효력은 빠르게 나타났다.

"그런데 대체 어떻게 내가 용병이 되려는 걸 알았을까? 나도 길드를 보고 즉흥적으로 떠올린 생각인데. 왕자인 내가 하찮은 용병이 되려고 할 거란 생각을 하다니… 아! 젠장. 자일론 녀석이 용병이 되어서 카이렌을 벗어나는데 성공했었지."

자일론의 일을 떠올린 게일의 얼굴이 일그러졌다. 한 번 당한 수에 다시 당할 만큼 카나카인 후작은 호락호락한 인물이 아니었다. 자일론이 궁에서 사라졌다는 사실에 기뻐서 자일론이 어떻게 카이렌을 벗어났는지는 크게 신경을 안 쓴 것이 실수라면 실수였다.

"그나저나 큰일이군. 설마 실버 기사단에서 내 얼굴 영상을 가지고 있을 줄이야. 빌어먹을 녀석들. 감히 왕족의 얼굴 영상을 허락도 없이 만들어놓다니."

용병 길드를 탈출하기 직전에 들은 말을 떠올린 게일의 얼굴은 심하게 일그러졌다.

"용병 길드에도 내 얼굴이 알려졌다는 것은 결국 전국에 내 얼굴이 알려졌다는 이야기군. 젠장. 앞으로는 밤에만 움직여야겠어. 추적대가 걸리긴 하지만 내 얼굴이 알려지고 수배령이 떨어졌으니. 낮에 돌아다니다가는 조금 전처럼 쉬지 않고 싸워야 할 테고……. 페이트라 카나카인, 정말 질리도록 치밀하군."

이 모든 일을 지휘한 카나카인 후작의 얼굴이 떠오르자 게일은 뿌드득 이를 갈았다. 꾸민 일도 실패했고 도망도 제대로 못 치고 있으니, 그런 상황에 대한 분노가 모두 그녀에게 향했다.

어둠이 좀 더 깊어진 밤, 상처가 어느 정도 아물고 체력도 상당히 회복되자 게일은 몸을 일으켰다. 옆에 매어둔 말에 올라 조용히 몰아갔다. 어둠에 몸을 숨긴 채 최대한 멀리 가야 했다. 다음날 날이 밝으면 꼼짝도 못하고 숨어 있어야 할 테니.

게일은 그렇게 사흘을 이동했다. 다행이 그동안 특별히 부딪치는 이들은 없었다. 용병 길드에서의 일이 처음이자 마지막이었다. 그 사실에 안도하며 게일은 오늘 밤도 열심히 달리고 있었다.

그런 게일의 귀에 낯선 소음이 들렸다. 말발굽 소리였다. 분명했다. 그것도 한둘이 아니다. 그 사실을 확인하는 순간 게일의 얼굴이 딱딱하게 굳어 들어갔다.

즉시 게일은 말의 옆구리를 세차게 차기 시작했다. 현재도 빨리 달리고 있었지만 이 정도로는 부족했다. 더 빨리 달려야 했다.

한편 게일의 뒤를 쫓고 있는 추적대 13조 조장, 데이온의 얼굴은 미소로 가득했다. 남들이 뭐하는 짓이냐고 놀릴 때 사냥꾼들과 어울리며 추적술을 배워두기를 정말 잘했다 싶었다. 게일이 왔었다는 용병 길드가 있던 마을에 추적대 스무 조가 모두 모였었다. 그리고 그곳을 기점으로 다시 흩어졌다.

그중 가장 늦게 출발한 것이 자신의 13조였다. 조원들의 말도 많았지만 그는 꿋꿋했다. 자신이 배운 추적술대로 게일의 흔적을 찾았고 오랜 시간 끈기있게 뒤진 덕에 찾을 수 있었다. 그 뒤로는 일사천리였다.

게다가 게일은 자신의 얼굴이 알려졌다는 것을 안 이후부터는 밤에만 이동했다. 그래서 추적의 속도는 더욱 빨라졌다. 그 결과가 지금 눈앞에서 꽁지가 빠져라 도망치고 있는 게일이다.

"게일 왕자, 더 이상 도망칠 수 없다! 순순히 투항해라!"

데이온은 큰 소리로 외치며 쫓아갔다. 그 말을 들은 게일은 더욱 사력을 다해 도망쳤다.

"젠장. 이렇게 빨리 쫓아오다니. 실버 기사단, 정말 밥맛 떨어지는 놈들이야."

게일은 다시 한 번 말의 옆구리를 세차게 찼다. 그나마 다행스러운 점은 밤에만 이동한 덕에 말의 체력이 충분했다는 것이다. 아직 어느 정도는 도망칠 여유가 있었다. 속도를 올리는 추적대와의 거리가 좀처럼 줄지 않는 것이 그 이유였다.

그런 게일의 뒤를 쫓는 데이온은 초조해졌다. 눈앞에 있는데 따라 잡을 수가 없었다. 아니, 알게 모르게 조금씩 거리가 벌어지고 있었다. 다른 이들은 눈치 채지 못했지만 사냥꾼과 함께 숲을 헤치며 추적술을 익힐 때 몸에 밴 감각은 거리가 벌어지고 있다는 것을 알려왔다.

"우라질. 왜 거리가 안 줄어드는 거야?"

답답한 마음에 데이온의 입에서는 절로 욕설이 나왔다. 하지만 그렇다고 멈출 수는 없었다. 눈에 안 보이면 모르되 저렇게 눈앞에서 죽어라 도망치는 모습이 보니 어떻게든 쫓아가야 했다.

하지만 그동안 쌓인 피로는 어쩔 수 없었다. 추적대는 지난 삼 일 간 쉬지 않고 게일의 흔적을 따라 이동했다. 데이온의 추적술에 따라 이동했으므로 속도가 무척이나 느렸다. 그런 느린 속도를 보완하기 위해 하루에 두 시간 자고 이동하는 강행군을 계속했다.

그런 강행군으로 인한 피로는 사람에게도, 말에게도 쌓였다. 특히 제대로 자지 못한 피로는 심각했다. 사람뿐 아니라 말 역시 제대로 자지 못하면 피로가 무척이나 심하게 쌓인다. 게다가 스트레스는 이루 말 할 수 없다. 잘 단련된 군마(軍馬)라 하지만 그래도 어쩔 수 없다. 그 정도로 피로가 누적된 것이다.

게일이 작은 점으로 보일 정도로 멀어졌을 때 데이온은 비로소 그 사실을 알 수 있었다.

"정지!"

따라 잡을 수 없는데 구태여 쫓아가서 체력을 허비할 필요는 없었다. 그렇게 생각한 순간 데이온은 추적을 중지했다. 어차피 게일이 탄 말은 여행용 말이다. 그런 말로 도망치는 거리에는 한계가 있고 자신에게는 추적술이 있었다.

게일이 그동안 낮에는 쉬고 밤에만 이동한 덕에 체력이 제법 남아 지금은 도망쳤지만 하루만 쉬면 상황은 바뀔 것이다. 그렇게 생각한 데이온은 조원들 모두 푹 쉴 수 있게끔 했다. 사람도 말도. 그러고 보니 자신도 상당히 피로했다.

"휴우. 겨우 따돌렸나? 젠장할 녀석들, 빨리도 쫓아오는군. 이젠 정말 끝인가? 이번은 어떻게 따돌렸지만 이런 여행용 말로는 군마로부터 도망칠 수 없어. 게다가 이 주위는 평원이라 숨을 곳도 없으니. 어디 숲이라도 있으면… 가만 숲이라면… 그래, 엘프의 숲!"

그렇게 외친 게일은 황급히 품에서 지도를 꺼냈다. 현재 자신의 위치를 확인한 게일의 얼굴에는 웃음이 떠올랐다.

"좋아. 이곳에서 하루 거리군. 일단 엘프의 숲으로 들어가야겠어. 그리고 보니 엘프의 숲은 엘프들의 영역이지. 군사들은 못 들어가는. 내가 가기에는 안성맞춤이군. 아무것도 없는 숲이라는 게 좀 걸리지만 일단 살고 봐야지. 우선은 숲에 몸을 숨겨야겠어. 살아만 있으면 다음을 도모할 수 있으니."

남쪽을 향해 서 있던 게일은 즉시 말 머리를 서쪽으로 돌렸다. 서쪽으로 하루만 달리면 엘프의 숲에 이를 수 있을 것이다. 게일은 힘차게 말의 옆구리를 차며 앞으로 달렸다.

결국 카나카인 후작이 가장 우려하던 사태가 벌어진 것이다. 카나카인 후작은 게일을 너무 과소평가했다. 게일은 생각했던 것보다 머리가 좋았고 생각했던 것보다 상황 판단이 빨랐다. 게다가 참고 기다릴 줄 도 알았다.

비록 마케인의 한적한 곳에 숨어서 가진 돈으로 편안히 살 생각을 하고 도망쳐 나왔지만 게일은 그것도 살아 있어야 가능하다는 것을 알 았다. 몇 년 힘들더라도 일단 살기 위해 참을 줄을 알았다. 그것이 게 일이 말 머리를 엘프의 숲으로 향하게 했으니까.

하룻밤 푹 쉰 후 데이온은 다시 말을 달렸다. 게일이 급하게 도망친 만큼 말의 발자국은 뚜렷했다. 빨리 달리면 그만큼 땅을 세차게 박차 니 그 흔적이 더욱 선명했다.

데이온은 얼굴 가득 웃음을 지으며 빠르게 달렸다. 지금이라도 당장 게일을 잡을 수 있을 것 같은 달콤한 환상에 젖었다. 그렇게 한참을 달 리던 데이온은 멈춰 설 수밖에 없었다. 곧장 남쪽을 향해 나 있던 발자 국이 방향을 틀었던 것이다. 서쪽으로.

그것을 확인한 데이온은 잠시 그 흔적을 살폈다. 게일이 탄 말의 발 자국이 맞는지 아닌지를 확인하기 위해서였다.

"분명하군. 이건 게일 왕자가 탄 말이야. 그런데 갑자기 서쪽으로 방향을 돌렸다라… 왜 그랬을까? 마케인으로 도망치려던 게 아니었나? 이봐, 이곳에서 서쪽으로 곧장 가면 어디가 나오지? 확인해 봐."

데이온의 지시에 지도를 펼쳐 확인한 기사가 대답했다.

"이곳에서 서쪽으로 하루 거리에 엘프의 숲이 있습니다."

"뭐야?"

대답을 들은 데이온의 입에서 큰 소리가 터져 나왔다.

"젠장! 큰일이다. 빨리 서둘러. 게일 왕자가 숲에 들어가기 전에 잡
아야 한다!"

데이온은 급히 말에 올라서 세차게 옆구리를 찼다. 다른 기사들 역
시 게일이 엘프의 숲에 들어가는 것이 무엇을 의미하는지 알았기에 전
력을 다해 달렸다.

무슨 일이 있더라도 엘프의 숲에 들어가기 전에 잡아야 했다. 상부의
지시는 생포지만 사살해서라도 엘프의 숲에 들어가는 것은 막아야 했
다. 놓치는 것보다는 시신이라도 가지고 가는 것이 백배는 나을 테니까.

*　　　*　　　*

"자일론은 어때요?"

응접실로 나오는 케이를 보며 세린이 물었다.

"여전해. 시간이 걸릴 것 같아."

무덤덤한 케이의 대답에 다들 안색이 어두워졌다. 자일론이 저런 상
태가 된 이후 얼굴이 밝아질 일이 없었다. 케이의 저택은 항상 어두웠
다. 무거운 분위기가 위에서 내리 누르는 저택. 하인들의 행동거지도
조심스러웠다. 눈치로 먹고사는 그들이 저택을 가득 채운 이 분위기를
느끼지 못할 리 없었다.

"그런데 게일 왕자는 잡을 수 있을까요?"

분위기를 바꿔보려는 듯 카트린이 일부러 밝은 목소리로 말했다. 그
녀의 말에 다들 잠시 생각에 잠겼다. 잡을 수 있을 것인지 없을 것인지.

"잡을 수 있을걸. 카나카인 후작이 작정을 하고 나선 모양이던데."

브라이튼이 입을 열었다.

"그럴까?"

"당연하지. 카나카인 후작은 소드 마스터이지만 검술보다는 지략으로 더 유명하다구. 카이렌에서는. 물론 검술에 관한 재능도 최고야. 자일론이 나타나기 전에는 가장 빠른 속도로 성장했으니까. 우리 아버지보다도 빠른 속도라고 했었지. 그녀의 머리는 그런 뛰어난 검술도 한 수 접어줄 정도야. 그런 사람이 작정을 하고 덤볐는데 놓칠 리 없지."

브라이튼의 설명에 다들 고개를 끄덕였다. 듣고 보니 그런 것 같았기 때문이다.

"케이 오빠 생각은 어때요?"

카트린이 브라이튼의 대답에 고개를 끄덕이다가 케이를 보며 물었다.

"글쎄, 모르겠는걸."

"그게 무슨 말이에요?"

"내가 항상 하는 말이지만 지피지기(知彼知己)면 백전백승(百戰百勝)이라고 했지. 카나카인 후작이 게일 왕자를 얼마나 제대로 파악하느냐에 따라 결과가 달라질 거야."

케이의 대답에 카트린이 고개를 갸웃거렸다.

"그래요?"

"그래. 이미 전적이 한 번 있잖아."

케이의 말에 카트린은 눈을 동그랗게 뜨고 물었다.

"전적이요?"

“응. 카나카인 후작은 한 번 목표를 놓친 적이 있어.”

“그게 누구죠?”

“자일론과 브라이튼. 설마 가명을 써서 용병이 될 줄은 몰랐으니까. 게다가 얼굴도 바꿨고. 카나카인 후작이 자일론과 브라이튼을 제대로 파악하지 못했기에 일어난 일이지. 설마 왕자와 공작가의 자제가 하찮은 신분의 용병이 될 줄은 상상도 못했겠지.”

케이의 대답에 브라이튼이 머리를 긁적였다.

“그렇군요. 그러면 게일 왕자를 잡으려면 어떻게 해야 할까요?”

“글쎄. 모르겠군. 게일 왕자의 역량에 달린 거겠지.”

두리뭉실한 케이의 대답에 카트린이 알 수 없다는 얼굴을 했다.

“너희 생각은 어때? 게일 왕자가 어떻게 도망칠 것 같아?”

케이의 물음에 잠시 생각하더니 발린이 답했다.

“남문으로 나갔다니 마케인으로의 국경을 넘으려는 것이 아닐까요? 그리고 자일론이나 브라이튼처럼 용병이 되면 국경을 넘기가 수월할 거구요.”

발린의 답에 케이는 고개를 가로저었다.

“그러면 카나카인 후작이 게일 왕자를 잡을 거야. 카나카인 후작이 한 번 당한 방법에 두 번 당할 정도라면 뛰어나다는 소리는 못 들었겠지. 발린이 말한 대로 한다면 게일 왕자는 결국 그것밖에 안 되는 거야.”

“그럼, 케이의 생각은 어떤데요? 아니, 케이가 게일 왕자의 입장이었다면 어떻게 도망칠 거예요?”

궁금하다는 듯 바볼랏이 물었다.

"뭐, 난 게일 왕자가 어떤 의도로 남문을 빠져나갔는지 알 수 없어. 난 게일 왕자라는 사람을 모르니까. 만일 발린의 말대로 마케인으로 가려고 그리로 나갔다면 아마 곧 잡혀서 수도로 압송될 거야. 나라면 엘프의 숲으로 도망쳐. 엘프의 숲 역시 남문으로 빠져나가 갈 수 있는 곳이니 결국은 게일 왕자의 역량에 따라 달라지겠지."

"엘프의 숲이요?"

자신의 고향 이야기가 나오자 퓨어가 되물었다.

"그래. 엘프의 숲은 카이렌의 영토지만 카이렌의 영토가 아니야. 엘프들의 땅이지. 그래서 소수의 여행자라면 모르지만 군대는 못 들어가. 그렇지 퓨어?"

"그래요."

그 말을 들은 바볼랏은 탄성을 질렀다.

"과연! 엘프의 숲만큼 도망자에게 적격인 곳은 없겠네요."

그 말에 퓨어의 얼굴이 약간 찌푸려졌다. 자신의 고향이자 삶의 터전인 곳을 그렇게 말하면 기분이 좋을 리 없다. 그 기색을 눈치 챈 것인지 바볼랏은 머리를 긁적이며 헛웃음을 흘렸다.

"뭐, 그 정도는 카나카인 후작도 생각하지 않을까, 케이?"

브라이튼의 말에 케이는 고개를 끄덕였다.

"물론 그녀라면 거기까지 생각하겠지. 그래서 내가 아까 지피지기면 백전백승이라고 했잖아. 카나카인 후작이 게일 왕자가 엘프의 숲을 떠올릴 정도의 능력이 있다고 파악하고 엘프의 숲으로 접어드는 길목을 차단했는데 게일 왕자가 그리로 갔다면 잡히겠지. 그리고 게일 왕자가 그리로는 안 갈 거라 생각하고 엘프의 숲 주위를 허술하게 했는데 게일 왕자가 그리로 가면 놓치는 거고."

"과연 그렇군. 그렇다면 카나카인 후작은 게일 왕자를 어떻게 평가했을까?"

"나야 모르지. 난 케이지 카나카인이 아니니까. 다만 내 생각으로 게일 왕자는 엘프의 숲으로 갈 거야. 그가 처음부터 그곳을 염두에 두고 남문으로 갔는지는 모르겠어. 하지만 그가 라디칼을 빠져나갈 때의 행동을 보면 도망치는 중에 엘프의 숲을 떠올리고서라도 그리로 향할 거야."

그 말에 브라이튼은 고개를 갸웃거렸다.

"너무 높이 평가하는 거 아냐?"

"아니. 그는 일단 회의장에 세린이 나타나자마자 회의장을 빠져나갔어. 그가 긴장한 것을 오해한 국왕 덕이긴 했지만 말이지. 빠져나갈 기회가 생기자 지체없이 빠져나갔어. 세린이 나타난 순간 모든 것이 밝혀질 거란 것을 판단했기 때문이겠지. 상황 판단이 되자마자 게일 왕자는 즉시 행동으로 옮겼어. 일단 자신의 궁으로 가서 돈이 될 만한 것과 포션들을 챙긴 것만 봐도 알 수 있어. 아마 지도도 챙겼겠지. 그리고는 즉시 라디칼을 빠져나갔어. 최대한 빠르게. 그 정도 일을 그렇게 신속하게 처리한 인물이라면 아마 엘프의 숲으로 향할 거야."

케이의 설명에도 브라이튼은 여전히 고개를 갸웃거렸다. 좀처럼 게일을 인정할 수 없는 모양이었다.

카나카인 후작은 케이가 말한 것 중 후자로 게일을 판단했다. 그랬기에 엘프의 숲을 봉쇄하지 않았다. 그녀가 그렇게 판단한 이유는 앞서도 나왔지만 게일이 챙긴 상당한 양의 보석 때문이었다.

그러한 판단이 앞으로 어떤 영향을 미칠지 모른 채 카나카인 후작은 추적대의 보고를 기다리고 있었다. 이미 며칠 전 희소식이 들어와 있었다.

게일이 용병 길드에 용병 등록을 위해 찾았다가 공문을 받은 용병들에게 쫓겼다는 것이다. 비록 억류하는 데는 실패했지만 어쨌든 이제 게일이 신분을 숨길 방법은 사라졌다. 카나카인 후작은 그렇게 자신이 한 수 앞섰다는 사실에 절로 웃음이 나왔다.

한편 그 시각.

엘프의 숲 지척에 이른 숲에서는 긴박한 추격전이 벌어지고 있었다. 활이 날아가는 가운데 게일은 세차게 말을 몰았다.

역시 군마와 일반 여행용 말의 차이는 어쩔 수 없는지 엘프의 숲에 거의 다다라 따라 잡히고 말았다. 아직은 어느 정도 거리가 있어 저들이 화살만을 쏘고 있지만 이 속도라면 숲에 도달하는 것보다 기사들에게 잡히는 것이 먼저일 것 같았다.

하지만 마지막까지 희망은 버릴 수 없는 터라 게일은 사력을 다했다. 그 외중에 실버 기사들과의 거리는 점차 줄고 있었다.

"게일 왕자! 순순히 말을 멈춰라! 더 이상 도망칠 곳은 없다!"

데이온이 거의 뒤에 바짝 붙어서 소리쳤다. 그 말을 들은 게일은 어이가 없었다.

저렇게 눈앞에 도망칠 곳이 뻔히 보이는데 도망칠 곳이 없다니. 엘프의 숲이라는 최고의 도피처가 자신을 기다리고 있는데 말이다. 그러고 보니 저 녀석은 어제부터 반말이었다. 아무리 자신이 반역죄를 지은 도망자 신세라지만 그래도 일국의 왕자다. 그런데 저렇게 반말을 찍찍 뱉어내다니.

혹시라도 잡히게 되면 저놈만은 꼭 죽여야겠다는 생각을 가슴에 품은 채 말을 모는 속도를 더욱 올렸다. 하지만 이미 실버 기사들은 게일을 거의 다 따라잡았다. 그중 가장 빠른 둘이 게일의 좌우에 나타났다.

그 모습에 게일의 표정은 험악하게 일그러졌다. 하지만 얼굴과는 달리 그의 팔은 신속히 검을 뽑았다. 그 순간 양쪽에서 검이 날아왔다. 게일은 재빨리 몸을 숙이며 검을 쳐냈다. 하나는 피하고 하나는 흘려낸 것이다.

검을 부딪쳐 본 게일의 가슴에 작은 희망이 생겼다. 생각보다 기사들이 약했다. 아마도 소드 익스퍼트 중급 정도인 것 같았다. 이 정도면 상대해 볼 만했다. 다만 수가 너무 많았다. 20명이라니. 그래도 이렇게 말을 달리며 싸우게 되면 그나마 적들이 일렬로 늘어서게 되니 자신이 한 번에 상대해야 하는 수는 줄게 된다. 어쩌면 도망칠 수 있을지도 몰랐다.

그렇게 생각하자 온몸에 힘이 솟았다. 검을 휘두르는 팔에 힘이 들어갔다. 절로 검에 마나가 흘러 들어갔다. 게일의 검에 가장 먼저 따라붙었던 기사들의 목이 떨어져 나갔다.

'이제 열여덟.'

게일은 속으로 남은 기사들의 수를 헤아렸다.

두 명을 처리하기 무섭게 이번에는 셋이 둘러쌌다. 좌우와 뒤였다. 뒤를 잡히자 게일은 더욱 바빠졌다. 어느 사람이나 그러하듯 게일도 뒤통수에는 눈이 없었다. 그러니 아까보다 더욱 위태로워졌다.

하지만 실력의 차이 덕분일까? 게일은 그럭저럭 버텼다. 그 모습을 지켜보는 데이온의 눈에 초조함이 떠올랐다. 어느새 엘프의 숲이 더욱 가까워져 있었다.

"젠장! 빨리 처리 못해! 죽여서라도 잡아!"

초조해진 데이온의 입에서 거친 소리가 터져 나왔다. 그 소리에 게일의 눈썹이 치솟았다. 아까부터 보자 보자 하니 도무지 용서가 안 되는 놈이다. 감히 왕족에게 저딴 말투라니.

그 순간 왼쪽에 있던 기사의 검이 왼쪽 어깨에 꽂혔다. 그 건방진 놈의 말에 흥분하는 바람에 놓친 것이다. 하지만 대가는 컸다. 왼쪽어깨라 시큰거렸다. 왼팔을 움직이려 하자 지독한 통증이 밀려왔다. 도무지 왼팔을 움직일 수가 없었다. 그 영향은 즉시 나타났다. 몸의 움직임이 둔해진 것이다.

검을 들지 않는 왼팔을 못 움직이는 것이 무에 그리 대수냐고 생각할 수도 있지만 그것은 천만의 말씀이다. 일단 마상의 전투이기에 오른손으로 검을 휘두르려면 왼손은 고삐를 잡아야 한다. 혹시 고삐를 잡지 않고 싸울 수 있다 하더라도 왼팔은 중요하다.

왼팔이 온전해야 균형을 제대로 잡을 수 있는 것이다. 왼팔이 부자유스러워지면 왼쪽과 오른쪽의 균형이 깨진다. 자유롭게 움직이는 오른쪽과 부자유스러운 왼쪽. 태어날 때부터 그랬다면 모르되 지금껏 양쪽이 자유롭다가 갑작스레 한쪽이 부자유스러워지면 그 균형은 급격히 깨진다.

결국 몸의 균형이 깨지니 무게의 중심을 제대로 잡을 수가 없고 움직임이 둔해지는 것이다. 게다가 지금은 균형이 무엇보다 중요한 마상

전투이지 않은가?

왼팔에 부상을 당한 이후로 게일의 몸 여기저기에 상처가 늘어났다. 치명상은 어떻게 피하고 있었지만 한 팔만 가지고 셋이나 상대하는 것은 무리였다.

"좋아. 이봐, 화살을 쏴!"

그 모습에 희희낙락한 데이온은 옆에서 활을 들고 달리던 기사에게 명령했다. 그의 명령에 그 기사는 활시위에 화살을 쟀다. 그리고는 신중히 조준하더니 활시위를 당긴 손가락을 놓았다.

슈웅.

바람을 가르며 날아간 화살은 게일의 목을 스쳤다. 잘못하면 게일을 포위한 동료가 맞을 수 있기에 화살을 쏘는 기사들은 더없이 신중했다.

게일은 점점 힘겨워지는 것을 느꼈다. 부상당해 움직일 수 없는 왼 팔. 세 곳에서의 공격. 게다가 화살까지!

조금 전까지 보이던 희망이라는 놈이 사라지는 것만 같았다. 하지만 이제 눈앞이다. 눈앞에 엘프의 숲이 보였다. 손을 뻗으면 당장에라도 닿을 것만 같았다. 그것을 확인한 게일은 다시 한 번 힘을 냈다.

"젠장! 뭐 하는 거야!"

데이온 또한 그것을 확인하고는 다시 한 번 소리를 질렀다.

'저, 빌어먹을 놈이.'

뒤에서 들려오는 데이온의 목소리에 게일의 머리로 다시 한 번 열이 뻗쳤다.

"크윽."

그 순간, 게일은 가슴이 화끈한 통증을 느꼈다. 가슴을 내려다보니 화살촉이 삐죽이 솟아나와 있었다. 결국 화살에 맞은 것이다.

"젠장. 이제 다 왔는데……."

그때 두 자루의 검이 날아들었다. 게일은 황급히 말 등으로 몸을 숙였지만 그 두 자루의 검은 게일의 등을 훑고 지났다. 엑스 자의 상처! 검이 훑고 지나간 자리에서 피가 튀었다. 제법 깊게 베였는지 쉬지 않고 피가 흘렀다.

"이제… 끝인가……."

게일은 체념했다. 결국 죽는구나 했다. 눈을 감으려는 그 순간, 양옆에서 들려오던 말발굽 소리가 사라졌다. 대신 양쪽으로 나무가 보였다. 끝이라고 체념하는 순간 엘프의 숲에 들어온 것이다.

조금 전 그의 등을 훑고 지나간 공격이 그들의 마지막 공격이었던 것이다. 엘프의 숲에 들어서 세차게 달리던 말은 곧 바닥에 나동그라졌다. 힘을 다하고 죽은 것이다. 이렇게 게일은 두 마리의 말을 탈진시켜 죽이고야 도주에 성공했다. 비록 몸 상태는 엉망진창이었지만.

"후우… 성공인가?"

하지만 게일의 얼굴은 어두웠다. 자신의 몸 상태를 알았던 것이다.

"젠장. 그러면 뭐하나. 이런 상처라면 곧 죽을 텐데……."

말이 쓰러질 때의 충격으로 등의 상처는 더욱 벌어졌고 가슴의 화살이 요동치면서 가슴을 헤집었다.

"쿨럭."

게일은 갑작스러운 기침과 함께 피를 토했다.

"빌어먹을. 그렇다고 혼자 죽을 수는 없지. 일단 그놈부터……."

게일은 힘겹게 몸을 일으켰다. 그리고는 온 힘을 다해 걸음을 옮겼다. 한 걸음 한 걸음. 생명을 갉아먹으며 걸음을 옮겼다. 나무 뒤에 몸을 숨기며 숲의 경계 근처로 갔다.

엘프의 숲이 시작하는 곳. 나무들이 자라나 평원과의 경계를 만드는 곳. 실버 기사들은 그곳에 서서 낭패한 표정으로 엘프의 숲을 바라보고 있었다. 게일은 그 모습에 고소하다는 생각이 들었다.

울창한 숲 덕에 아직 그들은 게일의 모습을 발견하지 못하고 있었다. 하지만 게일은 목표를 발견했다. 주둥아리를 무례하게 놀리던 그놈. 한눈에 찾을 수 있었다. 목표가 정해지자 게일은 온몸의 마나를 끌어올렸다. 살아생전의 마지막 공격이다. 이제 곧 죽을 목숨, 생명력을 사용한다 해도 상관없었다.

그러자 오른손에 마나가 모여드는 것을 느낄 수 있었다. 오른손과 검에 마나가 가득 찬 것을 느낀 순간 게일은 힘껏 검을 던졌다. 검은 정확히 날아갔다. 그것을 확인한 게일은 다시 몸을 돌려 숲으로 들어갔다. 이곳에서 죽어 자신의 시신을 넘길 수는 없었다. 어쨌든 도망에는 성공해야 했다.

그렇게 게일이 힘겹게 걸음을 옮길 때 데이온은 가슴에서 느껴지는 화끈한 통증에 가슴을 바라보았다. 그곳, 정확히는 심장이 있는 곳에 검자루가 보였다.

"어, 어떻게 이런……."

말을 잇지 못한 채 데이온은 말에서 떨어졌다. 심장이 꿰뚫린 채 즉사한 것이다. 그 모습에 다른 기사들은 즉시 진형을 이루었다. 이제 살 수 없을 거라 여겼던 게일이 공격을 해온 것이다. 긴장한 채 경계했으나 추가 공격은 없었다. 더 이상의 공격이 없는 것을 확인한 실버 기사들은 진형을 풀었다.

이제 게일이 엘프의 숲에 들어간 이상 자신들이 할 수 있는 일은 없었다. 돌아가서 보고하는 것 말고는. 일단 가장 가까운 영주성에 가서 통신 마법으로 보고해야 했다. 보고를 들은 카나카인 후작의 불호령이 눈에 선했지만 어쩔 수 없었다. 실버 기사들은 데이온을 비롯해 게일에게 죽은 나머지 두 명의 시신을 수습해 힘없이 발걸음을 돌렸다.

"쿨럭, 쿨럭."

실버 기사들이 돌아가는 그 시간. 게일은 아름드리 나무 둥치에 오른쪽 어깨를 기댄 채 쉬지 않고 피를 토하고 있었다.

"젠장. 이제 죽는 건가? 이렇게 죽다니. 그럴 수는 없어, 없다구!"

게일의 절규가 숲 속으로 퍼져 나갔다. 그렇게 외친 게일은 무슨 생각을 떠올린 것일까? 눈이 회번득 빛났다.

게일은 곧 오른손으로 땅을 밀어내 기대고 있던 나무에서 몸을 바로 했다. 그리고는 품에서 책을 꺼냈다. 제목 하나 없는 시꺼먼 책, 바로 흑마법서였다.

"혼자는 못 죽지. 좋아. 이왕 여기까지 망가진 것. 더 이상 잃을 것도 없어. 이 상태로 환생해 봤자 뻔하겠지. 보나마나 몬스터나 벌레야. 지은 죄가 많으니. *크크크크.*"

류블라드에서의 환생의 법칙은 인과응보였다. 살아생전 행한 선한 일과 악한 일을 비교해 선한 일의 비중이 높을수록 좋은 존재로 태어난다. 그 사실은 리야드 교단의 주된 가르침이었기에 류블라드 사람이라면 누구나 알았다.

그 사실이 게일을 극한 상황까지 몰고 갔다. 이미 잃을 것도 없고 다시 태어나 봤자 비참한 삶이 기다리고 있는 것이다.

"흐흐흐. 좋아. 어차피 이렇게 된 것. 마지막 남은 영혼도 버려주지. 흐흐흐흐. 기다려라, 자일론. 이게 나의 영혼을 건 최후의 한 수다."

게일은 섬뜩한 웃음소리를 내며 중얼거렸다.

곧 게일의 입이 쉼없이 중얼거렸다. 오른손을 흑마법서에 올려놓은 채. 도저히 무슨 말인지 알아들을 수 없는 말들. 그러나 게일은 쉬지 않고 중얼거렸다.

"그러니 나 게일 폰 카이렌은 나의 영혼을 바쳐 동쪽을 지배하는 음모의 악신 이에이아의 마왕 헤르마카인과의 계약을 원한다."

중얼거림을 끝낸 게일은 그렇게 외쳤다.

결국 게일은 영혼을 버려 마왕과 계약을 맺으려는 것이다.

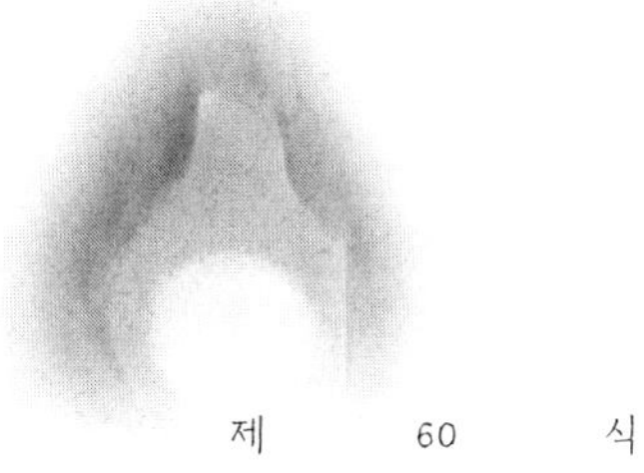

제   60   식

동마왕(東魔王)
헤르마카인의
강림(降臨)

동마왕(東魔王) 헤르마카인의 강림(降臨)

주문을 모두 외운 게일은 기이한 감각을 느꼈다. 온몸이 붕 뜨는 듯한 느낌. 그리고 온몸에 힘이 없어 나른했다. 기이한 감각에 주위를 둘러보니 아무것도 없었다. 오직 암흑뿐.

'실패한 것인가?'

기이한 곳에서 기이한 느낌이 온몸에 전해올 뿐 마왕이라는 존재가 보이지 않자 게일은 자신의 시도가 실패했다고 생각했다.

'그렇다면 이곳이 사후 세계인가? 안타깝군. 최후의 복수를 못하다니……'

죽었다는 생각에 게일은 자일론에게 아무런 복수를 못한 것이 억울하게 느껴졌다. 자신의 야망이 꺾이게 된 직접적인 계기를 준 자일론. 그놈이 무사하다니 억울하기 그지없는 일이다. 자신은 이렇게 죽어 하등한 존재로 다시 태어날 텐데……. 그놈은…….

"그대가 나를 불렀는가?"

그때 낯선 목소리가 게일의 귀로 들려왔다. 같은 공간에 다른 이가 있다는 것을 알아차린 게일은 즉시 주위를 둘러보았다. 암흑으로 가득 찬 곳에서 온몸이 나른한 상태라 과연 자신이 움직이고 있는지도 알 수 없었지만 어쨌든 온 힘을 다해 주위를 둘러보았다. 그리고 발견할 수 있었다, 붉은빛을 은은하게 풍기는 미남자를.

"당신은 누구요?"

움직이지 않을 것만 같던 입술이 열리며 말소리가 새어 나왔다.

"그대가 부른 존재."

그는 게일에게 다가와 대답했다. 언제 다가온 것일까? 그는 게일의 지척에 있었다. 덕분에 자세히 볼 수 있었다. 붉은빛을 은은하게 풍긴 것은 그의 머리칼과 옷이었다.

새하얀 피부에 붉은 머리칼과 붉은 눈썹, 그리고 붉은 옷. 오직 붉은 색과 흰색. 두 가지 색만을 가진 인물이었다.

"내가 부른 존재? 그렇다면 설마 헤르마카인?"

"그렇다. 내가 동쪽을 지배하는 위대한 음모의 악신, 이에이아님의 충실한 첫 번째 종, 마왕(魔王) 헤르마카인이다."

그의 대답에 게일은 온몸을 떨었다. 감각이 제대로 느껴지지 않아 실제로 떨었는지는 알 수 없지만 분명 그의 뇌는 온몸 구석구석에 있 는 신경들에 '떨어라'는 명령을 내려 보냈다.

"그렇다면 나의 소환이 성공한 것인가?"

"그렇다. 그대의 소환은 성공했다. 그가 말했을 때는 믿지 않았는데 실제로 이루어질 줄이야……."

"그게 무슨?"

자신의 물음에 대한 대답에 뒤이어 헤르마카인이 혼잣말로 중얼거리자 게일은 의혹 어린 시선으로 물었다. 그러나 그는 대답하지 않았다.

"나에게 무엇을 원하는가? 대가는 그대의 영혼. 그대가 원하는 것 한 가지는 이루어주마."

"잠깐, 그 전에 지금 내 상태는 어떻게 된 것이지? 살아 있는 건가? 죽어 있는 건가?"

헤르마카인의 말에 게일은 고개를 흔들며 자신이 궁금해하는 것을 먼저 물었다.

"그대는 죽었다."

"뭐라고?"

"나를 소환하는 주문을 마친 그 순간 죽었다. 그리고 영혼이 몸을 빠져나왔지. 하지만 나를 소환했기에 나와의 약속에 의해 나의 공간에 그대의 영혼이 들어온 것이다."

헤르마카인의 대답에 게일의 얼굴에는 씁쓸한 미소가 떠올랐다.

"다시 살려달라는 부탁은 안 되겠지?"

"나는 마왕, 신이 아니다."

"역시."

"나를 소환한 존재, 게일이여. 원하는 것을 말하라."

헤르마카인이 재촉하자 게일은 잠시 눈을 감았다. 그리고는 눈을 떴다. 확고한 결심이 떠오른 눈빛이었다.

"자일론의 파멸."

간단한 한마디. 하지만 그것으로 충분했다.

"알겠다. 계약은 성립되었다. 지금부터 그대의 영혼은 내 것이다."

그 말과 함께 헤르마카인은 손을 휘저었다. 그 순간 게일은 정신을 잃었다. 정확히는 영혼의 생명이 다했다. 곧 게일의 영혼은 영롱한 빛을 발하는 붉은 구슬이 되어 헤르마카인의 손바닥에 올려졌다.

"오래간만이군, 악의에 가득 찬 인간의 신선한 영혼은. 훗. 이렇게 되리라고는 믿지 않았는데… 조야선이라 했던가? 그 이계의 신이? 어쨌든 고맙군. 간단한 마법서 하나를 만들어준 대가가 이거라니… 그럼 어디 계약을 이행하러 가볼까?"

그렇게 중얼거린 헤르마카인은 사라졌다. 그가 사라지자 주변을 가득 채운 암흑은 서서히 사라졌다. 그리고 나무 사이에 쓸쓸히 누워 있는 게일의 시신이 나타났다. 차가운 바람 한 점이 게일의 시신을 스치고 지나갔다. 그 바람과 함께 시신의 오른손 아래 있던 책 모양의 재가 흩날려 먼지로 사라졌다.

게일이 헤르마카인과 계약한 그 순간, 엘프의 숲 바람의 마을에 있는 마을의 대장로 엘라하는 불길한 기운에 문을 열고 집 밖으로 나왔다.

"허어. 대체 무슨 일이 있으려고… 이렇게 불길한 기운이라니. 아니, 이렇게 강력한 마기라니……. 그것도 우리 숲에서. 대체 무슨 일이 일어나려고……."

엘라하는 걱정스러운 눈으로 동쪽의 숲을 바라보았다. 하지만 곧 숲을 가득 채울 것 같던 마기는 순식간에 사라졌다. 하지만 엘라하의 얼굴에 드리운 시름은 사라지지 않았다.

같은 시각.

레사프 호수의 레어에서 기도에 열중하던 레시노아는 불현듯 느껴지는 마기에 기도를 멈추고는 일어섰다.

"이런 마기라니… 이 정도면 마왕급인데……. 창조신의 율법에 따라 마왕은 스스로의 의지로 마계를 벗어나 현계(現界)로 들어올 수 없을 텐데……. 설마 누군가 소환한 것인가? 아니, 그 정도의 인간은 없어. 드래곤은 되어야 소환이 가능한데… 정신 나간 드래곤이 아니고서야……."

알 수 없는 마기에 레시노아의 아름다운 얼굴에 주름이 생겼다. 신을 모시는 그녀로서는 조금 전 느껴진 마기를 결코 간과할 수 없었던 것이다. 그렇게 기도를 중단한 채 레시노아는 깊은 고민에 잠겼다.

오래지 않아 마기는 사라졌지만 그렇다고 그녀의 고민이 멈춘 것은 아니었다.

드워프의 산.

자신의 레어에서 여전히 마법을 연구하던 에르데미안은 갑작스레 나타났다가 사라진 마기에 고개를 갸웃거렸다.

"이게 무슨 일이지. 엘프의 숲에서 마기라니… 그것도 이 정도 크기라면 마왕쯤은 되어야 할 텐데. 어느 정신 나간 인간이 소환했나? 아냐, 시스렌 이후로 그 정도 능력을 가진 인간은 없어. 인간은 없지. 음,

그럼 케이가? 설마. 케이가 미치지 않고서야. 게다가 케이는 흑마법도 모르는데 무슨 수로 마왕을 소환해. 알 수 없네. 아무리 잠시지만 마왕 정도의 마기가 나타나다니.”

탐스러운 금발을 자신의 손으로 이리저리 꼬며 에르데미안 역시 고민에 잠겼다. 조금 전 일어난 마기는 그만큼 중대했다.

류블라드 전역에 있는 드래곤들은 모두 마기를 느꼈다. 그리고 각 신전의 교황과 고위 신관들 역시 느꼈다. 하지만 알 수 없었다. 순식간에 사라져 버렸으니. 케이와 바볼랏 역시 느꼈으나 그들 역시 알 도리가 없는 것은 마찬가지였다.

하지만 느낀 자들 모두 마음이 편할 리 없었다. 그 정도로 마기는 강했다.

류블라드 신계.

엘프의 숲에서 나타난 헤르마카인의 마기는 신계의 신들 역시 느낄 수 있었다. 즉시 신탁을 내려 제재에 들어가려 했지만 그럴 수 없었다. 지금 헤이트론의 앞에 당당히 서 있는 신 하나 때문이었다.

바로 음모의 악신 이에이아. 그녀가 마계를 벗어나 신계를 찾아온 것이다.

[무슨 일인가, 이에이아?]

[저희를 창조한 주신 헤이트론을 뵙습니다.]

아무리 악신이라 하나 그녀도 역시 헤이트론에 의해 창조된 존재다. 그랬기에 일단은 예를 다해 인사했다.

[아시겠지만 현계에서 일어난 일 때문입니다.]

[헤르마카인이 현계에 모습을 드러낸 일 말인가?]

[그렇습니다.]

헤이트론은 이에이아를 물끄러미 바라보았다.

[지금 주신께서는 열두 대신과 함께 현계에 신탁을 내리려 하실 거죠? 하지만 그 행동을 중지해 주시길 부탁드립니다.]

[왜 그러는가?]

[신계와 마계의 율법에 따라 헤르마카인은 정당한 방법으로 현계로 나갔기 때문입니다.]

이에이아의 말에 그 자리에 모인 열두 대신의 얼굴이 어두워졌다. 신탁을 내리지 않는다면 현계의 존재들은 마왕 강림을 모를 것이다. 그렇게 잠깐 나타난 마기에 무슨 일인가 궁금해할 뿐 헤르마카인이 현계에 강림했다는 것은 알 도리가 없었다. 그랬기에 알려줘야 했다. 그래야 대책을 세우고 막아낼 수 있는 것이다.

특히 레시노아라는 존재 덕에 드래곤에게도 신탁을 내릴 수 있다. 드래곤이라면 특히 레시노아와 에르데미안이라면 능히 헤르마카인을 현계에서 소멸시킬 수 있었다. 그랬기에 서둘러 신탁을 내리려 한 것이다. 그런데 딱 타이밍 좋게 이에이아가 찾아와 신탁을 내리는 것을 막으려 하고 있었다.

[그런… 현재 인간들 중 헤르마카인을 소환할 만한 이가 있다는 겁니까?]

리야드가 즉시 이에이아의 말에 반발하여 외쳤다.

[하지만 마왕은 소환이 아니면 현계에 갈 수 없습니다. 그것은 주신

께서 정하신 규칙입니다. 신이라 하지만 결국 주신의 피조물인 우리는 그 규칙을 어길 수 없죠. 헤르마카인이 현계에 나타났다는 것 자체가 소환되었다는 증거입니다.]

그녀의 말에 열두 대신은 굳은 안색으로 가만히 있었다.

헤르마카인이 소환에 의해 강림한 것이라면 신들은 신탁을 내릴 수 없었다.

류블라드를 이루는 규칙들 중 가장 큰 규칙.

인과응보(因果應報).

현계에 있는 존재가 자신의 욕심 때문에 마족을 현계로 불러들였다면 그 책임은 스스로 져야 했다. 때문에 신들은 신탁을 내리지 않았다. 스스로가 만든 일은 스스로가 해결해야 했다.

그저 그런 중급 이하의 마족이라면 신들은 그러려니 하고 있을 수 있다. 하지만 이번에 현계에 나간 녀석은 마왕이었다. 현계라 제 모든 힘은 다하지 못할 테지만 그래도 웝급 드래곤의 힘은 지녔다.

그리고 드래곤들은 그 마족이 드래곤을 해치지 않는 이상 나서지 않는다. 그것은 마족들도 알고 있다. 때문에 정말 멍청한 마족이 아닌 다음에야 현계에 강림하게 되면 절대로 드래곤은 건드리지 않는다.

헤르마카인은 마왕씩이나 되는 존재이니 더욱 조심할 것이다. 결국 인간들의 힘으로 막아야 한다는 것인데… 마왕을 인간이 막는다는 것은 불가능했다. 마족은 절대 드래곤처럼 혼자 싸우지 않는다. 온갖 몬스터들을 동원한다. 결국 인간들은 아수라장을 헤쳐 나가야 한다.

그 생각을 하자 리야드의 얼굴이 어두워졌다.

[이에이아의 말이 옳다. 분명 헤르마카인은 소환에 의해 현계로 나갔다. 인과응보의 율법에 따라 그대들은 현계에 어떠한 간섭도 하지 말라.]

헤이트론의 말이 떨어졌다. 그리고 결과는 예상대로였다. 그의 말에 이에이아는 슬쩍 웃음을 지었다. 그리곤 헤이트론에게 예를 표하고는 마계로 돌아갔다. 그 모습을 열두 대신은 쓴 얼굴로 바라보았다.

'크음. 조야선, 남의 세계에서 장난질이 심하구나. 증거가 없어 내두고 보지만 증거만 잡히면 그 즉시 지금까지 네가 한 일에 대한 응분의 대가를 치르게 해주마.'

이미 일의 내막을 아는 헤이트론은 쓰린 가슴을 움켜쥐었다. 진실을 보는 눈을 지닌 헤이트론, 그가 지금 일어나고 있는 일에 대한 진실을 모를 리 없었다.

다만 조야선이 이계의 신이기에, 다른 주신에 의해 창조된 신이기에 자신의 권능이 통하지 않았다. 그랬기에 잠자코 있는 것이다. 그를 벌할 확실한 증거가 나올 때까지.

그런 헤이트론의 심정을 아는 것일까? 모르는 것일까? 조야선, 즉 염라대왕은 자신의 집무실에서 커다란 거울을 보며 흥미진진한 얼굴을 하고 있었다. 물론 영혼의 심판은 여전히 화이에게 모두 미뤄둔 채로.

[호오. 드디어 절정을 향해 치닫는군. 게일이 헤르마카인에게 영혼을 넘겼고. 이제 헤르마카인은 자일론을 파멸시키겠군. 뭐, 그 녀석 하는 짓으로 봐서는 어떻게 할지 뻔하고. 자, 케이, 아니, 제갈효 자네는

이제 어떻게 할 것인가? 크하하하!]

염라대왕은 무슨 영화라도 보는 듯 연신 싱글거리고 있었다. 실상 저승사자 곤이 게일에게 전해준 흑마법서, 그것은 염라대왕이 구한 것이다. 만든 것은 이에이아이고.

그가 은밀히 마계로 찾아가 이에이아와 협상을 벌였던 것이다. 그런 종류의 마법서를 하나 만들어달라고. 대가는 한 인간의 영혼. 그것도 당장 주는 것이 아닌 언젠가.

그 언젠가가 언제가 될지 몰라 거부하던 이에이아였지만 실상 따져 보면 자신에게는 장난도 안 되는 수준의 마법서였다. 장난을 쳐도 그 것보다는 훌륭한 마법서를 만들 수 있었다. 그래서 속는 셈치고 만들 어주었다. 이계의 신이 류블라드의 신계도 아닌 마계까지 와서 부탁하 는데 거절하기도 마음이 편치 않았던 것이다.

그런데 헤르마카인이 인간계에 강림하고 인간의 영혼도 얻었으니 정말 이에이아에게 있어서는 몇백 배의 이익이나 다름 없었다.

그렇게 이에이아에 의해 만들어진 흑마법서가 염라대왕에 의해 곤에게로, 그리고 다시 게일에게 전해져 결국은 한 줌 먼지로 사라져 버린 것이다.

[자, 이제 어떻게 되려나? 정말 궁금하군 그래. 흐흐흐.]

다과를 하나 집어 입에 가져가면서도 염라대왕은 뚫어져라 거울을 바라보고 있었다. 그런 염라대왕의 모습에 영혼을 심판하던 화이는 작은 한숨을 내쉴 수밖에 없었다.

게일의 영혼을 손에 넣은 헤르마카인은 그와의 계약을 이행하기 위해 카이렌으로 향했다. 리야드에게로 가는 영혼을 잡기 위해 자신의 힘을 사용했지만 지금은 모든 힘을 숨기고 있었다.

사실 이곳 현계에서 자신의 힘은 가급적 사용하지 않아야 한다. 괜히 쓸데없이 힘을 드러냈다가 지상의 존재들이 경계하면 곤란했다. 물론 자신은 소환에 의해 이곳에 온 것이니 신탁은 없을 거라는 걸 알았다. 하지만 쓸데없이 많은 마기를 뿜어내 신관 녀석들이 경계하게 해서 좋을 것도 없었다.

자신의 손에 들어온 게일의 영혼을 통해 카이렌이라는 나라와 자일론에 관한 모든 사항을 알아낸 헤르마카인은 거칠 것이 없었다. 유유히 하늘을 노닐듯 날아 곧 라디칼의 왕궁에 도착했다. 헤르마카인은 왕궁 곳곳을 뒤지고 다녔다. 하지만 누구도 헤르마카인의 기척을 읽을 수 없었다. 그럴 수밖에 없는 것이 자신의 모든 힘을 지운 헤르마카인은 지금 정신체의 일종이었다. 소위 말하는 유령과 같은 형태다. 그러니 알아채지 못할 수밖에.

"으음. 분명 게일의 기억에 따르면 이곳에 자일론이라는 녀석이 있어야 하는데… 안 보이는군."

왕궁을 샅샅이 뒤졌지만 자일론을 발견할 수 없었다. 독한 술을 마시고 있는 카류일 국왕, 하염없이 눈물만 흘리고 있는 리마 왕비. 그들의 모습은 볼 수 있었지만 어디에도 자일론은 없었다.

"귀찮게 됐군. 라디칼을 모두 뒤져야 하나?"

있어야 할 곳에 자일론이 없자 헤르마카인은 어쩔 수 없다는 듯 중얼거렸다. 그리고는 곧 왕궁 밖으로 날아갔다. 헤르마카인이 온 왕궁을 휩쓸고 지나갔지만 누구도 그 사실을 알 수 없었다.

헤르마카인이 왕궁 밖으로 유유히 사라질 무렵 카나카인 후작은 부
관인 보더린의 보고를 받고는 책상을 세게 내려쳤다. 전력을 다한 일
격이었다. 소드 마스터가 전력을 다해 내려친 주먹에 죄없는 책상만
부서지고 애꿎은 서류들만 여기저기로 날렸다.

"젠장. 설마 엘프의 숲으로 도망칠 줄이야……."

보더린이 가지고 온 보고는 추적대 13조의 마법 통신이었다. 거의
잡을 뻔했으나 게일이 엘프의 숲으로 들어가는 바람에 놓쳤다는. 세
명의 사망자가 나왔다는 보고도 있었지만 지금 그녀의 귀에 그것은 들
리지 않았다. 오직 게일을 놓쳤다는 것에만 정신이 팔려 있었다.

게일이 엘프의 숲으로 도망쳤다는 사실에, 자신이 방심했다는 사실
에 화가 치밀어 오른 것이다.

"저, 그런데 13조 기사들의 보고에 의하면 게일 왕자는 당시 치명상
을 입었다고 합니다."

"뭐?"

조심스러운 보더린의 말에 카나카인 후작이 반응을 보였다.

"화살 하나가 등에서 가슴으로 관통한 채였고 또 등에도 커다란
검상을 두 곳 입었다고 합니다. 그 정도의 상처라면 결코 살아나지
못할 것이라 합니다. 이미 숲에 들어설 때부터 위태위태했다는 군
요."

그 말에 카나카인 후작의 얼굴이 조금은 누그러졌다.

"그렇다면 십중팔구 엘프의 숲에서 죽었다는 말이로군. 생포하지 못
한 건 아쉽지만 놓친 것보다는 낫지. 그렇다면 그의 시체를 찾아야 할

텐데… 엘프의 숲이라… 레인져들을 보내는 것도 괜찮겠지만 아무래도 이 일은 지니어스 후작에게 부탁해야겠어. 일단 폐하께 보고를 드린 후 지니어스 후작의 저택으로 갈 테니까 마차를 준비해 둬."

그녀의 말에 보더린은 급히 방을 빠져나갔다.

며칠 전이었다면 그녀는 엘프의 숲으로 레인져들을 파견했을 것이다. 하지만 전에 케이가 자신의 누명을 벗을 방법을 이야기해 줄 때 케이 일행 중 엘프가 있다는 사실을 떠올렸다. 그 전이라면 그랜드 소드 마스터라는 그녀의 존재 때문에 생각도 못했겠지만, 일단 엘프가 가까이 있는 이상 그녀에게 부탁하는 것이 훨씬 나았기 때문에 케이에게 부탁하기로 결정한 것이다.

카나카인 후작도 자리에서 일어나 방을 나섰다. 게일이 죽었을 거란 보고를 카류일 국왕에게 해야 했다. 국왕의 반응이 어떨지는 훤히 보였지만 그래도 보고는 해야 했다.

카류일 국왕은 자신의 방에 있었다. 평소 이런 보고는 서재에서 받았지만 오늘은 달랐다. 카나카인 후작은 방문을 열어주는 시종을 뒤로하고 방 안으로 들어서자마자 지독한 술 냄새에 얼굴을 찡그렸다.

'이건 분명 시바로스의 숨결. 상심이 크셨군.'

방 안을 가득 채운 냄새의 주인을 카나카인 후작은 금세 알아차렸다. 술을 많이 마시는 것은 아니지만 그녀도 어느 정도는 즐겼다. 가장 독한 술이면서도 명주로 이름 높은 시바로스의 숨결의 향을 그녀가 모를 리 없었다.

"카나카인 후작이오?"

그녀가 들어선 것을 보고 카류일 국왕이 게슴츠레한 눈으로 보며 말했다. 그의 주위에는 이미 비어버린 술병들이 어지럽게 굴러다녔다.

"그래, 무슨 일이오?"

"예. 게일 왕자님의 추적 건에 대해 보고 드릴 일이 있습니다."

그녀의 말에 카류일 국왕의 눈빛에 변화가 생겼다. 어느 정도 총기가 돌아온 것이다.

"말해 보시오."

카나카인 후작은 곧 자신이 받은 보고를 카류일 국왕에게 세세하게 말했다. 그녀의 보고를 들은 카류일 국왕의 얼굴은 다시 어두워졌다. 눈에 어린 탁기는 더욱 진해졌다.

"그렇단 말이지. 결국은 죽었다는 말이오? 허허허. 그럼 그때 그 모습이 내가 본 아들의 마지막 모습이구려. 로이드에 이어 게일마저… 게일의 시신은 가능한 빨리 찾아오도록 하시오. 비록 제 형을 죽였다고는 하나… 숲 속에서 쓸쓸히 있게 내버려 둘 수는 없지. 암. 그렇고말고……."

그렇게 말하는 카류일 국왕의 눈에서는 뜨거운 눈물이 흘러내렸다. 신하 앞에서 군주가 눈물을 흘리는 것은 결코 보기 좋은 모습은 아니었지만, 카나카인 후작은 그런 카류일 국왕의 심경을 이해했다. 그랬기에 다시 술잔을 입에 가져가는 그의 모습에 정중히 예를 취한 후 조용히 방을 빠져나왔다.

"하아. 하루 빨리 회복하셔야 할 텐데… 그렇지 않으면… 지금은 어떻게 버티고 있지만 폐하께서 계속 저러신다면 나랏일에 문제가 생길 텐데……."

궁 밖으로 걸음을 옮기는 카나카인 후작은 걱정스레 중얼거렸다. 궁을 빠져나온 카나카인 후작은 곧장 실버 기사단의 건물로 걸음을 옮겼다. 앞에 도착하자 이미 마차가 준비되어 있었다.

그녀는 마차에 몸을 실었다. 그녀가 타자 마차는 곧 부드럽게 움직이며 왕궁의 정문으로 향했다. 실버 기사단 단장의 마차임을 확인한 경비들은 경례를 붙이며 마차를 내보냈다.

라디칼의 시가지를 얼마간 달린 마차는 곧 케이의 저택에 도달할 수 있었다. 정문을 지나 정원을 가로질러 저택의 현관에 도달했다. 문 앞에는 집사가 나와서 기다리고 있었다.

"어서 오십시오, 카나카인 후작님. 이리로 드시죠."

카나카인 후작은 집사의 안내에 따라 응접실로 향했다. 그곳에 케이가 소파에 앉아 있다가 그녀가 나타나자 몸을 일으켜 맞았다.

"어서 오십시오, 카나카인 후작님. 오늘은 어쩐 일이신지요? 아, 일단 이리로 앉으시죠."

케이가 권한 대로 소파에 앉자 곧 시녀가 차와 다과를 내왔다. 차를 한 모금 삼킨 카나카인 후작이 케이를 보며 입을 열었다.

"부탁이 있어 찾아왔습니다."

"부탁이오?"

"예. 사실은……."

카나카인 후작은 카류일 국왕에게 했던 이야기를 이번에는 케이에게 하였다. 그의 도움을 얻자면 자세한 사정을 설명해야 했다.

"흐음. 엘프의 숲이라… 게일 왕자가 생각보다는 뛰어났던 모양이군요."

케이의 말에 카나카인 후작은 고개를 끄덕였다.

"예. 제가 그를 너무 얕본 것 같더군요. 설마 엘프의 숲으로 도망치려 할 줄은……."

"그런데 어떻게 쫓아가서 그런 치명상을 입힌 겁니까? 엘프의 숲 쪽으로는 방비를 안 하셨다고 들었는데……."

"추적대 중 13조의 조장이 추적술을 익히고 있었다고 하더군요.

"추적대라면 당연히 추적술은 기본적인 게……."

"아, 저희 실버 기사단에서 가르치는 것 이외에 따로 사냥꾼들과 어울리며 익힌 것이라 하더군요."

카나카인 후작의 대답에 케이는 고개를 끄덕였다.

"그렇군요. 게일 왕자로서는 생각도 못한 변수였겠군요. 그래서 죽은 것이고. 알겠습니다. 제가 엘프의 숲으로 들어가서 시신을 수습해 오죠."

케이가 흔쾌히 승낙하자 카나카인 후작은 고개를 숙였다.

"정말로 감사합니다. 그럼 저는 이만."

"예. 멀리는 안 나가겠습니다. 그런데 게일 왕자의 시신을 수습해서 실버 기사단의 본부로 가면 되는 건가요?"

"예. 그럼 잘 부탁드리겠습니다."

그 말을 끝으로 카나카인 후작은 저택을 벗어나 마차에 몸을 실었다. 곧 마차는 힘차게 달려 케이의 저택을 벗어났다.

"후우. 결국은 이렇게 됐나? 허망하군. 그렇게 죽을 것을 왜 그런 일을 벌인 것인지… 그리고 카나카인 후작도 운이 좋았어. 그런 능력을 지닌 부하가 있었다니. 그럼 난 시체나 찾으러 가볼까?"

그 말과 함께 케이는 응접실에서 사라졌다. 지금 집 안의 분위기도 어수선했기 때문에 다른 일행에게는 알리지 않고 홀로 텔레포트해서 엘프의 숲으로 향한 것이다.

케이는 곧 바람의 마을 근처의 엘프의 숲에 모습을 드러냈다. 잠시 마을에 들러볼까도 생각했지만 제나라는 존재가 그것을 망설이게 했다. 결국 케이는 마을에 들르지 않고 곧장 숲 속으로 들어갔다.

"흐음. 이 넓은 엘프의 숲에서 시체 하나 찾는 일이라… 뭐, 별수없지, 정령들을 불러야지."

그렇게 결정한 케이는 곧 땅의 하급 정령 놈(Norm)을 소환했다. 지도에서 보더라도 엘프의 숲의 면적은 상당했다. 훈트 연합 중 하나인 알의 영토의 70% 이상의 크기이니 케이 혼자서 숲을 뒤지고 다니다가는 언제 게일의 시체를 찾을 수 있을지 모르는 일이었다.

시체라면 땅에 누워 있을 테니 놈을 부르는 것이 가장 빨리 찾을 수 있는 방법일 것이다. 놈이 나타나자 케이는 곧 게일의 얼굴을 마법 영상으로 보여준 후 찾게 했다. 그리고는 적당한 자리를 골라 앉아 바람에 흩날리는 나뭇잎들을 구경했다. 여기서 이렇게 있다 보면 놈이 알려올 것이다.

얼마나 그렇게 한가로이 있었을까? 놈이 다시 모습을 드러냈다. 놈의 모습을 본 케이는 몸을 일으켰다. 그리고는 놈이 안내하는 대로 걸음을 옮겼다. 케이 자신이 텔레포트한 곳에서 거리가 제법 떨어진 듯했다.

하긴 카나카인 후작의 말로는 엘프의 숲 동쪽 부근 경계로 들어왔다고 하지 않았는가. 이렇게 걷다가는 시간이 얼마나 걸릴지 알 수 없었다. 하지만 하급 정령은 자신과 의사소통을 할 수 없었기에 이끄는 대로 따라갈 수밖에 없었다.

그래서 케이는 땅의 상급 정령 노이아넨을 불러냈다. 상급 정령은 의사소통이 가능했기에.

"이봐, 노이아넨. 저기 놈에게 내가 찾아보라고 한 시체가 어디 있는지 물어봐 줄래?"

케이의 말에 노이아넨은 놈과 몇 마디를 주고받았다.

『이곳에서 걸어서 하루쯤 걸리는 곳에 있다고 하네요.』

"하아. 하루라. 멀군. 어쩔 수 없지. 노이아넨 너도 어디 있는지 알지?"

『네.』

노이아넨은 놈과의 교감을 통해 이미 케이가 찾는 시체의 위치를 알고 있었다.

"좋아. 그럼 놈은 돌아가고 노이아넨은 타라."

『예?』

케이의 말에 노이아넨은 이해할 수 없다는 듯 되물었다. 그러나 그때 케이의 몸은 작은 빛에 휩싸여 있었다. 어느새 인간 케이는 사라지고 은빛털을 번쩍이는 늑대가 모습을 드러냈다.

"타."

『아, 예.』

케이가 다시 말하자 노이아넨은 땅에서 발을 떼고는 케이의 등으로 올라갔다.

"쳇, 네 녀석들이 그곳 좌표만 알면 텔레포트할 텐데."

『그러시다면 차라리 트로웰님께 부탁하시는 게…….』

노이아넨의 말에 케이는 고개를 저었다.

"됐어. 정령왕들은 시끄러워서 싫어. 겨우 이런 일에 무슨. 자, 달릴 테니까 방향 지시나 제대로 해."

『예.』

노이아넨이 대답을 하자 케이는 쏜살같이 달려가기 시작했다. 숲에서 달리는 것은 확실히 늑대의 모습이 편했다. 인간의 모습이라 하더라도 더없이 빠른 속도로 달릴 수 있지만 늑대일 때에 비할 바가 아니었다. 본래의 모습이라면 케이는 숲 속에서는 퓨어보다도 빨리 달릴 수 있을 정도니.

그렇게 얼마나 달렸을까? 숲 속을 걸어 하루 거리라 했는데 케이는 곧 게일의 시신이 있는 곳에 도달할 수 있었다.

『정말 빠르군요. 한 시간이 채 되지 않아 도착하다니…….』

상급 정령인 노이아넨이 정말 순수한 감탄사를 터뜨렸다.

"됐어, 이만 가봐."

케이의 말에 노이아넨의 모습은 땅속으로 스며들었다. 게일의 시체를 확인한 케이는 다시 폴리모프해 인간의 모습으로 돌아왔다.

"쯧. 나에게 누명을 씌운 녀석이지만 이렇게 죽어 있는 모습을 보니 조금 안타깝기는 하군. 이렇게 덧없이 죽을 것을 무에 그런 일을 벌였는지."

가슴 앞으로 삐죽이 솟아나온 화살과 등에 난 엑스 자의 상처, 그리고 그 상처에 덕지덕지 말라붙은 핏자국들. 게일의 시신은 비참하기 그지없는 모습으로 누워 있었다. 그나마 눈은 감고 있었다.

"뭐, 일단 데리고 가기 전에 조금은 손 좀 봐줄까? 아냐. 뭐, 이대로 데리고 가는 편이 카나카인 후작에게는 좋으려나?"

잠시 고민하던 케이는 아공간을 열어 그곳에 게일의 시체를 넣었다. 그냥 들고 가기에는 시체의 상태가 조금 께름칙했기 때문이다.

시체를 확보한 케이는 곧 그곳에서 사라졌다.

게일의 죽음이 거의 기정사실화되면서 카나카인 후작의 업무는 조금 줄었다. 추적과 수배를 철회했으므로 올라오는 보고서의 양이 현저히 줄어든 것이다. 하지만 게일의 시신이 확보되면 다시금 바빠질 것이다. 이번 사건의 사후 처리 문제로. 당장은 한산해진 책상의 모습에 기분이 좋았지만 앞으로의 일이 걱정이 안 되는 것은 아니었다. 하지만 그 넓은 엘프의 숲에서 시신을 찾아내려면 적어도 2, 3일은 걸릴 것이다.

13조의 기사들 중 몇 명을 케이에게 붙여주었더라면 더 빨리 찾을 수 있겠지만 카나카인 후작이 케이의 저택을 나서며 그 생각을 떠올렸을 때 케이는 이미 엘프의 숲으로 떠나고 없었다. 케이에게 미안한 마음을 가진 채 자신의 방으로 돌아왔지만 가만히 생각하니 그 덕에 사나흘은 좀 쉴 수 있을 것 같았다. 덕분에 기지개를 켜는 카나카인 후작의 얼굴이 한결 밝았다.

똑똑똑.

그때 방문을 두드리는 노크 소리가 들렸다.

"들어와."

"예. 지니어스 후작께서 찾아오셨습니다."

부관의 말에 카나카인 후작은 고개를 갸웃거렸다. 케이가 엘프의 숲으로 떠나고 이제 겨우 세 시간이 되었을까 말까였다. 그런데 벌써 돌아오다니……

넓은 엘프의 숲을 뒤지기 힘들어 13조의 기사들 중 몇을 요청하기 위해 찾아왔으려니 했다. 케이가 자신을 찾아온 시간은 빨라도 너무 빨랐던 것이다.

"안으로 모셔라."

카나카인 후작이 고개를 끄덕이며 말하자 부관은 즉시 방을 나서 케이를 데리고 들어왔다.

"반갑습니다, 카나카인 후작님."

"이거 헤어진 지 얼마나 됐다고 다시 보는군요. 무척이나 빨리 오셨네요."

카나카인 후작의 말에 케이는 웃으며 대꾸했다.

"이런 일은 오래 끌어봐야 좋을 것이 없으니까요. 게일 왕자의 시신을 찾아왔습니다."

케이의 말에 카나카인 후작의 눈이 퉁망울만하게 커졌다. 자신이 대략적인 위치를 가르쳐 주기는 했지만 어디까지나 대략적인 위치다. 카나카인 후작 자신도 정확한 위치는 몰랐다. 오직 13조의 보고에 의거해 알려주었을 뿐. 그런데 벌써 찾았다니 놀라지 않을 수가 없었다.

"그렇다면 시신은?"

카나카인 후작은 케이의 몸 이곳저곳을 살피며 물었다. 만일 케이가 실버 기사단의 본부에 들어설 때 게일 왕자의 시신을 안으로 들였다면 똑똑한 부관이 보고를 안 했을 리 없다. 부관이 아무 말이 없었다면 케이는 혼자 들어왔다는 말이다. 그런데 시신을 찾았다니……

"일단 시신을 안치해 둘 곳으로 가죠. 아무래도 그곳에 뉘여야 할 테니까요."

케이의 말이 미더운 것은 아니었지만 카나카인 후작은 케이를 안내했다. 카나카인 후작이 케이를 데리고 간 곳은 로이드의 시신이 조사를 위해 안치되어 있었던 곳이다.

"이곳입니다."

카나카인 후작의 말에 케이는 고개를 끄덕였다. 그러자 시신 안치를 위한 관 위의 공간이 일그러지기 시작했다. 그 모습에 카나카인 후작은 그저 눈만 끔뻑이고 있었다. 일그러진 공간은 곧 구멍을 형성했고, 그 구멍에서 서서히 게일의 시신이 나왔다. 게일의 시신은 한 치의 오차도 없이 관 속에 몸을 뉘였다.

카나카인 후작은 그 모습을 멍한 눈으로 지켜만 보고 있었다. 대체 저 지니어스 후작이라는 작자는 얼마나 더 자신을 놀라켜야 직성이 풀릴 것인가. 정말 알면 알수록 알 수 없는 사람이었다.

"그럼 전 이만 가보겠습니다."

케이의 인사에 카나카인 후작은 그제야 정신을 차렸다.

"아, 예. 감사합니다, 지니어스 후작님."

카나카인 후작의 인사에 케이는 그저 맑은 웃음 한줄기를 남기고는 실버 기사단의 본부를 벗어났다.

케이가 카나카인 후작의 부탁으로 엘프의 숲으로 간 그때, 헤르마카인은 비로소 자일론을 찾을 수 있었다. 방 안의 침대에서 멍한 얼굴로 누워 있는 자일론의 모습을 볼 수 있었다.

'후우. 이제야 찾았군. 왕자라는 녀석이 왜 이런 곳에 와 있어 이렇게 날 고생시킨 것인지……'

왕궁을 나온 이후 헤르마카인은 귀족들의 집 하나하나를 샅샅이 뒤지고 다녔다. 귀족들의 집이 원체 넓다 보니 이래저래 고생이었던 것이다.

헤르마카인은 자일론을 물끄러미 쳐다보았다. 앞으로 자일론을 어떻게 할 것인지를 생각하는 중이었다. 게일과의 계약 조건은 '자일론의 파멸'이었다. 그리고 게일은 그 파멸이라는 말의 의미를 정확히 정의하지 않았다. 즉, 헤르마카인 임의로 파멸이라는 말을 해석할 수 있다는 것이었다.

'흐음. 저 녀석을 어떻게 처리한다. 파멸시켜 달라는 부탁을 받았는데 대체 어떻게 해야 파멸시켰다고 할 수 있을까?

헤르마카인은 자일론이 누워 있는 방 천장에서 한참 동안 자일론을 살폈다. 과연 어떻게 해야 할까 하는 즐거운 상상을 하면서. 그러다가 의외의 사실을 발견하고는 눈을 동그랗게 떴다.

'어라? 이 녀석 몸에 지니고 있는 마나가 상당하잖아. 어떻게 인간이 저 정도의 마나를 지닐 수 있는 거지? 대단한걸.'

자일론이 덮고 있는 이불 아래 배꼽 부근에서 은은히 광채를 발하고 있는 마나의 덩어리를 헤르마카인은 볼 수 있었다. 그 마나를 느끼자 헤르마카인의 머리에 멋진 생각이 떠올랐다.

'좋아. 자일론의 영혼을 빼앗아주지. 영혼을 빼앗긴다면 분명 파멸이겠지. 그렇지 게일? 크크. 그리고 저 몸은 내가 가져 주지. 저 정도의 몸이라면 이곳에서 노는데 충분할 것 같군. 아마 이 녀석이 이곳 현계에서 가장 강한 인간 중 하나인 것 같으니 말야.'

그렇게 결정을 내린 헤르마카인은 곧 자일론의 정수리, 즉 백회혈(百

會穴)로 스머들었다.

그때 자일론은 멍한 얼굴로 어린 시절을 회상하고 있었다. 형의 죽음을 받아들일 수 없었기에 형과 함께 지냈던 즐거웠던 과거로 도망친 것이다.

그곳에서 자일론은 형과 함께 라디칼 시가지를 구경하고 있었다. 그때 몇 살이었더라? 자일론은 난생처음 왕궁을 벗어나 보았다. 물론 로이드 형이 데리고 나가준 덕에. 비록 마차를 타고 구경하는 것이었지만 자신의 눈에 비친 세상은 신기한 것들 투성이었다.

태어나서 이토록 많은 사람을 본 적이 없었다. 각양각색의 사람들이 활기차게 움직이는 모습이 무척이나 부러웠다. 그러다가도 그 사람들이 자신과 형이 타고 지나가는 마차를 향해 절을 할 때면 절로 어깨가 으쓱해지기도 했다.

즐거웠다. 로이드 형이 곁에 있다는 사실이 그렇게 좋을 수 없었다.

한데 이상했다. 분명 마차에는 자신과 로이드 형 둘 뿐이었다. 그런데 언제부터인가 붉은 머리칼에 붉은 옷을 입은 사내가 마차에 함께 타고 있었다. 얼굴 가득 미소를 띠고 있었는데 그 미소는 섬뜩하기 그지없었다. 그의 미소를 본 자일론은 온몸을 떨었다.

겁에 질린 자일론은 황급히 형을 돌아보았다. 하지만 로이드는 낯선 사내의 출현을 모르는 듯했다.

"형! 형! 마차에 누군가 타고 있어요!"

형의 옷자락을 잡고 외쳤다. 하지만 형은 웃으며 자신의 머리를 쓰다듬어 줄 뿐이었다. 답답했다. 무서웠다.

"크크크. 나약하군. 형의 죽음을 받아들이지 못하고 스스로의 공상으로 도피해 버리는 녀석이라니. 게일은 이런 녀석을 파멸시켜 달라고 한 것인가? 이미 그럴 필요도 없이 폐인이 되어버린 이 녀석을?"

그런 모습에 헤르마카인은 음산한 웃음을 뱉어냈다. 자일론은 온몸을 오들오들 떨었다. 무서웠다. 눈앞의 저 사내의 타는 듯 붉은 머리칼이, 섬뜩하도록 하얀 얼굴이, 온 세상을 태워 버릴 듯한 붉은 옷자락 등 모든 것이 무서웠다.

"이거, 너무 싱거운걸. 그렇다면 정신을 차리게 해줄까?"

그 말과 함께 헤르마카인은 장난처럼 손을 흔들었다.

툭.

무언가 떨어지는 소리에 온몸을 떨던 자일론은 무의식적으로 그곳으로 시선을 돌렸다. 그곳에는 형의 머리가 있었다. 여전히 자신을 향해 웃어주는 형의 머리가.

놀란 자일론은 서둘러 형을 돌아보았다. 없었다. 형의 어깨 위에는 있어야 할 것이 없었다. 붉디붉은 피만이 분수처럼 솟아올랐다. 자일론의 얼굴이 딱딱하게 굳었다.

"혀… 혀… 혀엉!!"

목과 몸이 떨어져 살 수 있는 사람은 없다. 자일론은 그것을 안다. 형은 죽었다. 형의 죽음을 인식하는 순간 자일론의 입에서 절규가 터져 나왔다. 눈물이 줄줄 흘러내리는 자일론의 눈은 분노로 활활 타올랐다. 그 눈으로 헤르마카인을 노려보았다.

"호오? 이제야 조금 마음에 드는 눈빛을 보여주는군. 아주 좋아 그 분노로 빛나는 눈이, 살기로 희번덕거리는 광채가. 카하하하하!"

자일론의 살기 어린 모습이 무척이나 마음에 드는지 헤르마카인은 크게 웃었다. 그의 웃음과 함께 주위의 경관이 변했다.

마른 바람이 그저 지나가는 황량한 벌판이었다. 나무는커녕 풀도 없는 벌판. 생명체의 생기라고는 느낄 수 없는 황량한 곳이었다. 그곳에 자일론이 서 있었다. 조금 전의 어린 자일론의 모습이 아닌 성인의 모습으로.

"호오. 이곳 분위기가 마음에 드는걸. 나한테 딱이야."

갑작스레 변한 풍경에 조금도 놀라지 않고 헤르마카인은 빙그레 웃으며 말했다.

"네놈은 누구지?"

짧은 물음이었지만 그 말속에는 살기가 가득했다. 하지만 헤르마카인은 그저 빙그레 웃고만 있었다.

"네놈은 누구기에 나의 평화를 깨뜨린 것이냐?"

사실은 자일론도 알고 있었다. 이미 형이 죽었다는 것을. 지금 자신의 행동은 도피일 뿐이라는 것을. 그래도 형과 함께했던 지난 시간을 다시 한 번 되돌아보고 싶었다. 자신이 형을 알게 된 그 시간부터.

그런데 그것을 방해한 존재가 있었다. 자일론 스스로가 정신 세계에 만든 안식의 세계에 끼어들어서 형의 죽음을 다시 한 번 자신의 눈에 각인 시킨 존재. 그것도 더없이 충격적으로.

자일론은 분노했다. 그 분노는 살기로 화했다. 지금 이곳에 펼쳐진 벌판은 자일론의 살기가 형상화된 자일론의 정신 세계였다.

"나? 마계의 사악신 중 하나인 음모의 이에이아님의 충실한 종이지. 마계의 동쪽을 다스리는 마왕, 헤르마카인이다."

"마왕? 마족이 어째서?"

"게일이라는 녀석이 자신의 영혼을 바쳐 나와 계약을 맺었지. 네가 그렇게 못내 못 잊어하는 너의 형을 죽인 너의 형이 말이야. 그가 원한 것은 단 하나. 자일론의 파멸이었다. 그래서 난 너를 파멸시키기 위해서 온 것이고."

헤르마카인의 말에 살기로만 가득 차 있던 자일론의 눈이 차갑게 가라앉았다.

"게일 형이 마족과 계약까지 하다니……."

흘러나오듯 중얼거린 한마디. 자일론의 말에도 아랑곳 않고 헤르마카인은 여전히 웃고만 있었다.

"그래서 어떻게 날 파멸시킬 거지? 파멸이란 것은 그리 간단한 것이 아닌데."

"간단해. 네 영혼을 지우는 거지. 리야드가 정한 환생의 고리에서 빼내는 거야. 마계로 가져가는 거지. 그러면 너의 영혼은 영원히 사라져. 그것이야 말로 진정한 파멸이지. *크크크*"

헤르마카인의 말에도 자일론의 얼굴은 변하지 않았다.

"그렇다면 나의 영혼을 없애기 위해 이곳에 들어왔다는 말인가?"

"그렇지."

"그렇다면 나의 육체는?"

"내가 좀 가지고 놀려고."

헤르마카인이 빙그레 웃으며 대답한 그 순간 자일론의 손에는 어디서 나타났는지 검이 쥐어져 있었다. 그것도 오러 블레이드를 가득 머금은 검이.

"호오? 오러 블레이드? 마나를 많이 가지고 있다 했더니 상급의 소드 마스터였나? 하지만 네가 가진 마나는 상급의 소드 마스터보다도 더 많은 양이었는데?"

헤르마카인은 자일론의 실력에 감탄하는 한편 고개를 갸웃거렸다. 가지고 있는 마나에 비해 이룬 경지나 낮았기 때문이다. 하지만 자일론은 그런 말에는 전혀 신경 쓰지 않았다.

"나를 지울 수 있으면 지워봐. 순순히 당하지는 않을 테니."

그 말과 함께 자일론은 헤르마카인의 시야에서 사라졌다. 유수보법과 천풍신법을 극성으로 펼쳐 헤르마카인의 뒤로 돌아간 것이다. 그리고 헤르마카인의 뒤를 잡는 순간 자일론은 무영을 전력을 다해 펼쳤다.

현재 자신이 할 수 있는 최고의 공격. 자일론도 마왕에 대해서는 어느 정도 알고 있다. 어린 시절 신학을 배울 때 전해오는 전설이라며 들은 기억이 있었다.

마족들의 왕, 마왕. 중급 마족 하나만 나와도 세상이 어지러웠다는 기록은 신전에 보관된 기록서에서 어렵지 않게 찾을 수 있다. 그런데 마왕이 자신의 영혼을 없애고 육체를 빼앗기 위해 왔다니.

이미 자일론은 눈앞의 헤르마카인이 얼마나 강한지 어렴풋이 느끼고 있었다. 탐색을 한다며 질질 끌 여유 따위는 없었다. 그저 전력을 다할 뿐.

자일론이 내지른 검이 기척도 없이 헤르마카인의 등을 훑고 지나갔다. 그 모습에 자일론의 입에는 회심의 미소가 걸렸다. 손에 확실한 감촉이 있었다. 사람의 살을 훑어내는 감촉. 평소에는 결코 좋은 느낌이 아니었다. 오히려 스스로를 혐오하게 될 정도로 끔찍이 싫어하는 감촉이다.

하지만 이번만큼은 상쾌했다. 손에 느껴지는 감촉에 희열을 느꼈다. 상대는 사악하기 그지없는 마왕이니 그런 것이 당연했다.

회심의 일격을 먹였지만 아직 끝난 것은 아니다. 자일론은 재빨리 몸을 움직였다. 어느새 헤르마카인의 오른쪽에 나타난 자일론의 검은 진뢰의 검로를 따라 그의 몸을 헤집었다. 이번 일격은 결정타다. 이것을 맞고도 회생할 수는 없을 것이다. 그렇게 확신한 자일론은 한 발 물러서 검을 늘어뜨렸다.

자일론의 몸은 땀으로 흠뻑 젖어 있었다. 검을 쥔 손은 부들부들 떨렸다. 방금 전 단 두 번의 공격에 자일론이 가진 모든 심력(心力)을 담아냈다는 증거였다.

자일론은 자신에 찬 눈으로 헤르마카인을 쳐다보았다. 온통 검에 난자된 채 서 있는 마왕. 그의 몸은 점점 투명해지더니 결국은 사라졌다. 헤르마카인이 사라진 것을 확인한 자일론의 입에는 가는 미소가 떠올랐다.

그는 마왕으로부터 자신의 영혼을 지킨 것이다.

"후우. 위험했어. 설마 게일 형이 그런 미친 짓까지 할 줄이야. 로이드 형의 그림자에 숨는 것도 이걸로 끝인가? 이미 형은 이 세상 사람이 아닌 것을. 마왕 때문에 영혼을 잃을 뻔했지만 그래도 덕분에 정신을 차릴 수 있었어. 더 이상 로이드 형의 그림자에는 얽매이지 말아야지."

자일론은 얼굴 가득 흐른 땀을 닦아내며 중얼거렸다. 그런 그의 얼굴은 한층 밝아져 있었다. 이제 어느 정도 로이드의 죽음을 털어낸 것이다.

짝짝짝짝.

그때 등 뒤에서 박수 소리가 들렸다. 놀란 자일론은 재빨리 몸을 돌렸다. 기척도 없이 뒤를 잡혔다. 자일론은 긴장한 채 오러 블레이드를 최대로 일으킨 검을 들고 주위를 살폈다.

"아주 훌륭했어. 내가 지금까지 본 검법 중 최고야."

다시 등 뒤에서 소리가 들렸다. 자일론은 다시 몸을 돌렸다. 하지만 이번에는 느릿느릿 천천히 돌렸다. 목소리로부터 알 수 있었다. 자신의 뒤를 점한 이가 헤르마카인이라는 것을.

자일론의 눈에 비친 헤르마카인의 모습은 멀쩡했다. 타격을 입은 흔적이 전혀 없었다. 그 모습에 자일론의 등은 식은땀으로 축축히 젖었다.

"멋진 실력을 보여준 보답으로 일격에 끝내주지."

스산한 눈빛의 헤르마카인은 그 말과 함께 자신이 지니고 있는 마기를 개방했다. 자일론의 정신 세계를 가득 채운 마기는 순식간에 자일론을 집어삼켰다. 자일론이 아무리 검을 휘두르며 저항을 해도 속수무책이었다. 끝없이 밀려오는 헤르마카인의 마기에 서서히 밀리기 시작했다.

헤르마카인은 그런 자일론의 모습을 기분 나쁜 웃음을 지으며 바라보았다.

자일론의 방을 치우기 위해 들어온 시녀는 고개를 갸웃거렸다. 항상 그저 멍하니 천장만 올려다보던 자일론의 몸이 격하게 떨렸던 것이다. 정신 세계에서 자일론이 헤르마카인을 맞아 싸우는 것이 육체에 영향을 미친 것이지만 시녀는 그 사실을 알 리 없었다. 그저 이상한 현상이라 생각할 뿐.

자일론이 온몸을 부르르 떨었다는 것을 저택의 주인인 케이에게 이야기할까 고민하던 시녀는 곧 고개를 가로저었다. 한 순간 온몸을 떨었을 뿐, 자일론은 곧 원상태로 돌아갔기 때문이다. 그래서 시녀는 별일 아니겠거니 하고 방을 정리한 후 밖으로 나왔다.

하지만 그녀는 몰랐다. 항상 멍하니 허공만 올려다보던 자일론의 눈에 생기가 돌아와 있음을.

'후우, 자일론. 제법 대단한 녀석이었어. 의지력이 그 정도일 줄이야. 내가 영혼을 완전히 소멸시키지 못하고 제압해서 한 구석에 처박아두는 것 정도로 끝내야 했다니.'

자일론의 육신을 빼앗은 헤르마카인은 천장을 올려다보는 자세를 유지한 채로 생각했다. 자일론의 육신을 완전히 빼앗았지만 헤르마카인은 서두르지 않았다. 헤르마카인은 음모의 동악신 휘하의 마왕이다. 살육이나 공포, 그리고 파괴 따위나 좋아하는 그런 단순한 다른 마왕들 따위와는 머리를 쓰는 방법 자체가 달랐다.

헤르마카인은 그 자세를 그대로 유지한 채 자일론의 기억을 샅샅이 훑었다. 자일론이 망각이라는 이름으로 잊어버린 기억까지 하나도 빼놓지 않고 샅샅이 뒤졌다. 그리고 그것을 자기 것으로 만들었다.

그사이 문이 잠시 열렸다 닫혔지만 자일론의 기억을 익히는데 열중한 헤르마카인은 그것을 느끼지 못했다.

게일의 시신을 찾아주고 난 후 자신의 저택으로 돌아온 케이가 잠시 자일론을 살피기 위해 문을 열었던 것이다. 살짝 문을 열어보니 자일론의 상태는 변함이 없는 것 같았기에 다시 문을 닫고 케이는 자신의 방으로 돌아갔다.

'얼마나 지나야 할지…….'

케이는 꿈에도 몰랐다. 이미 자일론이 마왕에게 육신을 빼앗겨 버렸다는 사실을.

'호오? 제법 신기한 기억들이 많군. 혼원신공이라. 혼원심법, 혼원검법, 천풍신법, 유수보법이라……. 아까 그 움직임과 검법이 이거였나 보군. 그리고 케이? 늑대? 늑대가 9서클 마스터에 소드 슈페리어? 게다가 그 검법을 그 늑대가 가르친 거라고? 으음, 이계에서 환생한 존재라… 그런데 기억을 가지고 있었다라… 아하! 그자군. 조야선, 그자의 장난이었어. 리야드를 속이다니…….'

자일론의 기억을 읽은 헤르마카인은 빠른 속도로 그 기억을 자신의 것으로 하는 한편 속속들이 익히고 있었다. 또한 자신이 아는 사실과 자일론의 기억에 있는 사실을 조합해 케이라는 존재가 결국은 조야선의 장난에 의해 이곳에 태어났다는 사실까지 유추해 냈다.

헤르마카인은 특히 혼원심법이란 것과 혼원검법에 깊은 흥미를 느끼고는 정신 속에 파고들었다. 그리고는 순식간에 혼원검법 십초를 모두 익힐 수 있었다.

그것은 그가 마왕이라는 존재였기에 가능한 일이었다.

자일론의 모든 기억을 익혔다고 확신하고 나서야 헤르마카인은 몸을 일으켰다.

"후후. 좋군. 인간의 육신이란. 게다가 상급의 소드 마스터라는 최상의 육체이니 더할 나위 없이 상쾌해."

침대에서 일어난 후 몸을 이리저리 움직여 본 헤르마카인은 빙그레 웃음 지었다.

"하지만 자일론 이 녀석도 멍청하군. 그런 뛰어난 수법들을 익히고 겨우 상급의 소드 마스터라니. 뭐, 상관없어. 난 이미 그 경지를 뛰어넘었으니. 흐흐흐. 그럼 슬슬 나가서 놀아볼까? 아, 세린이라는 그 계집은 조심해야겠군. 주신의 권능을 가지고 있으면 내 정체를 알아차릴지도 모르니까."

자일론의 옷을 주섬주섬 챙겨 입은 헤르마카인은 검을 허리에 매며 중얼거렸다.

자일론의 기억 속에 있는 위험 인물. 세린, 주신의 권능을 지녀 모든 것의 진실을 꿰뚫어 볼 수 있는 능력을 가진 여인. 그녀와 만나면 골치 아파진다. 겨우 신탁이 내려올 수 없는 합법적인 방법으로 현계에 나왔건만 그녀의 눈에 띄어 마왕이라는 것이 알려진다면 당장 류블라드의 모든 신전이 들고일어날 것이다. 귀찮은 것은 사절이었다.

준비를 마친 자일론은 방문을 열고 나섰다. 밖으로 나가기 위해 응접실을 지나칠 때 그곳에 케이가 앉아 있었다. 케이는 방으로 들어갔다가 답답한 마음에 다시 응접실로 자리를 옮겼던 것이다. 한숨을 쉬며 머리를 흔들던 케이의 눈이 자일론의 눈과 마주쳤다.

케이의 눈이 급격히 커졌다.

"자일론! 이제 괜찮은 거야?"

멀쩡한 얼굴로 멀쩡히 걷고 있는 자일론의 모습에 케이가 소리쳤다. 케이의 말에 자일론은 고개를 끄덕였다.

"응. 이제 좀 괜찮은 거 같아. 가슴이 답답해서 잠시 바람 좀 쐴까 해서."

헤르마카인은 태연히 대답했다. 자일론의 행동과 완전히 똑같게.

케이도 그의 행동에서 어색한 것은 찾을 수 없었다. 그랬기에 걱정 어린 눈길로 자일론을 바라보고 있었다.

"괜찮겠어? 내가 같이 갈까?"

"아니. 아직은 혼자 있고 싶어."

"알았다. 조심해라."

헤르마카인은 고개를 끄덕여 주고 현관을 향해 걸음을 옮겼다. 그런 자일론의 뒷모습을 바라보는 케이는 고개를 갸웃거렸다. 자일론이 풍기는 기운이 어딘가 달랐다. 하지만 자일론이 정신을 차렸다는 기쁨에 대수롭지 않게 생각했다. 아마도 형을 잃은 충격으로 인해 몸의 기운이 흔들린 것이려니 하고 간단하게 생각했다.

"다행이 세린이랑은 마주치지 않았군. 크크."

케이의 저택을 빠져나와 왕궁을 향해 걸어가는 헤르마카인의 얼굴에는 웃음이 가득했다. 시가지를 활기차게 움직이는 수많은 사람들을 지켜보자니 절로 즐거웠다.

"크크. 이놈들을 어떻게 가지고 놀면 재미있을까? 크크크."

음모의 속성을 가진 헤르마카인. 마왕 중에서 어떤 면으로는 그가 가장 악질이었다.

파괴의 속성을 가진 마왕은 그저 파괴만 했다. 살육의 속성을 가진 마왕은 그저 죽였다. 공포의 속성을 지닌 마왕은 상대의 공포를 쥐어짜내기만 했다.

하지만 헤르마카인은 자신이 꾸민 음모로 세상을 가지고 놀기 위해 파괴도 살육도 공포를 퍼뜨리는 것도 모두 다했다. 그저 재미를 위해.

　그런 면에서는 가히 가장 악질적인 마왕이라 할 수 있었다. 지금 현재도 얼굴 가득 웃음을 떠올린 이유가 눈앞에 보이는 사람들을 가지고 놀기 위해서이니.

　"흠. 일단 카이렌이라는 나라를 뒤흔들어 볼까? 분명 이 나라는 카이져 기사단, 실버 기사단, 근위기사단, 이렇게 세 기사단이 기둥을 이루고 있다고 했지? 그렇다면 일단 그 세 곳을 들쑤셔 봐야겠군. 과연 자일론의 몸이 얼마나 위력을 낼지 궁금하군. 크크크."

　멀리 왕궁의 모습이 보일 때쯤 더없이 진해질 수 없을 만큼 헤르마카인의 웃음은 진해져 있었다.

제   61   식

마왕의 광기로
물드는 카이렌

멀리서 왕궁의 정문을 향해 유유히 걸어오는 인물이 있었다. 경비병은 안력을 집중해 그 인물을 살폈다. 제법 먼 거리였지만 오래된 경비 경력으로 금세 누구인지 알아볼 수 있었다. 걸어오는 인물의 정체를 알아차리자마자 경비병은 부동 자세를 취했다. 그는 카이렌의 제5왕자 자일론 폰 카일렌이었다.

자일론이 왕궁의 정문 앞에 이르렀을 때 두 경비병은 경례를 부치며 예를 취했다. 그런 그 둘은 목을 훑고 지나가는 시원한 감각을 느꼈다. 그리고 그것은 그들이 살아 생전 느낀 마지막 감각이 되었다. 자일론이 왕궁의 정문을 통과한 순간 그 둘의 머리는 바닥으로 떨어졌으니까.

너무나 자연스러워서 마치 처음부터 그 두 사람이 거기에 죽어 있는 듯했다. 그래서 왕궁의 성벽을 지키는 병사들과 그들을 감독하는 기사들, 어느 누구도 그 둘의 죽음을 알아차리지 못했다.

자일론, 아니, 자일론의 육신을 차지한 헤르마카인이 왕궁의 중간쯤 갔을 무렵에야 한 기사가 그들 두 사람이 죽어 있는 것을 발견하고는 비상 신호를 보냈다.

왕궁의 정문을 지키는 병사들의 죽음. 이것은 보통 일이 아니었다. 그 기사의 비상 신호에 의해 왕궁은 즉시 비상 체제에 돌입했다. 가뜩이나 어수선한 분위기 속에 사람들의 발걸음은 더없이 바빠졌다.

근위기사들은 정신없이 카류일 국왕과 리마 왕비, 티라나 귀비, 일리나 귀비, 그리고 각 왕자와 공주의 궁으로 흩어졌다. 그들의 임무는 왕족의 보호가 최우선이었기에 그중 절반가량은 카류일 국왕에게로 달려갔다.

실버 기사단은 어떻게 된 일인지 파악하기 위해 즉시 왕궁 곳곳으로 흩어졌다. 게일의 처참한 시신을 살피며 카류일 국왕에게 올릴 보고서를 작성하던 카나카인 후작은 절로 욕설을 씹어 뱉고는 자신의 방으로 향했다.

갑작스럽게 터진 사건에 대한 지시를 하기 위해서였다. 근위기사의 임무가 왕족의 보호였다면 실버 기사단의 임무는 감찰과 정보 수집, 그리고 수도 방비였다. 처음 실버 기사단이 생긴 목적이 수도 방비였던 만큼 실버 기사단으로서는 책임이 막중한 임무였다. 그런데 왕궁에 적이 침입할 때까지 모르고 있었다는 것에 실버 기사단의 체면은 말이 아니었다.

왕궁에 적이 침입한 초유의 사태였기에 카이져 기사단도 소집되었다. 현재 단장인 콘티넌트 공작이 자택으로 돌아간 상황이었지만 부단장의 일사불란한 지휘 아래 카이저 기사단은 속속들이 대형을 이루며 모여들었다.

헤르마카인은 그 모습을 흡족하게 지켜보았다. 이런 모습을 원했다. 꽁지에 불 붙은 망아지마냥 이리저리 뛰어다니느라 바쁜 인간들의 모습, 정말 재미있었다. 그렇게 주위를 구경하며 느긋이 걸음을 옮기는데 근위기사 한 명이 그에게 다가왔다.

"자일론 왕자님, 이곳은 위험합니다. 적이 침입했습니다. 현재 적에 관해서는 알려진 것이 전혀 없습니다. 속히 자리를 피하십시오."

충정 가득한 기사의 말에 헤르마카인은 슬쩍 웃었다. 꼭 이런 놈을 보면 죽여 주고 싶었기에.

"아아, 그럴 필요 없어."

"예?"

"그 침입자가 나거든."

그 말과 함께 헤르마카인의 검이 근위기사의 가슴을 꿰뚫었다. 자신의 가슴에 박힌 검을 보며 기사는 믿을 수 없다는 듯 중얼거렸다.

"왜… 왜……."

"왜냐면 재미있으니까."

그 대답을 들은 근위기사는 급격히 커진 동공 그대로 절명했다. 그 모습을 주위에 있던 많은 사람들이 보았다. 왕궁 곳곳으로 흩어지던 실버 기사들과 왕족을 찾아가던 근위기사들, 집합 장소로 이동하던 카이저 기사들도, 이리저리 도망다니던 시종, 시녀들도 모두 볼 수 있었다.

그리곤 그 자리에 딱딱하게 굳었다. 분명 자신들의 눈앞에 있는 인물은 자일론 왕자였다. 그런데 그가 근위기사를 죽였다. 믿을 수 없었다.

"자일론 왕자님! 이게 무슨 일입니까?"

그때 근위기사 중 한 중년의 기사가 나서며 소리를 질렀다. 그의 얼굴은 경악으로 가득했다.

"응? 뷰트로군. 오랜만이야."

자일론의 모습을 한 헤르마카인에게 소리를 지르는 기사는 어린 시절 자일론의 호위기사였던 뷰트였다.

"이건 오랜만에 만난 인사."

헤르마카인은 뷰트를 향해 웃으며 슬쩍 손을 흔들었다. 그러자 검에서 유형화된 검기가 검을 떠나 뷰트의 허리를 갈랐다.

"이… 이게 무슨……."

믿을 수 없다는 듯 허망하게 중얼거린 그 말을 마지막으로 뷰트의 상반신은 땅에 떨어졌다. 사람들의 얼굴에는 다시 한 번 경악이 떠올랐다.

"까악! 자일론 왕자가 미쳤다~!"

그때 시종 중 하나가 비명과 함께 소리를 지르며 달아나기 시작했다. 그의 모습을 본 헤르마카인의 얼굴에 차가운 미소가 어렸다. 그는 장난치듯 그 시종을 향해 왼손을 내밀었다. 그러자 그의 손에서 어마어마한 장력이 일어 시종에게로 날아났다. 그 장력을 맞은 시종은 온몸이 터져 나가며 죽었다. 순식간의 일이라 비명도 채 지르지 못했다.

그 자리에서 그 모습을 지켜본 사람들은 온몸을 부들부들 떨었다.

그리고는 곧장 비명을 지르며 달아나기 시작했다. 다만 기사들만이 그 자리를 지키고 있을 뿐이었다. 그들의 눈에는 긴장이 어렸다.

"대체 이게 무슨 행동이십니까, 자일론 왕자님?"

기사들 중 가장 실력이 뛰어나 보이는 이가 한 발 앞으로 나서며 물었다.

"왜 재미있지 않나?"

그 말에 모든 기사들의 얼굴에는 어이없는 표정이 떠올랐다.

"재미있다니요! 사람의 목숨을 가지고 재미있다니요!"

헤르마카인에게 말을 걸었던 기사는 분노에 찬 노성을 질렀다. 도저히 왕자를 대하는 기사의 태도라고는 볼 수 없었다. 그만큼 그가 분노했다는 것이다.

"사람의 목숨이 왜? 어차피 벌레 목숨 같은 거잖아."

그 말에 기사들은 모두 맥이 탁 풀렸다. 도무지 이해할 수가 없었다. 그 총명하던 자일론 왕자가 왜 저렇게 변했는지.

"그렇다면 설마 왕궁 정문의 경비병 둘도……."

"아아, 그래, 내가 그랬지. 그런데 너무 쉽더라고. 재미없었어. 오히려 그 둘이 죽으면서 울린 비상 신호에 뛰어다니는 사람들의 모습이 더 재미있었지. 그렇지 않나? 후훗."

그의 대답에 몇몇 기사들은 몸을 부들부들 떨었다.

"네, 네놈은… 네놈 따위는 왕자가 아니야! 죽어라! 네놈을 죽이고 나도 죽으마!"

헤르마카인과 대화를 하던 카이져 기사단의 기사는 순식간에 검을 뽑고는 헤르마카인을 향해 달려들었다. 그러나 너무도 허망하게 그는 검에 목을 꿰뚫린 채 풀썩 쓰러졌다.

그 모습을 본 기사들은 두려움에 휩싸였다. 눈앞에 있는 살인귀는 분명 자일론 왕자였다, 바로 카이렌에서 세 번째로 강한 기사라는.

소드 슈페리어라는 지니어스 후작, 그리고 그랜드 소드 마스터인 엘프 퓨어를 제외하고는 가장 강했다. 카이져 기사단의 단장인 콘티넌트 후작과 맞먹는 상급의 소드 마스터. 그가 지금 닥치는 대로 사람을 죽이고 있었다.

검에 오러 블레이드조차 일으키지 않았지만 너무도 강했다. 하지만 가만히 보고 있을 수는 없었다. 벌써 죄없는 무수한 사람들이 죽었다. 정문의 병사도 그가 죽였다고 스스로 말했다. 결국 이 소동의 원인은 자일론 왕자였다. 그를 제압해야 했다. 죽을지도 모르나 자랑스러운 카이렌의 기사인 자신들의 임무였기 때문이다. 기사들의 생각은 순간 모두 일치했음인가?

모두 동시에 검을 뽑았다. 그리고는 모두 자일론을 향해 달려들었다. 헤르마카인은 그런 기사들을 재미있다는 듯 베어 넘겼다. 자일론의 기억을 뒤져 새로이 익힌 검법의 위력을 감상하면서.

그 와중에 기사 하나는 몸을 돌려 달아났다. 그는 실버 기사단의 기사 중 하나였다. 결코 살고 싶어서 도망치는 것이 아니었다. 지금 이 자리에 있는 사람은 모두 죽을지도 몰랐다. 그렇게 저들이 자일론을 공격하면서 시간을 벌어줄 때 자신은 이 사실을 알려야 했다.

왕궁의 모든 사람들은 현재 적이 누군지조차 모르고 있다. 더욱이 왕국의 제5왕자인 자일론이 살귀로 변했다는 사실은 상상조차 못할 것이다. 어떻게든 알려야 했다. 그는 사력을 다해 뛰었다. 그리고 자일론 왕자의 손아귀에서 무사히 벗어났다. 자신이 갈 수 있게끔 시간을 벌어준 동료들을 생각하니 눈물이 가슴을 적셨다.

하지만 그는 모르리라, 헤르마카인이 일부러 보내줬음을.

유일한 생존자인 그 기사의 보고에 실버 기사단의 본부는 발칵 뒤짚혔다. 왕자가 범인이라니, 왕자가 사람들을 무차별 살육하고 있다니. 로이드의 죽음에 이어 게일의 음모, 거기다 이번에는 미쳐 버린 자일론까지…….

카이렌의 왕실에 무슨 저주가 내린 건 아닐까란 생각이 카나카인 후작의 머리를 스치고 지나갔다. 하지만 꾸물거릴 틈은 없었다. 즉시 왕궁 전역에 그 사실을 알렸다. 그 사실이 전해지는 순간 왕궁은 전율했다.

특히 일리나의 충격이 컸다. 사랑하는 자신의 아들이 미쳐서 살귀가 되어버리다니 그럴 수는 없었다. 자일론은 자신의 아들, 드래곤의 피를 받은 하프 드래곤 휴먼이었다. 보통 인간으로는 상상도 할 수 없는 뛰어난 정신력을 지녔다. 그런 그가 미치다니 있을 수 없는 일이었다. 미치는 것은 정신력이 허약한 바보 같은 녀석들에게나 있는 일이다.

일리나는 즉시 자신의 두 눈으로 자일론의 모습을 확인하러 나가려 했다. 하지만 근위기사들이 막았다. 그때문에 오도 가도 못하고 발만 동동 구르고 있었다. 자신을 막는 근위기사들을 처리하고 나가야 할지, 아니면 그냥 기다려야 할지.

하지만 고민은 오래가지 않았다.

"슬립(Sleep)."

그녀의 나직한 주문과 함께 그녀의 궁에 있던 모든 존재들은 깊은 잠에 빠져들었다. 만날 때마다 일일이 재우기 귀찮았던 일리나는 그냥 자신의 궁 전체에 슬립 마법을 건 것이다. 과연 드래곤다운 능력이었다.

한편 카나카인 후작은 정신없이 바빴다. 국왕이 술에 절어 멍하니 있는 지금, 왕궁의 방비를 위한 지휘의 최고 통수권자는 그녀였다. 카이져 기사단과 근위기사단도 현재는 그녀의 지휘를 받고 있었다. 미쳐 버린 자일론이 국왕은 물론 왕족들을 모두 죽여 버리기라도 하면 큰일이었다. 아무리 미쳤다고 해도 그런 패륜을 저지를까 싶지만은 그래도 모르는 일이다.

지금 이 상황은 카이렌 건국 이후 최고의 위기였다. 그랬기에 카이져 기사단과 근위기사단도 순순히 카나카인 후작의 지휘를 받고 있던 것이다. 이런 상황에서 서로 지휘의 주도권을 갖기 위해 다투는 것은 그야말로 딱 죽기 좋은 바보 짓임을 그들은 모두 알고 있었다.

"젠장. 이봐, 즉시 하디온 후작께 가서 지니어스 후작의 저택으로 텔레포트를 부탁해. 그리고 이곳의 상황을 설명하고 즉시 세린님을 모셔 올 수 있도록. 자일론 왕자님의 상태가 어떤지 정확히 알아야 대책을 세울 수 있으니까. 지금 믿을 것이라곤 그분의 신안뿐이야."

카나카인 후작의 명령을 받은 부관 보더린은 황급히 뛰쳐나갔다.

"일단 근위기사단은 즉시 폐하와 왕비마마, 귀비마마들과 왕자님, 공주님을 모시고 왕궁을 벗어나요. 왕궁 지하에 있는 이동 마법진을 이용해서요. 어떤 일이 벌어질지 모르니 일단 몸을 피해야 해요."

이어진 카나카인의 지시에 근위기사단의 기사는 즉시 그 명령을 전달하기 위해 릭본 라이트 백작에게로 달려갔다.

"카이져 기사단은 자일론 왕자님의 진행 경로 중간에 방어진을 형성해 주세요. 저희 실버 기사단은 엄호하겠습니다. 지금 들어온 보고로는 정의의 궁으로 곧장 향하고 있다고 합니다. 즉시 그 중간에 방어진을 형성해 주세요. 선두는 제가 맡습니다."

카나카인 후작의 말에 카이져 기사단의 부단장은 고개를 끄덕였다. 현재 왕궁 내에 존재하는 무력 집단 중 가장 강한 곳은 카이져 기사단이었다. 그리고 가장 강한 사람은 카나카인 후작이었다. 이들이 제일 앞에서 자일론을 막는다는 데는 이견이 있을 수 없었다.

카나카인 후작의 지시로 모든 일이 착착 이루어졌다. 카이져 기사단과 자신은 방어진을 형성할 곳으로 이동했고, 그 주위로 석궁을 든 실버 기사단이 넓게 포진했다. 그리고 근위기사단은 왕궁의 곳곳에 흩어진 왕족들을 한곳으로 모았다. 자일론이 정의의 궁으로 향하고 있었기에 리마 왕비의 거처인 장미의 궁으로 속속들이 모여들었고, 만일을 대비해 왕궁의 지하에 마련된 이동 마법진에 올랐다. 이동 마법진에 오르는 카류일 국왕의 얼굴은 참담하기 그지없었다.

아들의 손에 아들을 잃고, 이번에는 또 다른 아들로 인해 왕궁을 도망쳐 떠나야 하다니……. 과연 자신이 일국의 국왕이라 할 수 있을까? 자신이 전생에 무슨 죄를 지었기에 왕실에 이런 시련을 주는지 카류일 국왕은 정녕 알 수가 없었다.

일라나 귀비를 제외한 모든 왕족이 모였다.

"제2귀비마마께서는?"

그녀의 모습이 보이지 않자 릭본은 즉시 주위의 기사들에게 물었다.

"귀비마마께서는 궁에 안 계셨습니다. 궁 안에 있던 사람들은 모두 쓰러져 있었고, 귀비마마는 찾을 수 없었습니다."

그의 대답에 릭본의 얼굴은 처참하게 일그러졌다. 대체 어떻게 된 일인지 알 수가 없었다. 하지만 한시가 급했기에 이제는 어쩔 수 없는 일이었다.

"그냥 이동한다."

릭본은 그렇게 결단을 내렸다. 그의 말이 떨어지자 곧 이동 마법진이 작동하기 시작했다. 거대한 이동 마법진이 빛에 휩싸이자 그곳에 있던 왕족들과 근위기사들은 모두 사라졌다.

그때 하디온 후작은 텔레포트를 사용해 케이의 저택 정원에 나타났다. 정확히는 비행 마법으로 몸을 띄운 채 정원 공중에 모습을 드러냈다. 실버 기사단에서 준 케이의 저택 좌표 덕에 손쉽게 올 수 있었다. 한시가 급했기에 하디온 후작은 공중에 뜬 그대로 케이의 저택으로 날아갔다.

갑작스레 날아 들어오는 노인을 발견한 집사는 놀란 얼굴을 했다. 하지만 곧 그 노인이 하디온 후작이라는 것을 알아낸 집사는 공손히 예를 취했다. 수도에서, 그것도 대귀족의 저택에서 집사를 하려면 수도에 있는 모든 귀족들의 얼굴을 외우는 것은 기본 소양 중 하나였다.

하이온 후작의 얼굴에 어린 다급한 기색을 읽은 집사는 지체없이 그를 케이에게로 안내했다. 응접실에는 케이 혼자 여전히 앉아 있었다. 자일론이 나간 이후 제법 시간이 흐른 것 같았는데 돌아오지 않아 걱정스런 마음에 꼼짝도 못하고 있었다. 찾으러 나가볼까도 생각했지만 혼자 있고 싶다고 말한 자일론의 심정도 이해했기에 아무것도 못한 채 그냥 앉아 있었던 것이다.

"응? 하디온 후작께서 웬일이십니까?"

급히 들어오는 하디온 후작을 발견하고는 케이가 의아한 듯 물었다. 하디온 후작은 모르지만 케이에게 있어 하디온 후작은 무척이나 친숙한 인물이다. 자일론이 어린 시절 레이블 하디온 후작에게서 마법을 배울 때 그도 항상 함께했으니까. 그랬기에 하디온 후작을 대하는 케이의 태도는 무척이나 따뜻했다.

"지금 왕궁에 큰일이 벌어졌습니다."

케이를 보자마자 하디온 후작은 급히 입을 열었다. 현재 수도에서 자일론을 막을 수 있는 능력을 지닌 인물은 셋이었다.

소드 슈페리어 케이 지니어스 후작과 그랜드 소드 마스터 하이 엘프 퓨어, 그리고 마지막으로 정령왕을 소환하는 신안의 여인 세린.

그랬기에 하디온 후작의 눈에는 간절함이 가득했다.

"대체 무슨 일이기에 그러십니까? 자, 진정하시고 차근차근 설명해 주십시오."

눈치 빠른 집사가 준비해 온 냉수를 단숨에 들이킨 하디온 후작은 곧 왕궁에서 일어나고 있는 일에 대해 차근차근 설명했다.

갑작스레 경비병 둘을 죽이며 왕궁으로 들어선 자일론이 무차별적으로 사람들을 죽이고 있다고. 그의 살육을 막으려다가 죽어 나간 기사들의 수가 부지기수이며 국왕은 왕족들과 함께 이동 마법진을 통해 왕궁에서 대피할 거란 이야기도. 아마도 카나카인 후작이 카이져 기사단을 이끌고 자일론을 막을 것이라는 이야기도 했다. 마지막으로 워낙 급작스럽게 터진 일이라 왕궁 밖으로는 제대로 된 소식이 전해지지 않았다고 했다.

그리고 대체 자일론의 상태가 어떻기에 저런 살육을 저지르는지 확인하기 위해 세린의 힘을 빌리러 왔다는 것으로 하디온 후작의 이야기는 끝을 맺었다. 그의 말을 모두 들은 케이는 멍한 얼굴로 앉아 있었다. 도무지 믿을 수 없는 이야기였으니까.

케이는 즉시 일행을 모두 불러 모았다. 그리고는 가타부타 말도 없이 즉시 왕궁으로 텔레포트했다.

왕궁의 상공, 그곳에는 케이의 힘에 의해 케이 일행이 모두 떠 있었다. 아래를 내려다보는 케이의 얼굴은 딱딱하게 굳어들었다.

"어떻게 이럴 수가……."

제법 높은 공중이었지만 케이에게는 별다른 문제가 되지 않았다. 케이는 이미 보았다. 필사적으로 자신을 막으려는 기사들을 장난치듯 베어 넘기는 자일론의 모습을. 믿을 수 없었다. 하지만 눈앞에 펼쳐져 있는 이상 지금의 현실을 믿을 수밖에 없었다.

"어떻게 된 거지, 세린?"

신안을 가진 세린 역시 이미 아래의 상황을 모두 파악한 상태였다. 케이의 물음에 딱딱하게 굳은 얼굴로 말했다.

"마왕이에요. 어떻게 된 일인지 모르겠지만 지금 자일론의 몸에 마왕이 들어와 있어요. 동마왕 헤르마카인, 그가 자일론의 영혼을 밀어내고 자일론의 육신을 차지한 상태예요."

세린의 대답에 케이의 머리를 스치는 생각이 있었다. 바람을 쐬러 나가겠다던 자일론에게서 느껴진 무언가 다른 기운, 그것의 정체가 바로 마왕이 가진 기운이었던 것이다. 그렇다면 그때 이미 자일론은 마

왕에게 몸을 빼앗겼던 것이다. 로이드의 죽음이 준 충격을 털고 일어
난 것이 아니라 마왕이 자일론의 몸을 빼앗아 움직이게 만들었던 것이
다. 그것도 모르고 자일론의 모습에 기뻐한 자신이라니… 케이는 자신
이 혐오스럽기까지 했다.

"자일론의 영혼은?"

"아직 있어요. 비록 헤르마카인의 힘에 밀려 육신의 한곳에 아주 작
게 자리잡고 있지만 분명히 영혼은 그의 몸에 머물고 있어요."

세린의 대답에 케이는 고민했다.

만일 자일론의 영혼이 사라져 버렸다면 자신은 망설이지 않을 것이
다. 저기 저자는 자일론이 아니라 마왕 헤르마카인이니까. 하지만 자
일론의 영혼도 저 육신에 존재하고 있다. 결국 헤르마카인을 막자면
자신은 자일론을 죽여야만 했다. 그랬기에 케이는 고민했다.

케이가 영혼의 존재를 몰랐다면 이런 고민도 하지 않았을 것이다.
하지만 케이 자신도 한 번 죽었던 경험이 있고, 영혼으로 존재했던 경
험도 있었다. 그래서 차마 결단을 내릴 수가 없었다.

케이는 한참을 갈등했다. 하지만 도저히 결정할 수가 없었다.

케이가 고민을 하는 그때, 한창 실버 기사들을 베어 넘기던 헤르마
카인은 하늘에서 느껴지는 기운에 하늘을 힐끔 바라보았다.

"일이 복잡해졌군. 설마 이렇게 빨리 나타날 줄이야."

그곳에는 케이가 있었다. 그리고 자일론의 기억에서 본 인물들도.
그중 세린도 있었기에 헤르마카인은 이미 자신의 정체가 들통나 버렸
음을 알았다.

하지만 상관없었다. 일을 벌이기 전에 이미 예상한 일이였으니까.

지금 충분히 즐거우니 그것으로 됐다. 귀찮은 일 조금쯤은 감수하기로 한 것이다.

“어떻게 하죠, 케이?”

케이가 가만히 있자 바볼랏이 침중한 어조로 물었다. 하지만 케이는 아무런 반응이 없었다. 다만 세린이 안쓰러운 시선으로 그를 바라볼 뿐이었다. 세린은 이미 케이의 심정을 알았기에 아무런 말도 할 수 없었다.

얼마나 있었을까? 불현듯 케이가 사라졌다. 일행에게 아무런 말도 없이 텔레포트로 사라져 버린 것이다.

케이가 사라지자 그의 마법으로 공중에 떠 있던 일행이 자유 낙하를 시작했다.

“슈리엘.”

세린이 급히 바람의 최상급 정령을 소환했다. 일행 모두를 공중에 띄울 능력을 지닌 마법사가 없었기 때문이다. 물론 발린과 카트린이 서로 나누어서 마법을 펼치면 가능했지만 두 사람이 주문을 외울 여유도 없었다.

세린이 소환한 슈리엘이 사람들을 모두 감싸 안아 공중으로 띄워 올렸다.

“이제 어떻게 하지?”

브라이튼이 힘겹게 입을 열었다. 자일론의 일로 충격을 받은 것은 케이뿐만이 아니었다. 브라이튼 역시 케이 못지 않은 큰 충격을 받았다. 철이 들 무렵부터 브라이튼은 자일론과 함께했다. 그런데 그런 친구가 마왕에게 몸을 빼앗기다니…….

힘거운 브라이튼의 말에 카트린이 대답했다.

"일단은 이 사실을 알려야 해. 세린 언니, 어서 카나카인 후작에게로 가요. 아마도 성안에서 카나카인 후작이 지휘하고 있을 거예요."

카트린의 재빠른 상황 판단에 세린은 슈리엘을 통해 곧 카나카인 후작이 있는 곳으로 날아갔다. 갑작스레 공중에서 날아오는 일단의 무리에 사람들은 웅성거렸지만 카나카인 후작은 그들이 세린들이라는 것을 바로 알아보았다. 소드 마스터의 안력으로는 그 정도 거리는 큰 장애가 될 수 없었다. 카나카인 후작은 세린 일행에서 케이가 없는 것이 이상했지만 크게 신경 쓰지 않았다. 그랜드 소드 마스터인 퓨어가 있으니 그걸로 충분하다고 생각했다.

세린은 카나카인 후작을 보자마자 즉시 자신이 알게 된 사실을 설명해 주었다. 세린의 목소리는 작았지만 주위에 있는 사람들은 모두 들을 수 있었다. 그녀가 목소리에 마나를 실어 말했기 때문이다.

세린의 설명이 끝나자 사람들의 얼굴은 경악으로 물들었다. 믿을 수 없는 일이었지만 신안이 그렇게 말했으니 사실인 것이다. 대체 신은 카이렌에 무슨 원수가 있기에 이런 재앙을 내린단 말인가?

"그런… 자일론 왕자님의 몸을 마왕이 차지했다니……."

"역시. 자일론 왕자님이 저렇게 미칠 리가 없었어……."

세린의 말이 끝나자 곳곳에서 각양각색의 반응이 터져 나왔다.

"이제 앞으로 어떻게 해야 할까요?"

카트린이 생각에 잠긴 카나카인 후작에게 물었다. 현재 이곳에서 가장 지략이 뛰어난 이는 그녀였으니 그녀에게 기대야 했다.

"철수합니다. 마왕이라면 우리가 막을 수 없습니다. 신전에 알리고 신전의 도움을 얻어야 합니다. 그리고 피신하신 폐하와 합류해야겠지오. 그리고 수도에도 이 사실을 알리고, 각국에도 알려야겠죠. 마왕의 강림이라면 우리 카이렌만의 일은 아니니까요. 그런데 어째서 이번에는 신탁이 없었을까요? 마족이 류블라드에 모습을 드러낼 때면 항상 신탁이 있었다고 들었는데."

앞으로의 행동 방향을 지시하던 카나카인 후작이 궁금한 듯 세린에게 물었다.

"그건 게일 왕자가 소환했기 때문입니다. 주신께서 정하신 율법에 따라 류블라드의 존재가 불러들인 일은 류블라드의 존재가 책임을 져야 합니다. 그래서 이번에는 신탁이 없었던 것이죠."

"끄응. 마지막까지… 게일 왕자……."

세린의 대답에 카나카인 후작은 신음을 흘렸다.

"그것보다는 어서 후퇴해야 하지 않을까요? 비명 소리가 점점 가까워지고 있는데?"

브라이튼이 점점 커지는 비명 소리에 황급히 카나카인 후작에게 말했다.

"이런, 그렇군요. 전군 후퇴합니다. 빨리 대열 정비해 주십시오."

그녀의 명령에 마지막으로 남아 있던 카이져 기사단과 실버 기사단은 재빨리 후퇴 진형으로 대열을 정비했다. 카이렌을 지탱하는 기사단이라는 소리를 들을 만한 빠르고 절도있는 동작이었다.

"흐음. 여기 모여 있었군. 이거 이번에는 좀 더 재미있겠는데 그래?"

후퇴를 위한 대형이 완성될 무렵 자일론의 육신을 가진 헤르마카인이 모습을 드러냈다.

"이런……."

그의 모습을 발견한 카나카인 후작의 입에서 신음이 흘러나왔다.

그때 퓨어가 검을 뽑으며 한 발 앞으로 나섰다.

"세린, 다른 사람들을 부탁해요."

그 말에 퓨어의 의도를 깨달은 세린은 고개를 끄덕였다.

"미네르바."

세린의 소환에 미네르바가 일진광풍을 일으키며 모습을 드러냈다.

『오랜만이네, 세린. 그동안 왜 안 불러준 거야?』

현재 상황을 모르는 미네르바는 밝은 웃음과 함께 세린에게 말을 건넸다. 그러나 곧 세린의 딱딱한 얼굴에서 심상치 않은 일이 벌어졌음을 깨닫고는 주위를 둘러보았다. 그러다가 그녀의 시선은 자일론에게서 멈췄다.

『세상에! 마왕이라니!』

"미네르바, 급해! 어서 모두를 데리고 이곳을 떠나줘. 퓨어 언니만 남기고."

고개를 끄덕인 미네르바는 퓨어만을 남기고 그 자리에 있던 사람들을 안아 올렸다. 그리고는 빠른 속도로 날아 왕궁으로부터 멀어졌다.

『그런데 세린, 어디로 가면 되지?』

미네르바의 물음에 세린은 카나카인 후작을 돌아보았다.

"어디로 가면 되죠?"

"일단은 수도의 신전에 가서 이 사실을 알려야 해요. 그 다음은 라디칼 외곽에 있는 은신처로 가야 해요. 그곳에 폐하께서 계시니."

카나카인 후작의 말을 들은 미네르바는 세린의 말이 없어도 알아서 방향을 틀었다. 그녀는 무척이나 빠르게 날았다.

세린들이 떠나고 텅 비어 버린 왕궁의 정원, 그곳에서 실러리스를 뽑아 든 퓨어가 헤르마카인과 대치하고 있었다.

"호오. 너는 날 좀 재미있게 해줄 수 있겠구나?"

대번에 퓨어의 실력을 알아차린 헤르마카인의 입에 웃음이 떠올랐다. 그 모습을 본 퓨어는 낮게 중얼거렸다.

"플루드 스톰."

실버리스에 걸려 있는 8서클의 수계 마법. 플루드 스톰이 헤르마카인을 덮쳐 갔다. 갑작스러운 마법에 놀란 듯 헤르마카인은 급히 손을 앞으로 뻗었다.

"다크 실드."

흑마법 최고의 방어 마법. 다크 실드가 펼쳐졌다. 하지만 그 모습에 세린은 전혀 실망하지 않았다. 마법으로 헤르마카인을 어찌할 생각은 없었으니까. 플루드 스톰은 그저 시선을 끌기 위한 방편이었다. 그사이 현천보를 극성으로 밟은 퓨어는 어느새 헤르마카인의 바로 뒤에 와 있었다. 오러 소드를 일으킨 실버리스를 태극혜검의 검로를 따라 움직였다. 완만한 곡선을 그리며 헤르마카인을 향해 찔러가는 부드러운 움직임.

그 부드러운 검에 헤르마카인은 자일론의 몸을 빼앗은 후 처음으로 상처를 입었다. 헤르마카인은 즉시 유수보법을 밟아 몸을 빼냈다.

"제법이군. 과연 그랜드 소드 마스터야. 이번에는 정말 재미있겠어."

그 말과 함께 헤르마카인은 검에 마나를 불어넣었다. 그러자 그의 검에서도 검강이 맑은 빛을 뿌리며 솟아올랐다.

"오러 소드……."

그 모습에 퓨어는 가만히 중얼거렸다. 분명 자일론은 소드 마스터였는데 오러 소드라니. 저것도 다 저 마왕의 힘일 것이다. 예상은 했지만 직접 눈으로 보니 방심할 수가 없었다. 그렇지 않아도 강한 자일론의 힘에 마왕의 힘까지 합쳐지다니. 모골이 송연했다.

누가 신호라도 한 것일까? 둘은 동시에 서로를 향해 뛰어들었다. 그리고 오러 소드를 입힌 검을 쉬지 않고 베고 찔렀다. 두 사람의 실력이 실력인지라 오직 검광만이 번쩍이며 두 사람을 감싸 안았다. 그렇게 얼마나 검을 섞었을까? 서서히 둘의 호흡이 거칠어지고 있었다. 그만큼 전력을 다하고 있다는 말이었다.

챙!

순간 처음으로 두 사람은 검을 맞대고 겨루기를 시작했다. 어느 쪽으로도 밀리지 않는 팽팽한 균형. 둘은 현재 서로의 실력이 비슷하다는 것을 인정할 수밖에 없었다.

태극혜검의 어떠한 초식으로도 헤르마카인을 제압할 수 없었다. 헤르마카인 역시 자일론이 읽힌 8초의 혼원검법 중 어떤 걸로도 퓨어를 압도할 수 없었다. 한참을 대치하던 두 사람은 동시에 상대방의 검을 밀고는 그 반탄력으로 뒤로 물러섰다.

헤르마카인을 바라보던 퓨어는 가슴속에서 모진 결심을 했다.

'미안해요, 자일론.'

잠시의 대치 이후 둘은 동시에 검을 내질렀다. 하지만 퓨어의 검은 그녀의 손을 떠나 세차게 날아갔다.

최근 그 깨달음이 한창 높아진 이기어검을 펼친 것이다. 의지를 가진 듯 헤르마카인을 향해 날아가는 검. 깜짝 놀란 헤르마카인은 서둘러 검을 놀려 퓨어의 실버리스를 막았지만 점점 밀리고 있었다. 오리소드를 일으킨 채 스스로 움직이는 검이라니.

"크윽… 그렇다면……."

점점 밀려가던 헤르마카인은 무엇인가 결심한 듯했다.

"천환!"

그의 외침과 함께 그의 손에 들린 검이 순식간에 천 자루로 불어나 퓨어를 덮쳐 갔다. 갑작스러운 변화에 깜짝 놀란 퓨어는 황급히 현천보를 극성으로 펼쳐 뒤로 물러났지만 왼팔에 기다란 검상을 입었다. 뱀이 나무를 감고 내려가는 듯 붉은 핏줄기가 퓨어의 팔을 휘감아 내려오고 있었다.

"제법 즐거웠다."

퓨어의 정신이 흐트러졌고 이미 실버리스는 힘을 잃고 땅에 떨어져 있었다. 헤르마카인은 검을 든 채 빙그레 웃으며 서서히 퓨어에게 다가가고 있었다.

그때 헤르마카인은 등 뒤에서 느껴지는 기척에 뒤를 돌아보았다. 바볼랏이라는 신관이었다. 그가 나타나 땅에 떨어진 실버리스를 주워 들었다.

"블링크."

그 말과 함께 어느새 바볼랏은 퓨어의 곁에 있었다. 신관이 마법을 한다는 것은 신기한 일이었다. 순간 자일론의 기억에 있던 바볼랏에 관한 내용이 떠올랐다. 그 내용을 떠올린 헤르마카인은 재빨리 두 사람을 향해 몸을 던졌지만 이미 두 사람은 텔레포트로 사라져 버린 후였다.

"쳇, 방심했군."

헤르마카인은 두 사람이 있던 자리를 보며 중얼거렸다. 하지만 그것도 잠시였다. 곧 이어 새로운 힘이 바로 뒤에서 느껴졌다. 헤르마카인은 고개를 돌렸다. 그곳에는 아름다운 여인이 탐스러운 금발을 휘날리며 서 있었다.

"네놈은 누구냐? 누구기에 자일론의 몸에 들어가 있는 것이냐?"

분노로 떨리는 목소리였다.

"훗. 드래곤이군."

헤르마카인은 재미있다는 얼굴을 했다. 설마 인간의 왕궁에 드래곤이 있을 줄은 몰랐던 것이다. 일리나는 그런 헤르마카인의 반응에 분노했다. 그녀의 분노와 함께 옷자락이 펄럭이기 시작했고, 바람이 부는 것도 아닌데 머리카락은 하늘로 치솟아 올랐다.

"네놈이 누구냐고 물었다!"

"헤르마카인."

헤르마카인은 짤막하게 자신의 이름만을 말했다. 상대가 드래곤이라면 그것으로도 충분할 테니까. 역시 그의 이름을 듣자 일리나의 기세가 누그러졌다.

"마왕… 헤르마카인……."

"훗. 그래. 그런데 드래곤들은 마족의 강림에는 별 상관을 안 할 텐데?"

“보통은 그렇지. 하지만 나는 다르다. 네 녀석이 들어선 그 몸은 나의 아들 몸이니까.”

일리나의 말에 헤르마카인은 과연이라는 생각을 했다. 어쩐지 자일론의 영혼이 질기게 버틴다 했다. 드래곤의 혼혈이었기에 그런 일이 가능했던 것이다.

“자일론의 몸에서 떠나라. 그러면 상관하지 않겠다.”

상대가 마왕이라 하나 이곳은 마계가 아닌 현계다. 마왕은 이곳에서 자신의 힘을 모두 발휘하지 못한다. 그랬기에 일리나로서도 능히 제압할 수 있었다. 하지만 헤르마카인은 일리나의 말에 고개를 가로저었다.

“난 소환에 의해 강림했고 계약에 의해 이 몸에 들어왔어. 그러니 나갈 수는 없지. *크크크.*”

그 말이 끝나는 순간 헤르마카인의 손에 들린 검이 그림처럼 움직였다. 무영이었다. 일리나는 갑작스런 통증에 자신의 배를 내려다보았다. 언제 찌른 것일까? 검상이 있었다. 배를 꿰뚫어 버린 검상이…….

헤르마카인이 검을 든 것만 보았을 뿐인데 이런 상처라니.

“이건 경고야. 유희 중의 아들한테 정이 과하군. 너야말로 떠나라. 그렇지 않으면 죽인다. 드래곤들이 들고 일어날 수도 있지만 지금은 유희 중인 상태니 그들도 크게 뭐라고는 못할 거야. 그리고 살고 싶으면 어서 현신하라구. 안 그러면 곧 죽을 거야.”

헤르마카인의 말에 일리나는 몸을 부들부들 떨었다. 분노가 온몸을 감싸 안았다. 하지만 어쩔 수 없었다. 그의 말은 사실이었으니까. 벌써부터 어지러워지고 있었다.

"네놈, 결코 살려두지 않는다."

그 말을 끝으로 일리나의 몸은 밝은 빛에 휩싸였다. 그리고는 왕궁의 공중에 황금빛 비늘을 자랑하는 골드 드래곤이 모습을 드러냈다. 드래곤의 몸으로 돌아오자 일리나의 몸에 있던 상처는 사라지고 없었다. 왕궁의 공중에 몸을 띄운 일리나는 물끄러미 아래를 내려다보았다. 그러다가 크게 숨을 들이켰다. 이미 헤르마카인에게 화가 날 대로 난 상태였다. 아들의 몸이기는 하지만 저놈이 저렇게 아들의 몸에서 버티는 걸 보면 이미 자일론의 영혼은 소멸되었을 가능성이 컸다. 그렇다면 당장 죽여 아들의 복수를 하리라.

일리나는 온몸을 가득 채우는 마나를 느꼈다. 곧 그 마나는 브레스의 형태로 가공되기 시작했다. 헤르마카인은 그 모습을 힐끔 쳐다보았다. 그리고는 작게 무어라 중얼거렸다. 무척이나 작은 소리였지만 안타깝게도 일리나는 그 소리를 듣고 말았다.

"자일론의 영혼은 아직 이 육신에 살아 있어."

그 말을 듣는 순간 일리나는 기껏 브레스로 변환시킨 마나를 흩어버렸다. 그리고 헤르마카인을 지그시 노려본 후 사라졌다. 차마 아들의 영혼이 살아 있는 아들의 육신을 소멸시킬 수는 없었다.

일리나가 사라지자 헤르마카인은 왕궁 밖으로 걸음을 옮겼다. 이제 이 도시에 있는 인간들과 놀 차례였다. 그렇게 헤르마카인의 광기 어린 살육은 계속되었다.

제   62   식

케이의 결심,
자연검

"휴우. 퓨어 양 위험했어요."

자신의 손에 들린 실버리스를 퓨어에게 건네주며 바볼랏이 말했다.

"예. 고마워요, 바볼랏. 덕분에 살았어요."

그녀의 왼팔에 난 상처는 어느새 치료되어 있었다. 하지만 그녀의
말로 인해 주위의 분위기는 무거워졌다. 그랜드 소드 마스터인 그녀가
죽을 뻔하다니…… . 대체 그 괴물을 어떻게 상대해야 한단 말인가.

현재 이곳은 헤이트의 대신전, 즉 헤이트론의 왕궁이었다. 상황의
심각함을 절실히 느낀 미네르바의 재빠른 행동 덕에 퓨어가 헤르마카
인과 싸우는 동안 이곳으로 몸을 뺄 수 있었다. 물론 수도의 주요 귀족
들과 카류일 국왕, 왕족들 등 모두를 데리고. 콘티넌트 공작도 한쪽에
자리잡고 앉아 딱딱한 얼굴로 고민에 잠겨 있었다.

헤이트의 대신전은 이미 성기사들이 둘러싸 방비를 하였고, 마왕의 강림은 이미 블루덴 대륙 전역에 퍼져 있었다. 그리고 그린젬 대륙에도 그 소식은 전해졌다.

마왕의 강림 소식이 전해지자 블루덴 대륙 전역의 신전에서는 난리가 났다. 즉시 마왕과 싸우기 위한 결사대가 조직되어 다들 주신의 대신전이 있는 헤이트로 향했다. 이미 모두 같은 마음을 먹고 있었다. 마왕과 싸울 최후의 땅은 주신의 대신전이 있는 헤이트라고.

고위 신관들과 고위 성기사들은 이동 마법진을 통해 한 발 빠르게 속속들이 모여들었다. 한편 자카스 교황의 배려로 대신전에서 제법 커다란 방을 얻은 카이렌에서 피난 온 이들의 얼굴은 딱딱하기 그지없었다.

카류일 국왕의 얼굴 또한 생기라고는 찾아볼 수 없었다.

"후우. 퓨어님마저 상대가 안 된다면……."

"그를 막을 수 있는 존재는 오직 케이뿐일 거예요. 드래곤들은 나설 수 없으니……."

퓨어의 말에 카나카인 후작은 고개를 가로저었다.

"그런데 정작 그 당사자인 지니어스 후작께서 행방불명되셨으니… 대체 왜 그러신 것인지……."

도저히 이해할 수 없는 케이의 행동에 카나카인 후작은 한숨을 쉬었지만 어쩔 수 없었다. 일단 카이렌의 문제부터 해결해야 했다. 세린은 케이가 사라진 이유를 말할까 몇 번을 망설였지만 차마 말하지 못했다.

사실 일행 중 자일론에게 깊은 정을 가지고 있는 이는 케이와 브라이튼이었다. 물론 모두 동료로서의 정은 가지고 있지만 지금 같은 상황에서 그 정 때문에 눈앞의 일을 두고 도망칠 정도는 아니었다. 지금 중요한 것은 마왕을 막아내는 것이다.

그랬기에 세린은 자일론의 영혼이 아직 살아 있다는 이야기를 하지 않았다. 만일 그 사실이 알려지면 다른 사람은 몰라도 카류일 국왕이 소극적으로 변할 수 있었기 때문이다. 더 이상 아들을 잃지 않기 위해.

그런 세린의 생각은 이미 DASH 모두의 생각이었다, 케이만을 제외하고. 브라이튼이 걱정이었지만 그는 자일론의 친구이면서 카이렌의 기사였다.

브라이튼은 나라의 존립을 위해 조용히 있었다. 지금 라디칼에서 날뛰는 마왕을 막지 못한다면 카이렌은 망할지도 모르는 심각한 위기 상황이었기에.

카나카인 후작은 콘티넌트 공작을 쳐다보았다. 그러자 그도 그녀를 쳐다보았고, 두 사람의 눈이 공중에서 얽혔다. 곧 둘은 동시에 고개를 끄덕였다. 둘의 마음이 일치한 것이다. 두 사람은 몸을 일으켜 카류일 국왕에게 다가갔다. 자신들의 결심을 알려야 했다.

카이렌의 숨겨진 힘의 봉인을 풀기 위해. 카이렌에는 대대로 이어져 오는 숨겨진 힘이 있었다. 다만 그 힘은 국가 존립의 위기에만 사용할 수 있다는 제약 때문에 자유로이 사용할 수 없었다.

"폐하, 그 힘을 사용해야 할 것 같습니다."

"현재로서는 다른 방법이 없습니다."

카류일 국왕은 그들을 물끄러미 바라보았다.

"현재 각국의 연합군과 열세 신전의 연합군이 이곳에서 마왕과 싸우려는 모양입니다. 주신 헤이트론의 대신전이 있는 성스러운 땅, 헤이트에서. 하지만 마왕을 이곳까지 끌고 오려면 우리 카이렌의 영토를 가로질러야 합니다. 그동안 우리 카이렌이 입을 피해는 국가의 존립을 위태롭게 할 정도가 될 것입니다. 라디칼에서 막아야 합니다. 아직 마왕이 라디칼에 있을 때 그곳에서 막아야 합니다."

카나카인 후작이 처절한 어조로 말했다.

"게다가 봉인된 힘은 신성력에 그 기반을 두고 있습니다. 그 힘이라면 마왕을 막을 수 있을 겁니다. 신이 카이져 기사단을 이끌고 가겠습니다. 봉인된 힘에 힘을 실어 싸우겠습니다. 허락해 주십시오."

두 사람의 처절한 말에 카류일 국왕의 눈에는 서서히 생기가 돌아왔다.

"그래야지오. 내 자식들을 잃었지만 나라를 잃을 수는 없소. 나라는 선왕들께서 물려주신 것이니… 내가 망하게 할 수는 없소. 허락하겠소. 홀리 나이트들을 깨우시오."

그렇게 말하며 카류일 국왕은 자신의 목에서 목걸이를 빼내어 콘티넌트 공작에게 주었다. 그러자 콘티넌트 공작과 카나카인 후작도 각기 자신들의 목걸이를 꺼냈다. 각 목걸이에는 열쇠가 달려 있었다.

카이렌 최후의 힘, 홀리 나이트(Holy Knight).

카이렌의 건국왕이 스스로 홀리 나이트가 되어 만들어진 힘이다. 홀리 나이트란 기사가 자신의 영혼을 신의 종으로 바치면서 영생을 얻게 된 육신을 칭하는 말이다.

홀리 나이트는 영생을 가지고 있다. 하지만 목이 잘리는 순간 그 영생은 끝이 난다. 그리고 영혼은 신에게로 간다, 리야드가 정한 환생의 고리를 벗어나. 그리고 그곳에서 신의 종으로 영원히 봉사하며 살게 되는 것이다.

영혼을 신에게 바친 대가로 홀리 나이트가 되면 강력한 신성력을 사용할 수 있다. 게다가 살아 생전보다 1.5배 정도 강해진다. 하지만 누구도 홀리 나이트가 되려 하지 않았다. 마족이 아닌 신에게 영혼을 바치는 것이지만 어쨌든 환생의 고리를 벗어나는 것이기에 사람들은 그것을 극도로 꺼려했다.

하지만 일국의 국왕, 그것도 건국왕이 가장 먼저했다. 이 일은 그 순간 비밀에 부쳐졌다.

국왕, 그리고 카이져 기사단, 실버 기사단의 기사들 중 상급의 소드 익스퍼트에 이른 자라면 의무적으로 홀리 나이트가 되었다. 건국왕이 가장 먼저 행한 일이었기에 그들은 그것을 최고의 명예로 생각했다. 홀리 나이트가 된 이들은 영생을 잠으로 보냈다. 활동할 수도 있었으나 잠으로 보냈다. 그들이 남긴 유지는 국가의 존망이 걸린 중대한 일이 발생했을 때 깨우라는 한마디뿐이었기 때문이다.

그들이 잠든 방을 열기 위한 열쇠는 모두 세 개다. 그 열쇠는 국왕과 카이져 기사단장, 실버 기사단장이 나눠 가졌고, 세 사람의 의견이 일치했을 때만 그 방을 열 수 있었다.

카이렌 건국 이후 지금까지 그 방이 열린 적은 없었다.

상급 소드 익스퍼트 이상의 실력자들만이 홀리 나이트가 되었기에 그들의 실력은 최소한 하급 소드 마스터와 비슷한 정도였다. 그리고 현재까지 모든 수효가 이백을 넘어섰다고 추정되었다.

이백이 넘는 소드 마스터의 기사단. 가히 대륙 최고의 힘이었다.

"그럼 그들을 어떻게 깨운다……."

콘티넌트 공작이 중얼거릴 때 카나카인 후작의 시선은 세린을 향했다.

"다시 한 번 도움을 받을 수밖에요."

카나카인 후작은 사정을 설명하기 위해 세린에게 다가갔다. 하지만 세린은 그녀가 입을 열기도 전에 고개를 끄덕이며 미네르바를 소환했다. 이미 신안으로 그들이 원하는 바를 읽었던 것이다. 세린의 행동에 카나카인 후작은 경탄 어린 얼굴을 하다가 급히 허리를 숙여 감사의 인사를 했다.

그 후 미네르바는 콘티넌트 공작과 남은 카이져 기사단, 그리고 세린을 데리고 다시 한 번 카이렌의 왕궁으로 날아갔다. 그들이 왕궁에 도착했을 그 무렵 헤르마카인은 라디칼의 시가지를 돌아다니며 한창 살육에 열중하고 있었다.

그는 무작정 죽이지 않았다. 적당히 가지고 논 다음 발악하는 사람들의 모습을 보고 즐기다 재미가 없어졌을 무렵에야 죽였다. 왕궁 안의 기사들은 죽이는 과정에서 재미를 얻었다면, 성안의 시민들은 발악하는 모습에서 재미를 얻었다.

때문에 사람이 죽어 나가는 속도가 왕궁 안에 있을 때에 비해서 조금 느려졌다.

세린들이 왕궁으로 들어선 것을 느꼈지만 헤르마카인은 신경 쓰지 않았다. 지금 이 자리에 있는 것이 더 재미있었으니까.

하지만 잠시 후 헤르마카인의 얼굴은 딱딱하게 굳어들었다. 왕궁의 중심에서 피어오르는 어마어마한 힘이 느껴졌기 때문이다. 게다가 그 힘은 자신이 가장 싫어하는 신성력이었다. 자신 역시 신의 피조물이지만 신의 힘인 신성력을 극도로 싫어했다. 바로 빛의 신성력이었기에. 자신과 같은 어둠의 신성력에 의한 피조물에게는 상극의 힘인 것이다.

헤르마카인 자신의 기억을 더듬어도 결코 느낀 적이 없던 강력한 신성력이었다. 이에 두려움을 느낄 만도 하건만 그의 머리에 떠오른 생각은 오직 재미있겠다는 것뿐이었다.

더욱 재미있는 장난감을 발견하자 미련없이 걸음을 돌렸다. 그가 다시 왕궁 쪽으로 향하자 라디칼의 시민들은 죽어라고 달려 라디칼 성을 벗어나려 했다. 한정된 문에 모든 사람들이 몰려드니 성벽 근처는 금세 아수라장이 되었고 라디칼의 사람들은 패닉 상태에 빠져 저마다 온몸을 떨고 있었다.

자신에게 작지만 두려움이라는 것을 느끼게 한 힘이 뿜어져 나온 곳에 도착하자 헤르마카인의 얼굴에 놀라움이 떠올랐다.

온몸에서 신성력을 내뿜는 기사들. 그들이 무려 223명이었다. 모두 소드 마스터의 경지에 오른 듯했다. 그리고 그 주위로 꽁지가 빠져라 도망쳤던 왕궁의 기사들이 있었다. 자일론의 기억에 따르면 카이져 기사단이던가? 그리고 그 단장이라는 자도 보였다. 제법 강해 보이는 것이 마음에 들었다.

"홀리 나이트가 223명이라… 대단하군. 설마 이런 나라가 있을 줄은 몰랐어. 재미있는 결전이 될 것 같군."

그 말이 신호였을까?

홀리 나이트, 카이져 기사단의 연합과 마왕 헤르마카인의 전투가 시작되었다. 그리고 세린이 불러낸 미네르바와 이프리트라는 바람과 불의 두 정령왕도 전투에 뛰어들었다.

그 전투가 벌어지는 그때, 케이는 에르데미안과 마주하고 있었다. 도저히 자일론을 벨 수 없었기에 케이는 에르데미안의 레어로 도망쳤던 것이다.

에르데미안은 그런 케이를 담담히 바라보고 있었다. 케이에게서 모든 이야기를 듣고 나서야 자신이 느꼈던 마기의 정체를 깨달았다. 하지만 에르데미안은 케이에게 아무런 이야기도 하지 않았다. 케이의 심정을 어느 정도 느낄 수 있었던 것이다.

하지만 언제까지 이러고 있을 수만은 없었다. 케이는 결정을 해야 했다. 그가 이러고 있는 동안에도 수많은 사람들이 죽어 나가고 있을 테니까. 케이도 그것을 알고 있었다. 그러나 케이는 자일론을 죽일 수 없었다.

"마왕의 정신체만을 자일론의 몸 밖으로 빼낼 방법이 없을까요?"

"자일론을 죽이는 것뿐이죠."

에르데미안의 말에 케이는 고개를 숙였다. 정녕 자일론을 죽이는 것 말고는 방법이 없단 말인가?

"케이."

그때 계속해서 잠자코 있던 에르데미안이 입을 열었다.

"자일론의 영혼이 아직은 육신 속에 살아 있다고 했죠?"

"예."

케이의 대답에 에르데미안은 눈을 내리깔고 차를 한 모금 삼켰다.

"영혼이 자신의 육신과 조금이라도 연결되어 있다면 자신의 육신에서 일어나는 일을 모두 알 수 있어요. 그게 영혼과 육신의 관계예요."

그 말에 케이는 아픔이 가득한 눈으로 에르데미안을 바라보았다.

"아마 자일론은 자신의 몸으로 헤르마카인이 하는 모든 일을 알고 있을 거예요. 아니, 느꼈을 거예요. 자일론을 죽일 수 없다는 케이의 그 심정이, 과연 자일론을 위하는 것일까요? 내가 해줄 말은 이것 뿐이 에요."

에르데미안은 그 말을 끝으로 몸을 일으켜 자신의 연구실로 향했다. 지금은 케이 혼자 두는 것이 가장 좋은 방법이기에 그녀는 조용히 자리를 비워준 것이다.

에르데미안이 사라진 후 케이는 그 자리에서 꼼짝도 않고 가만히 앉아 있었다. 하지만 그의 머리 속은 그 어느 때보다도 복잡했다.

케이가 그렇게 고민할 때 라디칼의 왕궁에서는 격렬한 전투가 벌어 지고 있었다.

이미 카이져 기사단의 인물 중 살아 있는 이는 콘티넌트 공작뿐이었 다. 신성력을 사용하는 까다로운 상대인 홀리 나이트보다는, 우선 손 쉬운 카이져 기사단을 상대하며 수를 줄여 나간 헤르마카인의 전술 때 문이었다.

세린은 지쳐서 한쪽에 기대앉아 있었다. 하지만 누구도 그녀를 보호 해 주지는 못했다. 헤르마카인과 싸우는 것만으로도 벅찼으니까. 동시 에 두 정령왕을 소환하는 것은 역시 무리였다. 예전 브레그마 무투회에 서는 단시간이었지만 이번에는 제법 긴 시간을 소요했다. 할 수만 있다 면 계속해서 정령왕들로 도움을 주고 싶었지만 이제는 마나가 없었다.

결국 탈진한 세린은 가만히 나무에 기대어 숨을 몰아 쉬고 있었다.

홀리 나이트들과 격렬히 싸우는 와중에도 헤르마카인은 세린만은 건드리지 않았다. 분명 세린은 자신에게 상당히 성가신 존재였지만 그렇다고 어찌할 수도 없는 존재였다.

그녀는 주신의 권능을 받았다. 주신의 권능을 받고 저렇게 제대로 성장한 이는 거의 없었기에 아마도 주신은 그녀에 대한 관심이 각별할 것이다. 그런 세린을 건드려서 좋을 건 없었다, 괜히 주신의 분노만 뒤집어쓸 뿐.

그랬기에 자신을 귀찮게 하며 공격을 해도, 정령왕을 이용해 사람들을 이끌고 도망칠 때도 그냥 두었던 것이다. 또한 홀리 나이트들이 자신을 상대하느라 정신이 없듯이, 자신 역시 홀리 나이트를 상대하느라 정신없이 바빴다. 그런 그에게는 세린에게 신경 쓸 여유 따윈 없었다.

아직 홀리 나이트의 수는 150정도 남았다. 많은 수의 홀리 나이트들이 남아 있다고는 하지만 그래도 역시 마왕의 위력은 대단했다. 그사이 카이져 기사단을 전멸시키고 80에 이르는 수의 홀리 나이트를 베어 냈으니……

아마 평범한 인간의 몸에 들어갔다면 저런 위력을 내지는 못했을 것이다. 자일론의 몸에 들어갔기에 이런 무시무시한 위력을 떨칠 수 있었다.

그사이 무영을 사용한 헤르마카인은 또다시 한 홀리 나이트를 침묵시켰다. 하지만 그 대가로 왼팔에 신성력을 머금은 검이 스치고 지나갔다. 화끈했다. 검에 의한 상처는 별것 아니었지만 그 상처를 통해 들어온 신성력 덕에 팔 전체가 쓰라렸다. 하지만 참고 움직여야 했다. 신성력이 넘쳐흐르는 검으로 그를 노리고 있는 홀리 나이트들은 아직 많았으니까.

헤르마카인은 점점 체력이 떨어져 가는 것을 느꼈다. 점점 검을 움직이기가 힘들었다. 게다가 여기저기에 난 상처로 흘러드는 신성력에 의한 고통은 이루 말할 수 없었다. 일이 쉽지 않음을 느꼈다.

하지만 여기서 끝낼 수는 없었다. 얼마만에 내려온 현계인데…….
아무리 200이 넘는 홀리 나이트라고는 하나 인간의 손에 의해 소환을 끝낼 수는 없었다. 헤르마카인은 급히 뒤로 물러섰다.

그리고는 지그시 홀리 나이트들을 바라보았다. 그들은 빠른 속도로 물러선 자신을 향해 달려들고 있었다.

"천환!"

다시 한 번 펼친 천환, 퓨어를 제압할 수 있게 해준 초식이었다. 다시 한 번 헤르마카인의 손에서 천 자루의 검이 뿜어져 나갔다. 그의 이 일격에 절반의 홀리 나이트들이 침묵했다. 한 번에 천 자루의 검을 뿜은 것에 비하면 경미한 피해였지만 절반으로 확 줄어든 홀리 나이트들의 수 덕분에 헤르마카인은 한숨 돌릴 수 있었다.

다시 헤르마카인은 홀리 나이트들과 치열하게 얽혀들어 싸웠다. 그 속에서 역시 헤르마카인을 향해 검을 내지르던 콘티넌트 공작은 온몸이 식은땀으로 축축이 젖어들었다. 세상에 그런 검법이라니… 믿을 수 없었다.

'흐음. 천환이란 검법이 이런 위력이라니……. 그 케이라는 놈, 정말 대단한 놈이로군. 그렇다면 이번에는 혼원이라는 것을 사용해

볼까?

혼원을 사용하기로 결정한 헤르마카인은 다시 한 번 물러났다. 조금 전의 일로 홀리 나이트들도 섣불리 달려들지 못했다. 콘티넌트 공작은 오히려 한 발 물러서 헤르마카인을 주시했다. 조금 전과 같은 공격이 다시 날아온다면 막아낼 자신이 없었다.

"혼원!"

헤르마카인은 세차게 소리를 지르며 검을 뺄었다. 그의 외침을 듣는 순간 세린은 사력을 다해 미네르바를 소환했다. 그간 쉬면서 어느 정도 회복한 마나를 몽땅 쏟아 부었다. 그렇게 소환된 미네르바는 재빨리 콘티넌트 공작의 몸을 빼냈다. 한시를 다투는 위급한 일이었기에 미네르바도 장난을 치지 않았다. 그렇게 콘티넌트 공작을 세린 옆에 데려다 준 미네르바는 곧 사라졌다. 세린의 마나 공급이 끊긴 것이다.

"하아~ 바볼랏 오빠, 퓨어 언니, 어서 와줘요."

세린은 힘없는 목소리로 중얼거렸다. 용병 생활을 하던 시절에 케이가 만들어준 통신 반지. 아직도 모두 그것을 끼고 있었다. 저기 눈앞에 있는 헤르마카인이 차지한 자일론의 손가락에도. 세린은 이번 일격의 결과를 알 수 있기에 황급히 바볼랏과 퓨어에게 도움을 청했다.

그때 콘티넌트 공작은 믿을 수 없는 광경을 지켜보고 있었다. 미네르바에 의해 빠져나오기 전 자신이 있었던 그곳, 그곳이 어둠으로 물들자 곧 그 어둠을 가르며 거대한 검이 지나갔다.

검이 지나간 자리에는 모든 것이 누워 있었다. 홀리 나이트 중 두 발로 땅을 딛고 선 이는 하나도 없었다. 조금 전의 검법도 무서웠지만 지금 펼친 것이 과연 검법이란 말인가? 과연 마왕은 무서운 존재였다. 콘티넌트 공작은 감히 다시 싸울 생각을 떠올리지조차 못했다.

그때 공작의 옆이 빛에 휩싸였다. 그리고 바볼랏과 퓨어가 모습을 드러냈다.

"이건……. 소용없었나?"

주위를 둘러본 바볼랏은 여기저기에 널린 홀리 나이트들의 시체에 눈앞이 깜깜해지는 것을 느꼈다. 그런 바볼랏의 앞을 퓨어가 막아섰다. 현재 그녀의 손에 들린 실버리스에는 신성력이 타오르고 있었다.

헤이트의 대신전으로 이동을 한 후 퓨어는 잊고 있었던 사실을 떠올렸다. 콘티넌트 공작이 홀리 나이트들을 깨우기를 카류일 국왕에게 청할 때 했던 마족은 신성력에 약하다는 말. 그 기본적인 사실을 잊고 있었다.

자신의 검은 신성력을 잔뜩 머금은 실버 드래곤 레시노아의 본으로 만든 것인데… 그 신성력을 신성 마법을 사용하는 용도로만 생각했다니. 만일 헤르마카인과 싸울 때 검에 신성력을 일으켰다면 상처를 입혔을 때 상당한 타격을 줄 수 있었을지도 몰랐다. 어쨌든 레시노아는 하급 신의 위를 받은 드래곤이었으니, 그런 드래곤의 뼈에 깃든 신성력의 위력이 어떠하겠는가?

거기에 생각이 미치자 아쉬웠다. 그래서 이번에는 나타날 때부터 실버리스가 가진 신성력을 최대로 일으켰다. 그 모습을 지켜보는 헤르마카인은 태연했다. 아니, 오히려 그의 주위로 마나가 소용돌이 치기 시작했다. 그리고 서서히 그의 검이 움직였다.

헤르마카인은 나직이 중얼거렸다.

"천환."

그 말을 퓨어는 들었다.

"바볼랏! 떠나요! 어서!"

이미 한 번 겪어 보았던 검법이기에 퓨어는 황급히 외쳤다. 자신 혼자라면 모르지만 지켜야 할 사람이 셋이나 되는 상황에서 누군가는 당하고 말 것이다. 그래서 바볼랏에게 그렇게 외쳤다.

퓨어의 외침이 채 끝나기도 전에 네 사람은 사라졌다. 그 모습에 헤르마카인의 얼굴에 걸린 미소는 더욱 짙어졌다.

곧 헤르마카인은 땅에 풀썩 주저앉았다.

"후우. 큰일날 뻔했군. 신성력이 은은히 느껴지기는 했지만 설마 저 정도의 신성력을 머금고 있을 줄이야. 이미 모든 힘을 소진한 저 엘프와 지금 싸웠다면 십 중 십 마계로 돌아가야 했을 거야. 정말 운이 좋았군."

그렇다 헤르마카인은 마지막 혼원을 사용하는데 온몸의 마나를 소모한 후였다. 그랬기에 퓨어가 공격해 왔다면 꼼짝없이 당할 상황이었다. 하지만 천환이라는 말을 중얼거리는, 순간의 기지로 퓨어를 돌려 보낼 수 있었다. 과연 음모의 마왕이라 할 만한 임기응변이었다.

"끄응. 운공이라 했던가? 마나를 채울 곳을 찾아야겠어. 어쨌든 오늘 하루는 쉬어야지."

그렇게 중얼거린 헤르마카인은 걸음을 옮겨 정의의 궁 안으로 들어섰다. 아무래도 운공은 안전한 곳에서 해야 했기에 궁 안으로 들어선 것이다. 적당한 방에 자리를 잡은 헤르마카인은 곧 혼원심법을 운용해 운공에 빠져들었다.

그렇게 그날 하루는 더 이상의 죽음이 없는 가운데 천천히 흘러갔다.

다음날 아침, 연구실에서 나름대로 연구를 하던 에르데미안은 다시 케이를 찾았다. 겨우 하룻밤이 지났을 뿐인데 케이의 얼굴은 확연히 달라져 있었다. 그 모습에 에르데미안은 살포시 미소를 지었다.
"결정했나요?"
"예."
"다행이군요."
에르데미안의 말에 케이는 처연한 미소를 배어 물었다. 하룻밤 동안의 고민으로 내린 결론은 결국 '친구를 죽인다' 였다. 이미 결심은 했지만 그런 결정을 내린 것을 다행이라고 하니 가슴 한구석이 씁쓸해져 오는 것은 어쩔 수 없었다.
가슴 아픈 결정이었지만 지난 밤의 시간을 통해 한 가지 얻은 소득은 있었다. 하지만 케이는 그 소득에 마냥 기뻐할 수 없었다. 친구의 죽음을 대가로 얻은 것이나 다름없으니…….
에르데미안의 레어에서 열었던 중단전, 드디어 그곳에 내력을 가득 채웠다. 하단전의 내력이 차고 넘치면 중단전에 조금씩 쌓였지만 좀처럼 그 양이 늘지 않았었는데, 지난 밤 자일론에 대한 고민이 의외로 혼원심법의 마지막 구결 중 일부를 깨닫는 데 도움을 주었다. 그 결과로 중단전이 가득 찬 상태였다.
깨달음을 얻자 중단전의 성질 또한 변했다. 이전에는 하단전을 가득 채운 후 남는 내력이 중단전에 쌓였지만 이제는 하단전과 중단전에 각기 다른 내력이 동시에 쌓였다. 중단전에 쌓이는 내력의 밀도가 하단전의 그것에 비해 크다는 것을 고려한다면 하룻밤 사이에 케이의 내력은 두 배 이상 는 것이다.

"자일론, 난 너를 죽이겠다고 마음먹었는데… 내가 널 죽여주기를 바라는 거냐……. 너로 인해 내가 깨달음을 얻다니……."

지난 밤, 깨달음을 얻은 순간을 다시 한 번 떠올린 케이는 씁쓸하게 중얼거렸다.

케이는 곧 몸을 일으켰다.

"이제 갈 건가요?"

에르데미안의 물음에 케이는 고개를 끄덕였다.

"가야지요. 결자해지라 했으니……."

"그게 무슨 말이죠?"

"전 몰랐습니다. 헤르마카인이 자일론의 모든 기억을 알아내고 스스로의 것으로 만들 수 있다는 것을… 어제 에르데미안님께 듣고서야 알았지요."

케이의 대답에 에르데미안은 고개를 갸웃거렸다.

"그게 뭐가 어떻다는 거죠?"

"제가 자일론에게 가르친 것은 보통의 것들이 아닙니다. 만일 그가 그것을 제대로 사용할 줄 안다면 더욱 강해질 겁니다. 에르데미안님께서 나서야 할 정도로요. 저는 그런 것을 자일론의 머리에 남겨둔 것이죠."

케이는 자조적인 웃음을 띠며 씁쓸히 중얼거렸다.

"그는 자신의 씨앗을 자신이 거둘 것이라고 했던가? 홋. 결국 우리는 신의 뜻대로 사는 인형들인가?"

케이가 나직이 중얼거리자 에르데미안은 안타까운 눈으로 그를 바라보았다.

"그럼, 이만 가보겠습니다."

그 말과 함께 케이의 모습은 사라졌다.

케이가 모습을 드러낸 곳은 헤이트의 대신전 상공이었다. 이미 지난밤, 깨달음을 얻은 후 미네르바를 불러내 일행이 있는 곳을 들었기 때문에 바로 대신전으로 텔레포트한 것이다.

케이를 가장 먼저 발견한 이는 발린이었다. 그는 신전의 공중에서 마나의 움직임이 일어나는 것을 느끼고는 시선을 하늘로 향했다.

"스승님!"

발린의 외침에 모두의 시선은 하늘로 향했다. 그리고 모두 볼 수 있었다. 공중에서 옷자락을 휘날리며 표표히 떠 있는 케이의 모습을.

케이를 아는 이들의 얼굴에 안도의 빛이 떠올랐다.

전날 세린이 돌아와서 해준 말에 카이렌의 사람들은 그야말로 절망이라는 바다에 빠져들고 있었다. 카이렌 최강의 힘인 홀리 나이트가 전멸하다니… 대체 그 마왕은 어떻게 된 괴물이란 말인가.

자일론의 몸을 차지한 마왕 덕에 카이렌은 국력의 절반을 날렸다. 두 제국 사이에 끼어 있으면서도 항시 당당할 수 있었던 것은 홀리 나이트라는 존재 때문이었다. 물론 두 제국은 홀리 나이트란 존재에 대해서 몰랐지만 제국의 힘에도 굴하지 않고 당당한 카이렌의 모습에 무언가 있다고 느낄 뿐이었다. 그 힘이 처음으로 세상에 드러났고, 드러난 그날 사라졌다. 카이렌으로서는 이제 마왕을 퇴치한다고 해도 문제였다. 카이렌의 역사와 함께 커온 힘이 사라졌으니.

게다가 카이렌 최고의 돌격 기사단이라는 카이져 기사단도 사라졌다. 기사단장 콘티넌트 공작만을 유일한 생존자로 남겨둔 채. 근위기사단도 삼분의 일가량이 죽었다. 그나마 가장 피해가 경미한 것은 실버 기사단이었다. 그 반수가 수도 밖에 있는 덕이었지만 그래고 사분의 일이라는 인원이 죽음의 길을 걸어갔다. 수도에 있던 나머지 절반의 실버 기사단 중 절반의 인원이 헤르마카인의 손에 유명을 달리했으니.

그렇게 홀리 나이트가 아니더라도 당장 카이렌이 자랑하는 삼대 기사단이 막대한 타격을 입었다. 카이져 기사단은 완전 괴멸이라는 회복 불능의 타격을 입게 되었다.

지금 카나카인 후작은 마왕 퇴치 후가 더 걱정이었다. 카이렌을 사이에 둔 호랑이와 사자, 마케인과 후디스가 어떻게 나올지는 뻔했기에.

마왕은 어떻게든 퇴치가 될 것이다. 케이가 돌아왔고, 또 이미 대신전에는 대륙 각지에서 모인 엄청난 인원이 있었으니.

카나카인 후작은 담담한 표정으로 일행에게서 그간의 경과를 듣는 케이의 모습이 그렇게 얄미울 수가 없었다. 그가 자리만 지켜줬다면 카이렌은 이런 타격을 입지 않았을지도 모른다. 홀리 나이트를 깨우지 않아도 되었고 카이져 기사단도 온전히 남아 있었을지도 모른다.

하지만 이미 지난 일, 어쩔 수 없었다. 당장은 케이가 마왕을 퇴치해 주기를 바랄 뿐.

바볼랏에게서 모든 이야기를 들은 케이는 고개를 끄덕였다. 다만 마왕이 천환과 혼원을 사용할 줄 안다는 말은 조금 의외였다. 아무리 마왕이라지만 설마 그 두 초식을 깨달았을 줄은 예상치 못했다. 자일론도 본 적이 없는, 그저 구결로만 알고 있는 초식이었다. 그것을 깨닫고 익혀내었다면 절대 만만히 볼 수 있는 존재가 아니었다.

그가 자일론의 몸을 빼앗고 나서 이제 겨우 하루가 지났을 뿐이다. 그 짧은 시간 동안 대체 어떻게 그 두 초식을 익혔단 말인가. 만일 지난 밤의 깨달음이 없었다면 케이 자신도 승부를 장담할 수 없었을 것이다.

그 생각에 케이는 피식, 웃음이 나왔다. 이길 수 없을지도 모르는데 친구를 죽일 수 없다며 도망간 꼴이 우습기 그지없는 모습이었다.

케이는 카류일 국왕을 찾아가 신하로서의 예를 취했다. 그리고는 몸을 돌려 걸음을 옮겼다. 자신과 함께 여행을 했던 일행을 잠시 쳐다본 케이는 텔레포트를 사용해 사라졌다.

케이가 사라지자 퓨어와 세린, 바볼랏이 그 뒤를 따랐다. 바볼랏이 텔레포트를 사용한 것이다. 그들에게는 첫 여행의 동반자로서 케이가 싸우는 모습을 봐둘 의무가 있었다.

밤새도록 운공을 한 결과, 단전에 마나를 가득 채운 헤르마카인은 갑자기 나타난 기운에 정의의 궁 밖으로 나왔다. 그곳에는 케이가 담담한 눈으로 물끄러미 자신을 바라보고 있었다.

맑고 투명한 눈, 그 깊숙한 곳에 감춰두었지만 헤르마카인은 그 속에서 슬픔을 보았다. 그것을 발견하자 절로 웃음이 지어졌다. 이런 상황을 그는 아주 즐겼으니까.

"케이라고 했던가? 어제는 도망가더니 오늘은 어떻게 모습을 드러낼 생각을 했지?"

헤르마카인의 물음에 케이는 담담한 목소리로 응수했다.

"결심을 할 시간이 필요했을 뿐이다."

"그래서 이제 결심을 했다는 건가? 친구를 죽이기로?"

자일론의 기억을 읽으며 헤르마카인은 두 사람 사이에 이어진 끈끈한 끈을 알 수 있었다. 그리고 조금 전 케이의 눈 속에서 본 깊은 슬픔, 그것이 모든 것을 말해 주고 있었다. 케이가 자일론을 죽이는 것을 망설인다는 것을.

거기에 생각이 미치자 좀처럼 소멸되지 않아 성가시던 자일론의 영혼이 고맙게 느껴졌다. 그의 영혼이 없었다면 아마 케이는 자신을 당장에 죽이려 했을 것이다. 자일론의 영혼을 지니고 있었기에 일라나의 브레스를 막을 수 있었고, 케이도 망설이게 만들 수 있었다.

헤르마카인으로서는 정말이지 생각하지도 못한 이득이었다.

케이는 조용히 실버레이를 뽑았다. 케이의 심정을 느꼈음인가? 이번 만큼은 실버레이도 조용히 있었다. 몸을 찰랑거리며 춤을 추던 실버레이는 케이가 마나를 주입하자 곧 장검의 형태로 모습을 드러냈다.

그 모습에 헤르마카인도 검을 들었다. 둘의 검에는 동시에 검강이 서렸다. 그리곤 격돌했다.

케이는 재빨리 혼원검법 1초 수의 초식을 이용해 헤르마카인의 오른팔을 휘감아갔다. 물의 부드러움을 가진 초식답게 부드럽게 나아갔다. 헤르마카인은 급히 유수보법을 사용해 몸을 틀었다.

케이는 즉시 초식을 5초 금으로 바꿔 헤르마카인을 찔러갔다. 케이에게서 느껴지는 강맹한 기운에 헤르마카인은 서둘러 검을 들어 케이의 검을 막았다. 온몸을 울리는 통증. 케이는 강했다.

한 번의 격돌 후 케이는 한 걸음 뒤로 물러났다. 의외로 상대하기 편했다. 이 녀석은 혼원검법을 제대로 익히지 못했다. 초식의 적용이 부자연스러웠다. 검법 하나만 놓고 본다면 차라리 자일론이 훨씬 나았다. 의외로 편하게 상대할 수 있을지도 몰랐다.

다시 케이는 한 발 앞으로 나서며 2초 풍을 펼쳤다. 바람의 자유를 흉내낸 검초. 케이의 검, 실버레이는 이곳저곳을 자유롭게 노닐었다. 도무지 어디로 치고 들어올지 알 수 없자 헤르마카인은 무영의 초식으로 검초의 시작점을 끊어내려 했다. 하지만 그 순간 변화를 일으킨 검은 어느새 헤르마카인의 손목을 내려치고 있었다. 헤르마카인은 재빨리 몸을 돌리며 상대의 간격에서 벗어났다.

하지만 케이는 곧장 따라붙으며 6초 감리를 펼쳤다. 다급해진 헤르마카인은 진뢰를 펼쳐 케이의 검을 막았다. 그러나 불안한 자세로 펼친 검이 안정적인 자세로 모든 힘을 실어 떨치는 케이의 검을 막아낼 수는 없었다. 헤르마카인은 정신없이 뒤로 물러섰다. 케이는 담담한 얼굴로 그런 그를 지켜보고 있었다.

헤르마카인의 얼굴에 낭패한 표정이 서렸다.

"강하군. 하긴 이 검법은 네가 가르친 거였지? 가르친 자를 이길 수는 없겠지. 하지만 다시 한 번 받아보아라!"

헤르마카인은 케이를 향해 뛰어들며 다시 한 번 진뢰를 펼쳤다. 케이는 침착하게 3초 목을 펼쳐 헤르마카인의 검을 막았다. 10초의 혼원검법 중 유일하게 방어를 위한 초식. 뇌전의 기운을 담은 진뢰였지만 케이가 펼친 목에 막혀 그 위력을 모두 잃었다.

그때 케이가 4초 화를 펼쳐 검을 찔러갔다. 이번 일격에 헤르마카인은 왼쪽 어깨에 상처를 입게 되었다. 뜨거운 열기와 함께 찾아오는 상처의 통증으로 그의 얼굴은 일그러졌다.

"젠장. 받아라! 천환!"

그와 동시에 헤르마카인의 손에서 천 자루의 검이 케이를 향해 쏘아져 나갔다. 그 모습에 케이는 가볍게 웃었다.

저건 천환이 아니다. 그저 천환을 흉내 낸 잡기에 불과할 뿐이었다. 그제야 케이는 마음이 놓였다. 헤르마카인이 혼원검법의 진정한 초식을 깨닫지 못했다는 사실을 확인했기에.

케이는 헤르마카인의 공격이 지척에 다다르자 유수보법을 밟았다. 그러자 케이의 몸은 정말 흐르는 물처럼 헤르마카인이 찌르는 검 사이사이로 흘러갔다. 그런 케이의 모습에 헤르마카인은 점차 약이 올랐다.

"이… 이놈… 그렇다면 혼원이다!"

케이조차 환생 후 단 한 번도 펼친 적이 없었던 혼원검법의 마지막 초식 혼원. 그것을 헤르마카인이 펼쳤다. 하지만 이것 또한 천환과 마찬가지로 엉터리였다.

헤르마카인이 펼친 혼원에 케이의 주변이 어두워졌다. 그리고는 곧 거대한 칼이 케이를 훑고 지나갔다. 하지만 이미 케이는 그곳에 없었다. 천풍신법을 사용해 더욱 뒤로 물러나 있었다.

"훗. 우습군. 겨우 구결에 맞춰 검이 움직이는 흉내나 내다니."

케이는 헤르마카인을 불쌍하다는 듯 쳐다보며 중얼거렸다.

"뭐… 뭐라?"

"잘 봐둬라. 이게 진정한 천환이다."

그 말과 함께 검은 케이의 손을 떠나 곧게 선 채로 공중에 서 있었다. 점차 검의 수효가 늘기 시작했다. 하나에서 둘로, 둘에서 넷으로, 넷에서 여덟로.

그 수가 일 천이 되었을 때 검은 늘어나기를 멈췄다. 그 모습에 헤르마카인의 얼굴은 딱딱하게 굳어졌다.

위험하다는 신호가 온몸에서 요란하게 울렸다. 분명 천환이라 했건만 자신이 펼치는 그것과는 시작부터가 달랐다. 아예 차원이 다른 수준이었다.

헤르마카인이 딱딱하게 굳어 있을 때 천 자루의 검이 일제히 자신을 향해 날아왔다. 그러면서 검들은 점차 사라졌고, 헤르마카인은 어느새 자신이 하늘 한가운데에 떠 있다는 사실을 알게 되었다.

분명 왕궁에서 케이와 싸우고 있었는데 하늘이라니… 이게 무슨 일이란 말인가? 갑작스러운 상황에 당황해 주위를 두리번거리다가 온몸을 에워싸며 몰려드는 통중에 헤르마카인은 얼굴을 찡그렸다.

정신을 차려보니 처음 그 자리 그대로였다. 그리고 케이의 검이 온몸을 훑고 지나갔다. 비록 치명상은 없었지만 온몸을 베고 지나간 공격에 두려움을 느끼지 않을 수 없었다.

"이번에는 혼원이야."

케이는 다시 검을 들었다. 검에서 기이한 기운이 일렁이기 시작했다. 케이는 그 기운과 함께 검을 천천히 내질렀다. 하지만 헤르마카인은 아무것도 볼 수가 없었다. 그저 검은 점 하나만이 그의 초점에 잡혔다. 그때 목에서 싸늘한 감촉이 느껴졌다. 어느새 자신의 목에는 케이의 검이 놓여 있었다. 검면을 대고 있었기에 큰 상처는 없었지만 가는 핏물이 새어 나왔다.

두 가지 검초를 퓨어는 황홀하다는 듯 바라보았다. 그녀가 이곳에 따라온 가장 큰 이유는 좀 더 강한 케이의 검초를 볼 수 있지 않을까 하는 묘한 기대감 때문이었다. 그리고 오늘 케이는 그 기대감을 충분히 만족시켜 주었다. 케이는 차고도 넘칠 만큼 훌륭한 검초를 연달아 보여주었으니까.

"훗. 어때? 진짜를 본 소감이?"

케이가 가볍게 웃으며 말했다. 그런 케이의 모습에 헤르마카인은 온몸을 부들부들 떨었다.

"크윽. 네놈이 감히… 이… 헤르마카인님을 가지고 놀아? 크윽……."

분노로 치를 떠는 헤르카마인의 목소리가 떨리며 새어 나왔다.

"좋다. 놀이는 이것으로 끝내도록 하지. 어디 한 번 막아보거라."

그 말과 함께 헤르마카인, 아니, 정확히는 자일론의 모습이 변하기 시작했다. 탐스러웠던 금발이 점차 붉게 물들어 갔다. 이윽고 완전한 핏빛으로 변했다. 그리고 등 뒤의 옷이 찢어지며 날개가 나타났고, 손톱도 길게 자라났다. 얼굴은 더없이 하얗게 변했다. 병에 걸려 창백하게 질린 환자의 얼굴보다도 더 하얗게.

자일론의 모습이 마족 특유의 모습으로 변한 것이다.

몸에서 뿜어져 나오는 기세도 변했다. 어마어마한 기운이 온몸에서 줄줄 새어 나와 사방으로 퍼져 갔다. 그 모습에 케이의 얼굴이 딱딱하게 굳어들었다.

"크크크. 어떠냐? 이게 진정한 나의 본모습이다. 지금까지는 내가 손에 넣은 이 육체의 힘만 가지고 즐겼다만, 지금부터는 진정한 마왕의 힘을 느낄 수 있을 거다.”

헤르마카인의 말대로였다. 조금 전과는 비교할 수 없는 힘이었다.

“크크. 잘 봐라. 이것이 네가 흉내 내기라고 한 천환이다.”

그 말과 함께 헤르마카인은 천환을 다시 펼쳤다. 형태는 분명 처음 펼친 천환 그대로였다. 하지만 위력은 판이하게 달랐다. 케이가 유수 보법을 전력으로 펼쳤지만 이번에는 몸 여기저기에 상처를 입었다. 검이 짓쳐드는 속도와 검에 실린 기운이 달랐기 때문이다.

“어떠냐?”

헤르마카인은 자신만만한 얼굴로 케이를 쳐다보며 물었다. 케이는 그의 물음에는 대꾸도 않고 자신의 상처를 살폈다. 그리고 다시 한 번 헤르마카인을 쳐다보았다. 그리곤 작은 소리로 중얼거렸다.

“언폴리모프.”

그 말과 함께 케이는 밝은 빛에 휩싸이며 늑대의 모습으로 돌아왔다.

“아, 그래. 원래는 늑대라고 했지? 그게 네 본모습인가? 너도 본모습으로 돌아가면 더 강해질거라 생각한 거냐? 크크크.”

분명 헤르마카인은 강했다. 그렇게 판단한 케이는 즉시 늑대의 모습으로 돌아왔다. 본신의 마나 중 4할이나 묶여 있는 상태로는 전력을 다해 싸울 수 없었다. 괜히 쓸데없는 여유를 부려 낭패를 당하는 것은 이제는 사양이다.

케이는 중단전과 하단전을 가득 채운 마나를 한껏 개방했다. 아직 상단전은 열리지 않았지만 혼원심법의 경지가 높아진다면 곧 열릴 것이라 믿었다.

케이가 뿜어내는 기운에 헤르마카인의 눈에 이채가 서렸다.

"인간일 때보다는 강해진 것 같군. 그럼 실제로는 어떤지 어디 볼까?"

그 말과 함께 헤르마카인은 케이에게 달려들었다. 케이도 역시 헤르마카인을 향해 달려들었다. 천랑태청수를 펼치는 케이의 공격이 헤르마카인의 빈틈을 파고들었다. 헤르마카인 역시 검으로 연신 케이를 베어 들어갔다. 그렇게 붙었다 떨어졌다 하기를 수차례. 둘의 모습에는 조금의 변화도 없었다. 마치 준비 운동이라도 하는 듯이.

갑자기 케이가 숨을 크게 들이마시기 시작했다. 그리곤 곧 입이 쩍 벌어졌다.

"뭐야? 설마? 훗. 늑대 주제에 웃기는군."

헤르마카인은 비웃었다. 하지만 강력한 화의 기운을 띤 케이의 브레스가 자신을 향해 쏟아져 들자 헤르마카인은 황급히 피하기 바빴다. 하지만 그가 피하는 방향으로 브레스가 따라갔다. 몸을 움직여 브레스를 쏘는 방향을 바꾸었던 것이다. 그렇게 한차례의 브레스가 지나갔다.

브레스에 상당한 낭패를 당했는지 헤르마카인의 몸 여기저기가 상처투성이었다. 특히 화의 기운에 당한 화상이 많았다.

"늑대가 브레스라니……. 직접 당하고도 못 믿겠군……."

그때 케이의 입이 다시 벌어졌다. 이번에는 빙의 기운이었다. 차가운 냉기를 줄줄 흘리는 브레스가 헤르마카인의 몸을 덮쳤다. 방심한 사이 연속으로 이어진 브레스에 헤르마카인은 미처 피하지 못하였다.

"젠장. 다크 실드!"

시동어와 함께 붉은 구체가 그의 몸을 휘감았다. 과연 마왕의 마법인가? 케이의 브레스를 잘 막아내고 있었다. 케이의 브레스가 끝나자 헤르마카인은 방금 당한 것이 있었기에 즉시 공격했다.

"헬 파이어!"

백마법의 헬 파이어와는 다른 흑마법의 헬 파이어는 진정한 지옥의 불꽃이었다. 헬 파이어를 날린 헤르마카인은 곧 검을 들고 자신이 날린 헬 파이어의 뒤를 따랐다. 케이가 훌쩍 뛰어 헬 파이어를 피하자 자신도 날개를 이용해 위로 날아올랐다.

케이의 정면에 모습을 드러낸 헤르마카인은 즉시 검을 휘둘렀다. 케이가 급히 몸을 틀어 검을 피하자 반짝이는 은빛 털이 분분히 날렸다.

몸을 튼 케이는 그 자세 그대로 몸을 한 바퀴 돌렸다. 그리고는 바로 헤르마카인을 공격해 갔다. 오른 팔꿈치를 노리고는 입을 벌려 파고들어 갔다. 헤르마카인은 오른손에 든 검으로는 어찌할 수 없는 위치였기에 황급히 왼손을 휘둘렀다. 하지만 그의 손톱은 케이의 날카로운 발톱에 막혀 버렸다. 그리고 케이는 그의 팔꿈치를 물어뜯는데 성공했다.

"크윽. 이놈의 늑대 새끼가!"

분노한 헤르마카인은 곧 무차별 공격을 하기 시작했다. 자신이 지닌 힘을 무조건 쏟아냈다. 혼원검법의 초식으로, 자신의 마법으로 정신없이 케이를 향해 부어댔다. 케이는 바쁘게 몸을 움직였다. 하지만 쉽게 피할 수는 없었다. 몸 이곳저곳에 또 상처를 입게 되자 어쩔 수 없이 케이는 유수보법을 펼쳐 급히 뒤로 물러났다.

헤르마카인과의 거리를 두기 위해서였다. 하지만 헤르마카인은 좀 처럼 거리를 주려 하지 않았다. 분노의 광기에 물든 가운데 집요하게 케이에게 따라붙었다. 어쩔 수 없이 케이는 혼원을 한 번 더 펼쳤다. 혼원은 심검의 경지에 들어야만 사용할 수 있는 초식이기에 굳이 검이 필요하지 않았다.

케이의 혼원에 공격을 받은 헤르마카인은 잠시 멈칫했다. 그 순간 케이는 원하는 만큼 거리를 벌릴 수 있었다.

곧 케이의 몸에서 청량한 기운이 솟아오르기 시작했다. 어디서나 느 낄 수 있는 그런 청량감이었다. 산을 올라도, 숲에 들어가도, 계곡에서 뛰놀 때도, 바닷바람을 맞을 때도, 언제나 느낄 수 있는 그런 청량한 기 운이었다.

그 기운이 아지랑이 피어오르 듯이 케이의 전신에서 피어올랐다. 그 기운은 곧 거대한 검의 형상을 이루기 시작했다.

검의 형체를 완성해 가자 검에서는 갖가지 자연의 기운이 흘러나 왔다. 태양과 달, 하늘과 땅의 자연 속에 사는 이라면 누구나 항시 느 끼고 사는, 그래서 그런 기운이 있다는 것도 몰랐던 기운이 흘러나왔 다.

흘러나온 기운은 주위의 기운과 합쳐져 다시 검으로 돌아갔다. 검은 그렇게 주위에서 자연의 기운을 조금씩 가져갔다. 그렇게 케이의 몸에 서 피어오른 검은 완성되었다.

그 순간 헤르마카인은 이미 지척에 이르러 검을 휘두르고 있었다.

"받아랏! 퓨리 오브 헬(Fury of Hell)! 혼원!"

헤르마카인은 자신이 사용하는 마법 중 가장 강력한 지옥의 분노가 담긴 퓨리 오브 헬과 혼원을 동시에 펼쳤다. 왼팔에서는 퓨리 오브 헬이, 오른팔에서는 혼원이 뿜어져 나와, 두 기운은 서로를 휘감으며 나선의 궤적을 그리며 케이에게로 날아갔다.

케이는 그 기운을 향해 조용히 자신이 만들어낸 검을 던졌다.

얼마 전 깨달은 자연의 기운 그대로를 담은 자연검, 그것을 처음으로 펼친 것이다.

자연검과 헤르마카인의 공격이 부딪쳤다. 그러자 헤르마카인의 공격은 따뜻한 봄볕에 쌓인 눈이 녹아내리듯 차례로 스러져 갔다. 그리고 자연검은 헤르마카인의 가슴을 꿰뚫고 지나갔다.

“이… 이런… 어떻게 이런 기술이…….”

자신의 가슴에 뻥 뚫린 구멍을 보며 헤르마카인은 믿을 수 없다는 듯 중얼거렸다. 하지만 곧 기분 나쁜 웃음을 지었다.

“크윽. 뭐, 이것도 괜찮겠지. 나에게 육체를 빼앗겨 무수한 사람을 죽이고, 아버지의 신하들을 죽이고, 자신이 살던 터전을 파괴하고, 결국에는 친구의 손에 죽다니……. 이만하면 완벽한 파멸이라 할 수 있겠지. 이 모든 것을 보고 듣고 느끼고 있었다면… 난 계약을 이행했으니 이만 돌아가도록 하지. 몇천 년 만에 즐거웠다. 큭큭큭.”

그 말과 함께 자일론의 백회혈에서 흐릿한 기운이 빠져나갔다. 케이는 그 기운을 향해 다시 한 번 더 공격했지만 헛수고였다. 바람에 흩날리는 연기처럼 흩어졌다가 다시 뭉쳐 버렸기에.

“젠장. 이렇게 보내 버리다니. 헤르마카인… 으윽…….”

헤르마카인을 놓쳤다는 생각에 케이는 온몸을 부들부들 떨었다.

“으으… 케이…….”

그때 케이의 귀에 들려오는 가는 목소리가 있었다. 자일론의 목소리였다. 헤르마카인이 빠져나가자 어느새 자일론은 원래의 모습으로 돌아와 있었다. 가슴에 구멍이 뻥 뚫린 상태로 누워 있었다. 케이의 일격에 모두 날아가 버려 폐도, 심장도 없었다. 그런데도 정신을 차린 것을 보면 신기했다.

"자일론, 자일론! 퓨어! 어서! 리서시테이션을!"

이미 퓨어가 이곳에 나타나 자신의 전투를 보고 있음을 알고 있었던 케이는 황급히 퓨어를 불렀다. 한 줌의 숨만 있으면 되살릴 수 있다는 궁극의 치료 마법 리서시테이션. 지금 자일론에게 사용하면 자일론이 살아날지도 몰랐다. 케이의 부름에 퓨어가 황급히 몸을 날렸다.

"케이… 고마워……."

그걸로 끝이었다. 퓨어가 당도했을 때는 이미 자일론의 숨은 끊어져 있었다. 두 눈에서 눈물을 흘리며 자일론은 죽어 있었다.

"으… 으아악, 자일론!!"

케이의 절규는 처연한 늑대 울음소리가 되어 라디칼의 하늘을 울렸다.

사실 마지막에 자일론이 정신을 차린 것 자체가 기적이었다. 이미 그때 자일론의 폐와 심장은 완전히 소멸되어 있었으니까. 아마도 헤르마카인에게 영혼을 빼앗긴 동안의 일에 대한 한이 컸기에 마지막 힘을 짜내어 케이에게 인사를 한 것이리라. 자신을 자유롭게 놓아준 케이에게.

케이는 계속해서 하늘을 향해 울부짖었다. 바볼랏과 세린, 퓨어는 그런 케이를 가만히 지켜볼 수밖에 없었다.

얼마나 울부짖었을까. 곧 케이는 고개를 떨구었다. 그런 케이에게 퓨어가 조용히 다가왔다.

"케이, 괜찮아요. 자일론의 영혼은 리야드의 품으로 돌아갔어요. 곧 다른 생으로 환생할 거예요. 그러니까 슬퍼 말아요. 누구나 죽고, 다시 태어나는 것이니까."

리야드의 자식이라는 엘프다운 말로 퓨어는 케이를 위로했다. 퓨어의 말에 케이는 고개를 끄덕였다. 자신이 환생을 경험했으니 그것은 당연한 일이었다. 하지만 자신의 친구가 이제 이 세상에 없다는 사실이 주는 슬픔은 어쩔 수가 없었다. 케이는 그렇게 조용히 앉아 있었다.

오전에 헤르마카인과의 싸움을 시작했다. 그리고 정오가 될 무렵 케이는 헤르마카인을 물리쳤다. 한데 지금 하늘에는 달이 홀로 떠 어둠을 밝히고 있었다. 어느새 밤이 찾아온 것이다. 그동안 케이는 같은 자세로 있었다. 그런 케이를 바라보고 있는 퓨어도, 세린도, 바볼랏도 그대로였다.

이윽고 케이는 몸을 일으켰다. 그리고는 세 사람을 둘러보았다.

"지금까지 고마웠어, 세 사람."

머리에 울리는 케이의 음성. 셋은 이것이 케이의 작별 인사라는 것을 직감했다. 잡아야 했지만 잡을 수 없었다, 지금의 케이는.

마치 로이드의 죽음을 마주한 자일론의 상태와 같았다. 그나마 케이는 제정신을 유지하고 있었지만 그렇다고 그의 몸을 감싸 안고 있는 깊은 슬픔이 사라진 것은 아니었다.

"퓨어, 그동안 고마웠어. 내가 가르쳐 준 것. 네가 정한 단 한 명에게만 전하는 걸 허락할게. 하지만 그 이상은 안 돼."

"약속할게요."

퓨어는 묵묵히 고개를 끄덕이며 말했다.

"세린, 그동안 즐거웠다. 이제는 헤이트의 대신전에서 지내는 게 좋을 거야. 나 때문에 세상에 능력을 드러낸 이상."

케이의 말에 세린은 아무런 말도 하지 않았다. 그저 두 눈 가득 눈물을 흘릴 뿐이었다. 세린이 케이를 만난 것은 열 살 때였다. 그리고 많은 세월이 흘렀다. 세린에게 있어 케이는 가족이나 다름없었다. 그런 케이가 떠난다고 한다. 하지만 세린은 그 어떤 말도 할 수 없었다.

"바볼랏, 덕분에 유쾌하게 지낼 수 있었어. 너도 이제 신탁의 일은 끝난 거지? 그럼 이제 부디 제대로 된 신관이 되길. 그리고 세린을 잘 부탁한다."

"나야말로 즐거웠어요, 케이. 그리고 나도 이제 나이가 있는데 제대로 된 신관의 모습을 보여야죠. 언제 아버지의 자리를 이을지 모르니. 케이도 잘 지내요."

바볼랏만은 밝게 웃으며 케이에게 말했다. 하지만 그의 심정도 안타깝고 슬프기는 마찬가지였다.

"그럼… 이만 난 갈게."

마지막 말을 남긴 케이는 천천히 걸음을 옮겼다. 텔레포트를 쓴다거나 그러지는 않았다. 그저 천천히 걸음을 옮길 뿐이었다. 밤하늘에 홀로 뜬 달빛에 케이의 털이 유난히 반짝였다.

"케이 오빠! 잘 지내요! 절대 못 잊을 거예요!"

케이의 모습이 손가락만한 크기로 보일 때까지 줄곧 눈물만 흘리고 있던 세린이 큰 소리로 외쳤다. 세린의 외침에 잠시 멈춰 뒤돌아보던 케이는 다시 걸음을 옮겼다. 하지만 세린의 머리에는 케이의 마지막 말이 울렸다.

"세린도 잘 지내야 해."

그 한마디에 세린은 다시 눈물을 흘렸다.

"자, 이제 돌아가도록 하죠. 사람들이 기다리고 있을 겁니다."

바볼랏의 말에 퓨어는 고개를 끄덕였고, 눈물 범벅이 된 세린은 바볼랏의 곁으로 다가왔다. 바볼랏은 헤이트의 대신전으로 텔레포트했다.

그렇게 영원히…

오전에 라디칼의 왕궁으로 갔던 이들은 밤이 깊도록 아무런 소식이 없었다. 어떻게 된 일인지 무척이나 궁금했지만 어떻게 할 수가 없었다. 그저 초조하게 기다릴 뿐.

그때 신전의 기도실에 밝은 빛이 번쩍였다. 빛이 사라지자 바볼랏과 세린, 퓨어가 모습을 드러냈다. 그들이 모습을 드러내자 초조하게 그들을 기다리던 이들이 당장에 다가와서 무수한 질문을 쏟아 부었다.

그런 질문 공세 속에서 바볼랏이 찬찬히 설명을 시작했다. 설명 중간중간 퓨어와 세린이 긍정을 해주었다. 물론 케이가 늑대로 돌아가 싸웠다는 사실은 빠져 있었다. 알려져서 좋을 것도 없고, 케이도 원하지 않았기 때문에 바볼랏이 설명을 한 것이기도 했다. 다른 둘은 거짓말을 못하니까.

퓨어는 종족의 특성상, 세린은 자신의 위치상 거짓말을 할 수가 없었다. 바볼랏도 신관이긴 하지만 그 특유의 능청스러움으로 그런 부분은 스리슬쩍 넘어가 버렸다.

바볼랏의 설명이 모두 끝나자 대신전은 환호성에 휩싸였다. 그리고 연신 지니어스 후작 만세라는 환호성이 터져 나왔다.

마왕은 사라진 것이다.

단 이틀의 공포. 마왕이 강림하고 퇴치되기까지 걸린 시간은 단 이틀이었다. 하지만 그 이틀의 시간은 모든 이들에게 어마어마하게 긴 시간이었다. 삶과 죽음을 가르는…….

특히 카이렌에게 이 이틀은 정말 엄청난 변화를 가져왔다. 단 48시간이지만 카이렌의 역사를 바꿔놓을 만한 일들이 일어났다. 이번 사건의 가장 큰 피해자는 결국 카이렌이었다.

하지만 마왕을 퇴치한 것도 결국 카이렌이었으니 그 위상은 더욱 높아졌다.

카나카인 후작은 그래도 마음이 편치 않았다. 결국 이번 일로 카이렌은 군사력의 50% 이상을 잃었기 때문이다. 너무나 큰 상처였다.

그 외중에 카류일 국왕은 케이의 공을 기리기 위해 지니어스 후작령을 자유 도시로 독립시켰다. 매년 단 10%의 세금만을 받고 그곳의 자치권을 인정해 준 것이다. 하지만 여전히 그곳의 영주는 케이 지니어스 후작이었다.

그는 마왕을 물리치고 쓸쓸히 떠났지만 지니어스 후작령의 영주는 앞으로도 영원히 케이 지니어스 후작일 것이다.

시일이 흐름에 따라 언제 마왕이 강림했냐는 듯 모든 일은 빠르게 변했다.

퓨어는 엘프의 숲으로 돌아갔다. 더 이상 여행을 할 이유도 없었고, 기분도 나지 않았다. 그녀에게도 이번 일은 제법 커다란 충격이었다. 퓨어는 앞으로 그저 숲에서 조용히 수련에 매진하며 지낼 거라 했다.

세린은 헤이트의 대신전에 남았다. 대신전에 있으며 신안으로 그녀의 도움을 필요로 하는 사람들을 도우며 살기 시작했다. 자신에게 그런 권능을 준 것도 다 헤이트론의 뜻이라 생각하며, 자신의 힘이 좋은 일에 쓰일 수 있도록 최대한 노력하며 살았다.

바볼랏은 대신전의 대신관이 되었다. 이미 예전의 가볍고 덜렁거리는 모습은 사라지고 없었다. 오직 근엄한 대신관의 위엄만이 남아 있을 뿐. 이미 바볼랏의 명망은 헤이트를 넘어 블루덴 대륙으로 퍼져 나가고 있었다.

브라이튼은 결국 카트린과 결혼했다. 그리고 자신의 영지를 뇌두고 카트린을 따라 칼라로 들어갔다. 자일론의 죽음으로 인해 그도 많은 충격을 받았고, 그것이 카이렌을 떠나게끔 한 것이다. 브라이튼은 칼라에서 조용히 검을 수련하며 지냈다. 검을 휘두를 때만큼은 모든 것을 잊을 수 있었기에 더욱더 수련에만 매진했다.

발린은 아르스 노바로 돌아갔다. 케이에게서 배운 마법으로 아버지와 가문의 꿈을 이루기 위한 연구에 착수했다. 그렇게 발린과 알라닌이 운영하는 히스티딘 마법 상점은 조금씩 자리를 잡아갔다. 그것도 모두 케이에게서 배워온 마법 수식 덕분이었다.

마왕 강림 사건이 끝난 후 가장 바쁜 사람은 카나카인 후작과 콘티넌트 공작이었다.

카나카인 후작은 엉망이 되어버린 라디칼과 카이렌을 정비해 재건해야 했고, 콘티넌트 공작은 카이져 기사단을 재건해야 했다. 그 둘뿐 아니라 카이렌의 고위 귀족들도 모두 바빴다. 레시페 공작과 라이트 후작, 프란시스카 백작도 왕국의 재건을 위해 정신없이 바쁜 하루하루를 보내고 있었다.

카류일 국왕 역시 열성적으로 국정에 임했다. 이렇게 바쁘게 일할 때면 아들들에 대한 일을 잊을 수 있기에 더욱 열심인지도 몰랐다.

로이드, 게일, 자일론의 장례는 합동으로 이루어졌다. 일주일이라는 짧은 시간 안에 그들 셋이 유명을 달리했기에 이루어진 조치였다. 일리나 귀비가 행방불명되었지만 사람들은 크게 신경 쓰지 않았다. 그저 마왕이 라디칼을 휘젓고 다닐 때 그의 손에 목숨을 잃었을 거라 생각한 것이다. 시체도 찾지 못했지만 그렇게 생각했다. 케이와 헤르마카인의 마지막 전투에서 일어난 충격으로 상당수의 시신이 사라져 버렸기에 그녀의 시신도 거기에 섞여 들어갔을 거라 생각할 뿐이었다. 그렇게 일리나의 장례도 치러졌다.

실제 일리나는 자신의 레어에서 깊고 깊은 동면에 든 상태였다.

케이는 여전히 걷고 있었다. 아무것도 먹지 않고 그저 걸었다. 길이 든 마을이든 그 어떤 것도 상관하지 않았다. 갑자기 나타난 늑대의 모습에 사람들은 무척이나 놀랐지만 케이를 잡거나 하지는 않았다.

카이렌의 상징인 카이져 실버 울프임을 알아보았기에 다들 비켜서 케이가 지나가기를 기다릴 뿐이었다. 그렇게 걷고 걸어 케이가 도착한 곳은 자신의 영지인 지니어스 후작령이다.

하지만 케이는 계속 걸었다. 자신의 영지 깊숙한 곳에 들어서자 케이의 걸음은 바스테르 산맥으로 향했다. 산맥 깊숙이로 계속 걸음을 옮겼다. 그리고 이윽고 바스테르 산의 이름 모를 봉우리, 그곳에 있는 동굴로 들어가서는 엎드려 눈을 감았다. 그리고는 미동도 하지 않았다. 잠을 자는 것인지, 죽은 것인지, 아니면 명상에 잠긴 것인지 알 수 없었다.

그저 그렇게 눈을 감고 엎드려 있을 뿐.

류블라드 신계.

현계라 불리는 인간이 사는 세상인 하계를 살피던 헤이트론의 얼굴에는 씁쓸한 미소가 떠올랐다. 자신이 이렇게 되게끔 움직였지만 여간 씁쓸한 것이 아니었다.

헤르마카인에게 죽은 무수한 인간들에게, 자신의 친구를 자신의 손으로 죽인 케이에게, 헤르마카인에게 영혼을 빼앗긴 자일론에게 미안했다. 주신이 한낱 피조물에게 미안한 감정을 느끼는 것도 우스운 일이지만 이번 일은 계획에 없던 일이었다. 조야선의 장난으로 인해 예상치 못한 혼란이 생겼고, 그 혼란을 바로잡기 위해 진행된 일이었다.

결국은 이렇게 정리되었다. 이계의 지식을 가진 케이는 스스로 깊고 깊은 잠에 빠져들었고, 케이의 지식을 익힌 자일론은 아무에게도 그 지식을 전하지 못하고 죽었다.

퓨어가 익힌 것이 걸렸지만 그녀는 엘프였기에 크게 걱정하지는 않았다. 헤르마카인이 자일론의 기억을 뒤져 케이의 지식을 가지고 간

것도 탐탁지는 않았지만 그래봤자 마계의 일이다. 현계의 질서를 깰 일이 없었기에 그것도 그런대로 넘어갈 만했다.

그렇게 모든 일은 다시 정상적으로 돌아가기 시작했다.

[리야드여, 자일론이라는 인간의 환생은 어떻게 되었는가?]

[다른 나라의 왕족으로의 삶이 주어졌습니다.]

[또 왕족인가? 이번에는 과연 어떤 삶을 살지… 평안한 삶을 살았으면 좋겠군. 지난 생에 대한 보상을 받기 위해서라도…….]

지구. 염라부.

[흐음. 결국 이렇게 되었군. 뭐, 오랜만에 한 20년 정도 심심하지 않았군. 딱 좋은 잠깐의 휴식이었어. 그럼 기분 전환도 했으니 다시 일을 시작해 볼까? 어이, 화이. 이제 됐으니까 가서 자네 일 봐. 잠깐이지만 20년 동안 수고했어.]

염라대왕의 말에 화이는 뒤도 안 돌아보고 염라대왕의 방을 빠져나갔다. 드디어 이 지긋지긋한 일에서 해방된 것이다. 염라대왕은 짧은 시간이라고 했지만 자신에게는 너무나 길었다. 게다가 한창 일하고 있는데 뒤에서 낄낄거리는 염라대왕의 모습이란. 이제 그 모습을 안 봐도 된다는 생각에 속이 다 시원했다.

그런 화이의 등 뒤로 염라대왕의 목소리가 들려왔다.

[아, 내 깜빡하고 말 안 했는데 몇백 년 후에 다시 좀 부탁할게. 아마 그때도 좀 쉬어야 할 일이 생길 것 같아서 말이지.]

열심히 걸음을 옮기던 화이는 염라대왕의 마지막 말에 딱딱하게 굳었다가 다시 걸음을 옮겼다. 염라대왕의 마지막 말을 털어버리려는 듯 세차게 머리를 흔들었다.

[후우. 이참에 천계로 전근 신청을 할까?]

염라부에 비하면 천계의 업무는 무척이나 힘들었다. 하지만 화이는 전근 문제를 진지하게 고민했다.

화이가 그런 생각을 하는 줄은 꿈에도 모른 채 염라대왕은 그동안 남에게 미뤄뒀던 자신의 업무를 다시 보기 시작했다. 심판을 받은 영혼을 하나하나 굴리며 염라대왕은 조용히 중얼거렸다.

[아직 끝난 게 아니라네. 제갈효, 조금만 더 수고하라구.]

그러면서 염라대왕은 빙긋 웃었다.

염라대왕이 류블라드에 보낸 저승사자 곤은 오늘도 류블라드를 떠돌고 있었다. 단지 류블라드 신들의 눈을 속이기 위해. 염라대왕이 벌인 또 다른 일을 아직 헤이트론은 모르고 있었다. 헤이트론의 권능이 통하지 않는 곤과 염라대왕이었기에 그는 아직도 모르고 있다. 다만 곤을 지켜볼 뿐이다. 곤은 염라대왕의 명령에 따라 충실히 아무 곳이나 발길이 닿는 대로 움직이고 있었다.

시공을 뛰어넘은 이계의 존재가

혼돈의 존재와 함께 오리.

혼돈의 씨앗을 이 땅에 심으리.

인간이 아니되 인간인 존재는

지옥의 불길과 함께

가장 순수하고 가장 고귀한 이들이 모인 숲에 나타나리.

그는 자신의 씨앗을 자신이 거둘지니.

"후우. 케이, 정말 신탁대로 당신은 당신이 뿌린 씨앗을 거뒀지요. 그것이 심었을 때의 상태 그대로인지, 아니면 자란 후인지는 모르겠지만……. 하지만 케이, 당신과 함께 온 혼돈의 존재는 어디에 있을까요? 이계의 존재가 당신이라면 분명 혼돈의 존재도 있을 터… 아직까지 모습을 드러내지 않았으니……. 케이, 어쩌면 신탁은 아직 끝난 것이 아닐지도 모릅니다."

자신의 방 발코니에서 신전의 정경을 둘러보던 바볼랏은 홀로 중얼거렸다. 그런 바볼랏의 귀밑으로 따스한 봄바람이 한줄기 스쳐 지나갔다.

〈케이 1부 終〉

◆ 케이 1부를 끝내며…

2004년 10월 1일 오전 7시 12분.

케이의 원고를 완결한 시간입니다. 마감을 6일이나 어긴 시간이지요. 케이를 처음 써서 인터넷에 연재를 시작한 날이 2003년 7월 17일이니 벌써 1년 2개월하고도 보름 정도 흘렀네요. 8권으로 완결을 짓기까지 정말 많은 시간이 걸렸고 정도 많이 들었습니다. 예전부터 말해 왔지만 케이는 아직 완전히 끝난 것이 아닙니다. 그저 한 이야기가 끝난 것이지요.

케이 책 표지를 자세히 보신 분은 아시겠지만 케이라는 제목 왼쪽에 작은 소제목이 있습니다. 'The Page of Oracle' 이라는 소제목이지요. 뜻 그대로 '신탁의 장' 입니다. 이게 케이 1부인 셈이죠. 2부에서는 어떤 이야기가 진행될지 아직 모르겠습니다. 대략적인 구상만 해둔 상태라.

케이는 저에게 참으로 많은 것을 주었습니다. 그저 재미 삼아 취미로 시작한 글쓰기인데 말이죠. 케이가 저에게 준 것 중 가장 큰 것을 들라면 전 사람이라 하겠습니다.

케이를 씀으로 해서 '모기' 라는 사이트를 알게 되었고, '피두방울' 이라는 모임을 알았으며, 그곳에서 많은 사람들을 알게 되었습니다. 모두 저처럼 글을 쓰는 것이 좋아 열심히 키보드를 두드리는 사람들이죠.

나반 형, 현이 형, 사빈 누나, 알테 누나, 현우 형, 짱돌 형, 영상 형, 묵필 형, 초 형, 태용이 형, 마판이, 파령이, 세준이, 리엔이, 그리고 많은 피두방울 식두들.

케이 덕에 만날 수 있었고, 케이 덕에 친해진 정말이지 정이 가는 사람들입니다. ^^

어쩌다가 책으로 나오게 된 이야기라 모자란 것도 부족한 것도 많은 책이었습니다. 그럼에도 불구하고 재미있게 봐주신 독자 여러분께 감사드립니다.

원고를 다 쓰고 잠시 책을 뒤적이다가 발견했습니다만 케이에는 역시나 허점이 많더군요. 1권에서는 이름에 작위를 붙여 레이블 후작이라 하던 것이 언제부터인가 성에 작위를 붙여 하디온 후작이 되어 있었습니다. 작위 명은 성에 붙이는 것이 맞으니 처음 쓸 때의 제 실수였죠. 그리고 2권에서는 분명 레노시아라 등장한 드래곤이 3권부터는 레시노아라고 이름이 바뀌어 있더군요. 가만히 읽어보니 헷갈릴 만도 했습니다만 어쨌든 제 잘못입니다.

지금 다시 보니 정말 부끄럽기 짝이 없습니다.

그리고 막상 완결을 짓고 나니 아쉬운 점이 많네요. 특히나 제대로 살리지 못한 캐릭터들이 참 많은 것 같아 아쉽습니다. 대표적인 인물이 발린이죠. 처음에는 많은 계획을 가지고 거의 어거지식으로 등장시켰는데… 뒤로 갈수록 대체 왜 나오는 캐릭터인지 모르게 되어버렸습니다. 정말 아쉽습니다. 스스로의 부족함도 많이 느끼고요.

다음 글에서는 절대 이런 일이 없도록 노력하겠습니다.

다음은 케이가 무사히 완결될 때까지 도움을 주신 많은 분들께 감사 인사를 드려야겠네요.

가장 먼저 아버지, 어머니께 감사드립니다. 그러고 보니 1권의 머리말에서 부모님께 감사드린다는 말을 빼먹었더군요. ^^; 그리고 동생 지현이도 고맙고.

나를 판타지라는 세계로 데리고 들어가 준 영운이 형! 1권에서도 말했지만 정말 고마워요. ^^

케이가 나올 때마다 꼬박꼬박 사서 읽으며 재미있다고 말해 준 과동기 소민아, 정말 고맙고. 얘가 소미니엔의 모델이에요. 실제 성격은 닮았는지 모르겠지만. ^^;

그리고 글을 쓸 때 생기는 고민이나 어려운 일들에 항상 많은 조언을 아끼지 않았던 우리 '피두방울' 식구들 모두 정말 고맙고요.

케이가 무사히 완결을 맞을 수 있게 힘써주신 청어람 사장님과 청어람 식구 분들 모두에게 감사드립니다. 특히 권수가 지날수록 꾀가 늘어 자꾸 마감을 어기고 미루는 바람에 고생하신 제 담당 김민정 씨, 특별히 감사드려요. 고생 많으셨죠? ^^

제가 글을 쓸 수 있게 도와주신 주위 모든 분들, 학과 동기들, 선배님들, 후배들, 제가 속한 동아리 DASH 식구들, 그리고 케이 속에 기꺼이 이름을 빌려준 우리 과 동아리 아르스 노바, 브레그마 오마 여러분 모두모두 감사드립니다.

마지막으로 케이를 재미있게 읽어주신 독자님들! 정말 감사드립니다!

그럼 다음에 또 다른 이야기로 다시 찾아뵙겠습니다.

신
인
작
가
모
집